10/18

12, AVENUE D'ITALIE. PARIS XIIIᵉ

Du même auteur
aux Éditions 10/18

Série « Frère Athelstan » de Paul Harding
    LA GALERIE DU ROSSIGNOL, n° 3167
    LE DONJON DU BOURREAU, n° 3218
    SACRILÈGE À BLACKFRIARS, n° 3226
    LA COLÈRE DE DIEU, n° 3336
    LE FANAL DE LA MORT, n° 3340
    LE REPAIRE DES CORBEAUX, n° 3531
    LE JEU DE L'ASSASSIN, n° 3666
    LA CHAMBRE DU DIABLE, n° 3842
    THE FIELD OF BLOOD, n° 3973
    THE HOUSE OF SHADOW (à paraître en février 2007)

Série « Hugh Corbett » de Paul Doherty
    SATAN À ST MARY-LE-BOW, n° 2776
    LA COURONNE DANS LES TÉNÈBRES, n° 2777
    UN ESPION À LA CHANCELLERIE, n° 2820
    L'ANGE DE LA MORT, n° 2863
    LE PRINCE DES TÉNÈBRES, n° 2901
    FAUX FRÈRE, n° 2966
    L'ASSASSIN DE SHERWOOD, n° 3036
    LA COMPLAINTE DE L'ANGE NOIR, n° 3127
    LE FEU DE SATAN, n° 3290
    LA CHASSE INFERNALE, n° 3296
    L'ARCHER DÉMONIAQUE, n° 3437
    LA TRAHISON DES OMBRES, n° 3584
    FUNESTES PRÉSAGES, n° 3705
    LE LIVRE DU MAGICIEN, n° 3879

Série « Alexandre le Grand » de Paul Doherty
    LA MORT SANS VISAGE, n° 3738
    L'HOMME SANS DIEUX, n° 3739
    LE MANUSCRIT DE PYTHIAS, n° 3860

Série « Amerotkê » de Paul Doherty
    SOUS LE MASQUE DE RÊ, n° 3894
    MEURTRES AU NOM D'HORUS (à paraître en avril 2007)

Série « Matthew Jenkyn » de C.L. Grace
    THE WHYTE HART (à paraître en novembre 2007)

Série « Kathryn Swinbrooke » de C.L. Grace
▶ MEURTRES DANS LE SANCTUAIRE, n° 3029
    L'ŒIL DE DIEU, n° 3030
    LE MARCHAND DE MORT, n° 3094
    LE LIVRE DES OMBRES, n° 3190
    LA ROSE DE RABY, n° 3406
    LE LACRIMA CRISTI, n° 3836
    LE TEMPS DES POISONS, n° 3928

Série « Nicholas Segalla » d'Ann Dukthas
    LE MESSAGER DU TEMPS, n° 3831
    EN MÉMOIRE D'UN PRINCE, n° 3832
    LES OUBLIÉS DE MAYERLING, n° 3900

C. L. GRACE

MEURTRES
DANS LE SANCTUAIRE

Traduit de l'anglais
par Founi GUIRAMAND

INÉDIT

10/18

« Grands Détecti es »
dirigé par Jean-Claude Zylberstein

Sur l'auteur

C. L. Grace est le pseudonyme de Paul Doherty, né à Middlesbrough, dans le Yorkshire. Il est l'auteur de plusieurs séries historico-policières, dont notamment : les enquêtes de Kathryn Swinbrooke, apothicaire à Cantorbéry au XVe siècle ; les enquêtes de Hugh Corbett, espion du roi Édouard Ier, celles de Télamon, un proche d'Alexandre le Grand, et celles d'Amerotkê, juge dans l'Égypte du XVe siècle avant J.-C. (publiées sous le nom de Paul Doherty), les enquêtes de Nicholas Segalla, le voyageur du temps (publiées sous le nom d'Ann Dukthas) ; et enfin les aventures de frère Athelstan, un dominicain du XIIIe siècle (publiées sous le nom de Paul Harding).

Il est aujourd'hui professeur d'histoire médiévale.

Titre original :
A Shrine of Murders

© 1993 by P.C. Doherty
© Éditions 10/18, Département d'Univers Poche, 1999,
pour la traduction française.
ISBN 2-264-02792-4

MEURTRES DANS LE SANCTUAIRE

Le premier des Contes de Cantorbéry de Kathryn Swinbrooke, docteur en médecine et apothicaire

Le soir étaient venues en cette hôtellerie
Bien vingt-neuf personnes, de compagnie;
Gens de diverses sortes, par aventure tombés
En sociétés; et pèlerins ils étaient tous
Qui vers Cantorbéry voulaient chevaucher.

> Chaucer, *Les Contes de Cantorbéry*,
> « Prologue » (trad. L. Cazamian,
> Aubier Montaigne, Paris)

Au Moyen Age, les femmes médecins exerçaient leur pratique en dépit des guerres et des épidémies pour la simple raison que l'on avait besoin d'elles.

> Kate Campbellton Hurd-Mead,
> *A History of Women in Medecine*
> (Londres, The Haddam Press, 1938)

Ce roman est dédié à la mémoire du regretté Dr William Urry, spécialiste de la ville de Cantorbéry au Moyen Age. Je tiens également à exprimer ma reconnaissance à la fille du Dr Urry, Mme Elizabeth Wheatley, qui m'a aimablement permis de consulter les notes de son père sur Cantorbéry à cette époque. Les erreurs éventuelles cependant n'incombent qu'à moi, et certainement pas à ce grand érudit.

Avertissement de l'auteur

L'histoire est émaillée d'erreurs autant que de vérités. On tient souvent pour établi qu'au Moyen Age les femmes étaient considérées comme quantité négligeable, et que leur statut, sur un plan général, ne s'est progressivement amélioré qu'au fil des siècles suivants. C'est absolument faux. Une historienne anglaise célèbre a déjà montré que les femmes avaient sans doute plus de droits au XIVe siècle qu'en 1900, et la Bourgeoise de Bath décrite par Chaucer est une femme qui non seulement savait tenir sa place parmi les hommes, mais parcourait l'Europe pour se rendre dans les hauts lieux de pèlerinage. C'était aussi une femme d'affaires avisée, toujours prête à démontrer la supériorité du beau sexe.

Dans ce roman, la fiction s'inspire de la réalité, et la citation en exergue résume très bien le rôle essentiel que jouaient les femmes en tant que médecins, guérisseurs et apothicaires. Certes, Kathryn Swinbrooke est un personnage fictif, mais, en 1322, le médecin le plus célèbre de Londres était Mathilda de Westminster; Cecily d'Oxford était le médecin royal d'Édouard III et de sa femme, Philippa de Hainault; et le livre de Gérard de Crémone (qui est mentionné dans ce roman) dépeint fort bien les femmes médecins à l'époque médiévale. En Angleterre, en particulier, où les facultés de médecine des universités d'Oxford et de Cambridge n'étaient pas très développées, les femmes exerçaient les métiers de médecin et d'apothicaire, professions dont on leur interdira l'accès aux siècles ultérieurs.

L'histoire n'avance pas de façon linéaire, mais bien souvent en cycles, et c'est particulièrement vrai pour la médecine médiévale. Certes, à l'époque comme aujourd'hui, on trouvait des charlatans prêts à promettre des guérisons miraculeuses pour faire de l'argent, mais les médecins du Moyen Age possédaient une compétence remarquable, en particulier dans le domaine de l'observation et du diagnostic. Certains traitements qu'ils prescrivaient, et qui furent abandonnés plus tard parce que jugés fantaisistes, sont aujourd'hui considérés, à juste titre, comme des thérapeutiques alternatives autant en Europe qu'aux États-Unis.

Personnages historiques
dont il est question dans ce livre :

En 1471, la guerre des Deux-Roses qui opposait la maison de Lancastre et celle d'York connut son apogée avec les batailles de Barnet et de Tewkesbury. Celles-ci entraînèrent l'anéantissement de la maison de Lancastre et l'avènement de celle d'York.

Édouard IV, de la maison d'York, roi de 1461 à 1470, et de 1471 à 1483.
Élisabeth Woodville, sa femme.
George, duc de Clarence, son frère.
Richard, duc de Gloucester, son jeune frère.

Henri VI, de la maison de Lancastre, assassiné à la Tour de Londres en 1471.
Marguerite d'Anjou, surnommée « la Louve », sa femme, personnage important de la maison de Lancastre.
Beaufort, duc de Somerset, premier général de Marguerite d'Anjou (et, à en croire la petite histoire, son amant).
Lord Wenlock, général de la maison de Lancastre.
Richard Neville, comte de Warwick, général de la maison de Lancastre, surnommé le « Faiseur de Rois ».

Thomas Falconberg, général de la maison de Lancastre. Il fut le dernier à résister en tenant Londres, après la victoire des York à Tewkesbury.

Édouard, fils de Marguerite d'Anjou, tué à Tewkesbury.

Henri IV, roi d'Angleterre de 1399 à 1413.

John Wycliffe, réformateur religieux durant le dernier quart du XIVe siècle.

Nicholas Faunte, maire de Cantorbéry et ardent défenseur des Lancastre.

Thomas Becket, archevêque de Cantorbéry. Il s'opposa à Henri II (1154-1189) sur le sujet des droits de l'Église, et fut assassiné à Cantorbéry par des chevaliers de Henri IV.

Geoffrey Chaucer (vers 1340-1400), poète, diplomate et homme de cour. Le plus grand poète médiéval anglais, auteur des *Contes de Cantorbéry*.

Cantorbéry vers 1471

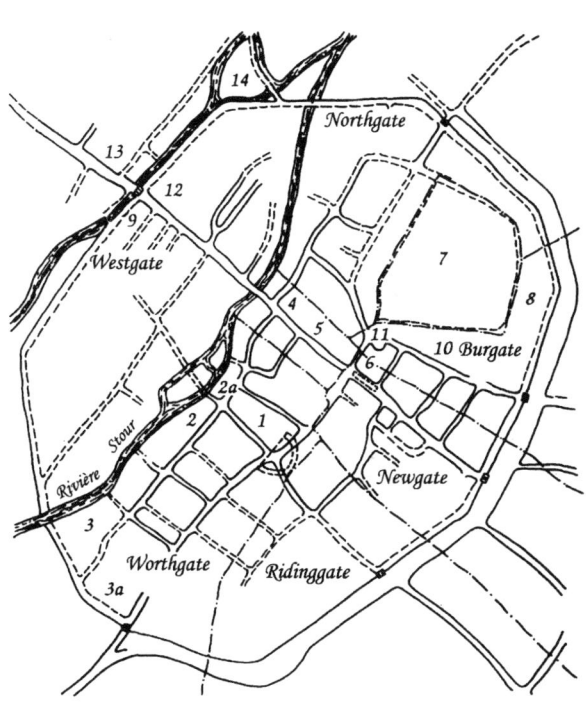

1 – Ottemelle Lane
2 – Hethenman Lane
2a – Hospice des Prêtres Indigents
3 – Église Sainte-Mildred
3a – Château de Cantorbéry
4 – Grand-Rue
5 – Guildhall
6 – Mercery
7 – Christchurch (cathédrale)
8 – Queningate
9 – Église de la Sainte-Croix
10 – Burgate
11 – Buttermarket (marché aux beurres)
12 – Westgate
13 – Auberge Fastolf
14 – Kingsmead

PROLOGUE

Sorciers et chefs de guerre le proclamaient, c'était un temps de tueries. A croupetons dans leurs cellules humides, les moines scribes trempaient leurs plumes d'oie dans leurs encriers en corne afin de consigner la chronique de ces années, dressant la liste méthodique des meurtres, félonies, trahisons et morts sanglantes. Les bons religieux croyaient sincèrement que les portes de l'Enfer s'étaient ouvertes. Après tout, selon les rumeurs, la veille de la Toussaint, le nécromant John Marshall avait porté sept livres de cire et deux aunées de drap dans un manoir abandonné à l'extérieur de Maidstone. Là, il avait façonné de grossières poupées représentant le roi, sa reine et les grands seigneurs terriens. Marshall avait trempé ces figurines dans le sang, il les avait ensuite transpercées avec des aiguilles, avant de les faire brûler sur un feu ronflant. Non loin de Cantorbéry, au fond de la forêt de Blean, d'autres sorciers s'habillaient de peaux de bêtes, dépouilles dont ils avaient préservé les longues queues, et, le visage enduit de suie, ils imploraient la reine-sorcière Hérodias. D'après les chroniqueurs, certains magiciens offraient des sacrifices sanglants à la Reine de la Nuit, et sollicitaient l'aide des démons. On rapportait aussi des scènes étranges, comme ces légions de fées maléfiques que certains avaient vues voler durant les sombres veilles nocturnes, conduisant de silencieux convois de morts à des messes sacrilèges et à de noirs sabbats.

Ces rumeurs s'étaient répandues jusque dans la cité de Cantorbéry. On avait arrêté près de Westgate un homme avec une tête de mort et un grimoire d'envoûtements. Hors des murs de la ville, une femme, meurtrière de son mari, avait été trouvée la bouche transpercée d'un bâton, et le crâne d'une pointe de fer; pourtant, quand on l'enterra, sa chair frémissait encore. D'autres malheurs affluèrent quand au printemps succéda l'été. Le démon de la sueur survint : les victimes mouraient en quelques heures, que ce fût en dormant, éveillées, à jeun ou le ventre plein. Le mal commençait toujours par une souffrance à la tête, puis au cœur; rien ne le guérissait. On avait essayé tous les remèdes, la corne de licorne, l'eau de dragon, la racine d'angélique. On offrait des prières, on apportait des reliques, on suppliait le Ciel, mais la Mort courait toujours dans les venelles et les rues fétides de Cantorbéry. Sa tête au crâne décharné grimaçait aux carreaux, ses doigts osseux frappaient aux portes ou tambourinaient aux croisées : elle était insatiable.

L'été arriva enfin. Le mal de la sueur disparut, pas la violence ni la soif du sang. On rapportait des morts singulières, de mystérieuses fatalités parmi la foule de ceux qui venaient à Cantorbéry demander le secours du bienheureux Thomas Becket, dont le corps meurtri et le crâne fendu reposaient sous des plaques d'or devant le maître-autel de la cathédrale. Certes, les vivants ignoraient les morts, et les meurtres passèrent d'abord inaperçus. Après tout, c'était l'été. Les rues étaient sèches, l'herbe haute et grasse, l'eau, désaltérante et douce. C'était la saison des voyages, des visites aux amis. Les gens s'assemblaient dans leurs vergers pour déguster du vin frais ou vider des tonneaux de la bière qu'ils avaient brassée durant les mois d'hiver. Ils discutaient des prophéties sanglantes, des revers de leurs chefs, et surtout de la terrible guerre civile qui faisait rage entre la maison d'York et celle de Lancastre.

A l'ouest, la Reine-Louve, Marguerite d'Anjou, complotait avec ses généraux afin de s'emparer du trône pour son sot de mari, le roi Henri VI, et leur fils, le blond Édouard. Les ennemis de la reine, pour se moquer, assuraient que son époux, trop pieux, n'aurait su ni pu engendrer un héritier, et que le jeune prince était le fruit de la secrète passion de la Louve pour Beaufort, duc de Somerset. A Londres, Édouard d'York, son épouse aux blancs cheveux, Élisabeth Woodville, ainsi que ses frères Clarence et Gloucester, réunis à Westminster dans la chambre secrète du roi, imaginaient des plans et ruses pour contrer l'avancée de la Louve. Trois fois par jour, ils assistaient à la messe, chantaient matines et vêpres, sans jamais cesser de comploter pour la perte de Marguerite, de son époux, et l'anéantissement de la maison de Lancastre. Oui, c'était un temps de tueries, et ceux qui le pouvaient évoquaient les vers funestes du poète Chaucer :

Le coquin souriant, une dague dissimulée sous
[sa cape;
Les granges des fermes mises à feu et leur
[épaisse fumée noire.
Le traître meurtre perpétré dans un lit,
La bataille ouverte et les blessures sanglantes.

Quelques semaines plus tard, Robert Clerkenwell,

un médecin venu d'Aldgate, à Londres, discutait avec flamme de l'issue possible de semblable guerre, à la *Taverne de l'Échiquier*, située près des entrepôts, dans le centre de Cantorbéry. Robert était un homme riche; les médicaments qu'il avait vendus pendant l'épidémie du mal de la sueur — eau de rose et miel — n'avaient sans doute pas guéri beaucoup de ses malades, mais ils avaient rempli la bourse du bon docteur de sonnantes pièces d'or et d'argent. Pour Robert, l'année avait été profitable.

« Le Seigneur donne, le Seigneur reprend », murmurait-il pieusement en empochant son dû, avant d'abandonner ses malades à la mort.

L'été venu, Robert avait décidé de remercier Dieu de pareilles bonnes grâces en chevauchant jusqu'à Cantorbéry pour prier devant la tombe de Becket. Le trajet avait été paisible et plaisant, la campagne tranquille et douce, comme si la terre retenait son souffle tandis que rois et princes se préparaient au combat. Voilà trois jours que Clerkenwell était à Cantorbéry; il s'était rendu deux fois à la cathédrale et avait fait bonne chère dans les échoppes de cuisiniers et les auberges locales. Il avait même payé les services d'une avenante fille de cuisine qui l'avait comblé de toutes les manières qu'il souhaitait dans la plus vaste chambre au-dessus de la taverne. Il partirait demain; ses sacs étaient prêts, et le bon docteur achevait son dernier repas à Cantorbéry : cailles rôties, dorées, succulentes et tendres à souhait; légumes frais, et un vin blanc, clair, bien rafraîchi dans les grands celliers de l'auberge. Repu maintenant, Robert rotait béatement, souriant avec bonhomie à ses compagnons assis à côté de lui dans la salle de l'auberge. Il flatta de la main sa panse rebondie et déclara, pinçant sa bouche moqueuse :

— Écoutez-moi bien, la reine Marguerite vaincra : elle a dans sa suite de hardis Bretons, et Somerset et Wenlock sont habiles généraux. Édouard d'York aura peine à conserver ce dont il s'est emparé.

Clerkenwell promena à la ronde ses yeux bleu délavé tout brillants, mais les autres pèlerins étaient trop fatigués ou trop ivres pour relever. Qui plus est, leur compagnon docteur était un ladre. Ils avaient tous espéré qu'avant la fin de la soirée il demanderait au tenancier de percer un nouveau tonneau de vin, ou pour le moins qu'il commanderait des assiettes de viandes rôties ou des plats de confits pour ses commensaux moins fortunés qui avaient encore faim. Le médecin fit claquer ses lèvres et regarda alentour. Il prit son gobelet, en fit tourner le contenu, avant de le boire d'un trait. Après quoi il se redressa et vitupéra :

— Je veux encore du vin ! Par les diables de l'Enfer ! Où est ce garçon ?

Un serviteur se précipita, son tablier maculé de nourriture et de vin, ses cheveux gras et emmêlés dissimulant son visage.

— Tu n'es pas le gars qui m'a servi tout à l'heure ! vociféra le médecin. Par les dents de l'Enfer, je veux du vin !

Le garçon hocha la tête et prit le gobelet avant de s'éloigner à la hâte. Il revint quelques minutes après et posa avec précaution devant le docteur le godet débordant de vin pétillant. Les autres pèlerins échangèrent des regards et certains commencèrent à s'agiter. A l'évidence, le médecin ne serait pas leur bienfaiteur. Robert but une gorgée de vin blanc, savourant la fraîcheur du liquide sur sa langue, puis dans son gosier. Il but encore, se lécha les lèvres, inconscient du poison mortel qui pénétrait dans son estomac pour se porter, telle une flèche, au cœur et au cerveau.

Robert Clerkenwell remua sur son siège ; il ne se sentait pas bien, il avait mal au ventre ; son cœur se mit à palpiter et son souffle se fit court. Il se dressa, porta les mains à son col : à l'évidence, tout son corps souffrait, comme dévoré par une invisible flamme. Les autres pèlerins, horrifiés, dévisageaient bouche bée ce médecin loquace, aux yeux maintenant exorbités, au visage rouge congestionné, et qui haletait, étouffait, luttait pour sa vie. Puis il tomba, raide.

Ainsi mourut Clerkenwell à Cantorbéry, et avec lui s'éteignirent ses prophéties sur la guerre à Tewkesbury, dans l'Ouest. La bataille avait duré tout le jour, Édouard d'York en sortait vainqueur. Les Lancastre étaient anéantis, et les soldats harnachés de rouge de la reine Marguerite et du duc de Somerset fuyaient le champ de bataille détrempé de sang. Ils refluèrent au-delà de l'abbaye de Tewkesbury, déferlant à travers les champs, cherchant désespérément un gué ou un pont pour franchir la Severn. A leurs trousses, les yorkistes hurlaient comme des loups, sous les bannières bleues portant le soleil d'or des York ou le sanglier rampant rouge de Richard, duc de Gloucester, frère du roi. Jurant, blasphémant, les lancastriens se précipitaient dans la rivière en une mêlée grondante. Bientôt les corps des noyés comblèrent les bas-fonds, et les vivants les piétinaient dans l'espoir d'échapper à la mort. Leurs ennemis s'étaient déployés tout autour ; ils poussaient des cris, rugissaient, jouant de leurs lances, de leurs épées, de leurs masses pour mieux transpercer, trancher, assommer. Ils n'épargnaient personne et bien vite l'eau de la rivière et les roselières des berges prirent la couleur rouge cramoisi du sang tout frais qui coulait à flots.

Depuis la croupe d'une colline, Colum Murtagh observait le massacre. Il fit tourner son cheval bai, ôta son heaume qu'il jeta sur le sol, maudissant la sueur qui trempait ses cheveux noirs et lui obscurcissait la vue. Armé seulement d'une épée et d'une dague, ne portant qu'un justaucorps en cuir, il ne participait pas au combat. Dieu soit loué, il n'avait pas le devoir de tuer. Le roi avait été clair. Avec les autres messagers royaux, il devait rester à l'écart pour transmettre les ordres entre les batailles. Et si l'ennemi était en déroute, il lui incombait de surveiller dans quelle direction s'enfuyaient ses chefs. Murtagh porta son regard sur la rivière dont l'eau miroitait dans le soleil, et il flatta le col de sa monture.

— Ce sont les pauvres qui meurent là, murmura-t-il, c'est le petit peuple que l'on assassine.

Il observait la mêlée, cherchant les bannières, les couleurs et les livrées des grands seigneurs lancastriens, mais il n'en voyait point. Se détournant, il regarda de nouveau la grandiose abbaye. Où étaient donc Somerset et ses pairs ? Murtagh força ses yeux verts, pareils à ceux d'un chat, pour mieux scruter les mouvements qui s'opéraient sur les chemins sinuant dans la campagne. Un éclair de couleur accrocha son regard. Il le suivit. C'est alors qu'il les repéra : une petite compagnie de cavaliers sans bannière ni livrée, heaumes et armures pendant à leur flanc, qui galopaient sur les terres de l'abbaye, tournant le dos à la bataille. Un autre espion ne leur aurait pas prêté attention, les prenant pour des chevaliers de moindre lignage qui fuyaient pour se mettre à couvert. Mais Murtagh s'y connaissait en chevaux, et ceux-là étaient les meilleurs. Il fit pivoter le sien et l'éperonna pour descendre au galop vers les chefs de la maison d'York réunis au croisement de deux petites routes, autour de leur roi aux cheveux blonds. Ils se tournèrent en entendant arriver le cavalier lancé à vive allure. Murtagh sauta de son cheval et, tombant à genoux devant le roi, indiqua un point au-delà des haies.

— Sire, dit-il en haletant, les chefs de Lancastre et leurs hommes fuient vers l'ouest, du côté opposé à la rivière.

Sous le heaume portant couronne, le visage dur d'Édouard d'York s'éclaira d'un sourire. Il fit claquer ses doigts et lança quelques ordres brefs à un chevalier banneret de sa maison avant de se tourner pour tapoter l'épaule de Murtagh.

— Vous avez bien agi, Irlandais. La récompense est à vous.

En fin d'après-midi, le massacre de la rivière avait pris fin. Les chefs de Lancastre, voyant que les forces ennemies coupaient leur retraite, avaient fait demi-tour pour chercher refuge dans la nef sombre et fraîche de l'abbaye de Tewkesbury. Cependant, comme l'écrivirent les chroniqueurs, c'était un temps de tueries, et les soldats yorkistes les y avaient suivis. Le fracas des épées, les hurlements des combattants et les gémissements des blessés et des agonisants avaient eu raison du silence des lieux.

Enfin les lancastriens atteignirent le sanctuaire et, s'agrippant à l'autel, ils supplièrent l'Église de leur accorder sa protection. Le prieur apparut en personne, portant la croix d'or de sa charge, menaçant d'excommunication quiconque souillerait de sang l'enceinte sacrée.

Les soldats yorkistes se retirèrent de mauvaise grâce, mais le roi Édouard avertit l'abbé : si on ne lui remettait pas les prisonniers, l'abbaye serait assiégée. Les chefs lancastriens sortirent enfin, hagards, dépenaillés, blessés, ensanglantés de la tête aux pieds. Ils ne demandèrent pas une grâce qui, ils le savaient, ne leur serait pas accordée. Richard de Gloucester, le propre frère du roi, un homme hirsute et légèrement bossu, fut désigné pour être leur juge. Il installa un tribunal sommaire aux portes mêmes de l'abbaye. Les ennemis du roi comparurent un par un, tous furent condamnés, et au coucher du soleil on les poussait sur le billot d'un échafaud de fortune dressé à Tewkesbury, en place du marché. Là, on leur trancha la tête.

Colum Murtagh observa la première exécution depuis la fenêtre d'une auberge, puis se détourna, écœuré. Il avait rempli sa mission. D'autres besognes l'attendaient, heureusement loin du carnage du champ de bataille. Il fouilla sa besace pour y palper les deux mandats soigneusement pliés. Le premier le faisait gardien des chevaux du roi dans les champs autour de Cantorbéry. Le second l'investissait de pouvoirs afin d'enquêter et de faire rapport sur ces horribles meurtres par le poison perpétrés dans la ville. Murtagh s'allongea sur le lit de camp, s'efforçant de ne pas entendre le bruit sourd de la hache du bourreau. Il irait à Cantorbéry, y serait à l'abri de la guerre, et peut-être aussi des Chiens d'Ulster et de leurs complots incessants contre lui.

Chapitre premier

— Ce qu'il vous faut, c'est un homme.
— J'en ai un. Je suis mariée.
Kathryn Swinbrooke regarda d'un œil indigné le visage blême et gras de Thomasina.
Celle-ci essuya avec un torchon la sueur sur son front et ses joues rebondies. Posant son couteau au milieu des abattis de la volaille qu'elle venait de découper, elle eut un sourire entendu.
— Je vous connais depuis que vous étiez haute comme trois pommes, Maîtresse. Oh oui, vous êtes mariée, mais votre mari est parti à la guerre, il s'est enfui, et le méchant bâtard ne reviendra pas.
Thomasina renifla avec mépris.
— Il vous faut un homme. Une femme n'est pas heureuse quand elle n'a pas un homme entre ses cuisses. Je le sais, moi, qui ai été mariée trois fois.
Kathryn détourna les yeux et sourit. On imaginait difficilement un homme entre les cuisses épaisses comme des troncs d'arbre de Thomasina.
— Portaient-ils des cottes de mailles ? demanda-t-elle dans un murmure.
— Que dites-vous ?
— Rien, Thomasina.
Kathryn rassembla ses cheveux noirs à peine

striés de gris et les glissa sous sa coiffe de lin blanc dont elle ajusta le cordon rouge pour la maintenir en place. Elle promena son regard sur la cuisine dallée de pierre. Nul doute, Thomasina s'était levée à l'aube car la pièce était parfaitement nettoyée, le sol brillait d'un éclat pâle, la surface de la table était douce au toucher pour avoir été lavée à grand renfort de baquets d'eau chaude; quant aux poêlons en bronze et aux crochets à viande pendus au-dessus du feu, ils luisaient comme de l'or bruni. En soupirant, Kathryn se leva pour chausser des sandales sans attache et souleva le bas de sa robe de laine verte car le sol était encore un peu humide après le nettoyage de Thomasina.

— Par les tripes de Satan! marmotta celle-ci.

Elle venait de se rappeler le pain qui cuisait dans le petit four, près du feu, et s'en approcha de sa démarche dandinante, une cuiller en bois à la main, tout en appelant Agnes, la jeune fille de cuisine, pour qu'elle vienne l'aider.

Kathryn s'immobilisa devant la porte entrouverte avant de sortir sous le porche en bois pour contempler le jardin. Il fut un temps où elle l'aimait tant, ce jardin! Elle adorait l'odeur douce de l'herbe, les levées de terre où poussaient des fleurs sauvages, et les carrés de plantes médicinales et aromatiques soigneusement tenus. Oui, elle aimait le jardin, surtout en cette saison, par les beaux jours d'été. Sous la lumière crue, il devenait moins menaçant. D'un geste absent, elle se tamponna la nuque. Elle avait chaud dans son jupon de laine et sa robe de grosse étoffe verte.

— Vous ressemblez à une nonne, grommela Thomasina. Que dirait votre père s'il vous voyait?

— Père est mort, répliqua Kathryn. Son corps

glacé repose sous les dalles de l'église Sainte-Mildred.

Elle cligna des yeux, sans les détourner du jardin. Son père lui manquait toujours, depuis six mois qu'était mort. Six mois que son âme était partie au Purgatoire, et qu'il avait transmis son horrible secret à Kathryn, sa fille unique. Celle-ci parvenait encore à peine à y croire et aurait pu tenter de l'oublier sans ces maudites missives qui continuaient à lui parvenir. Elle glissa la main dans son sac pour en sortir le morceau de parchemin jaune écorné, déchiré, souillé, que l'on avait poussé sous sa porte, la veille au soir. Le message qui y était griffonné disait : « Où est Alexander Wyville, ton mari ? Tuer est félonie, et l'on pend les félons ! » A côté des mots, on avait tracé un grossier gibet. Mais ce qui glaçait Kathryn jusqu'au sang, c'était la silhouette aux longs cheveux maladroitement dessinée, en robe, qui était pendue à ce gibet. Le message disait encore : « Le silence est d'or, et l'or peut être déposé sur la tombe du Brave, au cimetière de Sainte-Mildred. »

Kathryn froissa le papier avant de le remettre dans son sac. Elle avait reçu deux missives semblables depuis la mort de son père. Qui en était le sinistre auteur, se demandait-elle avec désespoir, et comment avait-il appris le secret du défunt docteur Swinbrooke ? A ce jour, elle n'avait pas payé, mais celui qui écrivait les lettres anonymes se faisait plus menaçant, plus insistant.

Kathryn sursauta comme Thomasina arrivait dans son dos.

— Il faut y aller, Maîtresse.

Kathryn prit conscience des bruits autour d'elle : les cloches de la cathédrale surtout, couvrant le timbre plus sourd de celles des autres églises. A midi, avait précisé le magistrat dans son assignation. Kathryn retourna à la cuisine pour consulter la bougie des heures, dans le recoin sombre, près de la porte de la dépense. Elle força ses yeux, et vit : oui, le dixième cercle était déjà atteint. Elle était irritante, cette flamme qui dévorait son temps, lui prendrait peut-être sa liberté, peut-être aussi sa vie. Kathryn avala sa salive avec nervosité. Que lui voulait le magistrat ? Avait-il des questions à lui poser ? La convocation, marquée du sceau ordinaire de la ville de Cantorbéry, était brève et péremptoire. Kathryn devait se présenter devant le magistrat au Guildhall, mercredi à douze heures.

— Que me veulent-ils ? murmura-t-elle pour elle-même.

— Seul le Seigneur le sait, Maîtresse, chantonna Thomasina dans son dos. Vous connaissez le Conseil, cette assemblée de bâtards paresseux. On pourrait penser qu'ils ont de quoi s'occuper avec le maire qui est un fieffé traître et qui, dit-on, se tient caché. Les autres membres doivent souiller leurs cuissardes, vu qu'ils soutenaient la maison de Lancastre ! Mais Édouard, le garçon aux cheveux d'or, a brisé leurs espoirs.

Kathryn hocha la tête, s'adossant au linteau de la porte. Thomasina disait vrai ; c'était incompréhensible. Les hauts dignitaires du Conseil de Cantorbéry avaient soutenu la cause des Lancastre : le maire de la ville, Nicholas Faunte, avait même fourni des soldats à Falconberg, le général lancastrien qui tenait Londres. A présent, tout était perdu, Édouard d'York avait battu les lancastriens à Barnet, avant d'avancer vers l'ouest pour capturer Marguerite, leur reine, à Tewkesbury. La guerre était finie. Les York avaient gagné, les Lancastre avaient perdu, Cantorbéry aussi. Son maire, Nicholas Faunte, avait été déclaré traître, sa tête était mise à prix, et la cité redoutait de perdre ses libertés. Alors pourquoi le premier magistrat s'intéressait-il à Kathryn ? Le Conseil avait certainement assez à faire avec la fin de la guerre.

Thomasina vint se placer face à sa maîtresse, fixant son visage triste avec une feinte irritation, pour mieux cacher la compassion qu'elle lui inspirait. Kathryn n'était pas au mieux de sa beauté, certes non ! Sous sa chevelure noire comme le jais, son visage était devenu austère, et les yeux gris, durs ; le teint mat était maintenant terne, le nez trop aquilin ; quant à la bouche qui autrefois souriait ou exprimait de l'ironie sur le monde, depuis la mort du père, elle était bien revêche !

— Il faut y aller, Maîtresse, répéta la servante.

Elle tendit à Kathryn son meilleur manteau, le bleu foncé, dont le profond capuchon était doublé de petit-gris.

— Nous devons nous arrêter à l'hospice, poursuivit-elle, et vous ne devez pas être en retard. Peut-être aurez-vous besoin de la protection du Conseil.

Kathryn hocha distraitement la tête et, posant le vêtement sur la table, disparut dans le couloir menant à son cabinet afin de s'assurer que tout était en sûreté, les chaînes des coffres contenant les herbes et les potions solidement cadenassées. Il ne fallait pas que quelqu'un vienne s'introduire et vole une potion au risque de trépasser comme cette sotte Hawisa, la femme du pèlerin. Celle-ci, dans l'espoir de devenir plus belle, avait bu une décoction de feuilles de laurier et en était morte avant que quiconque ait pu lui porter secours.

Kathryn jeta un regard circulaire à la pièce. Plus

qu'ailleurs, son père lui manquait ici, parmi les cartes d'horoscope, les cornues, le tripode, la paillasse de dissection, le scalpel, les aiguilles et les flacons de potions.

— Vous étiez bon médecin, murmura-t-elle, mais la pièce déserte la narguait en silence. Tout est en ordre, jeta-t-elle avec irritation comme si elle en voulait au cabinet.

Elle plaça les potions qu'elle avait préparées dans un panier de paille tressée avant de sortir en fermant la porte, tournant la clé et la glissant dans sa besace. Un bruit à la porte d'entrée la fit alors sursauter. Thomasina se trouvait tout au fond de l'arrière-cuisine.

— Je vais voir qui c'est, cria Kathryn.

Elle redescendit le passage dallé, traversa l'entrée et le grand magasin ouvert où Alexander, son mari, vendait autrefois ses épices, herbes et simples. Un soupir lui échappa au spectacle des étagères et du comptoir recouverts de poussière, des toiles d'araignée entre les pots, les jarres et les flacons. Ah, Kathryn aurait tant aimé rouvrir l'échoppe et reprendre son négoce! Mais sans parler du manque d'argent, cette voie-là lui était barrée, elle le sentait, comme si une chaîne de fer se trouvait en son travers. Et si elle passait outre, elle se ferait la complice de son père et serait en quelque sorte responsable de son terrible secret.

A la porte, on frappait toujours, et des cris d'enfants faisaient chorus.

— Maîtresse Swinbrooke! Maîtresse Swinbrooke!

A travers le judas, Kathryn découvrit les visages mâchurés d'Edith et d'Eadwig, les deux enfants jumeaux de Fulke, le tanneur, qui habitait plus haut, dans Ottemelle Lane. Kathryn songea à ne pas leur ouvrir, mais un nouveau regard aux joues pâles et creuses des petits l'en découragea et elle tira les verrous. Les jumeaux se précipitèrent par la porte sans attendre d'y être invités.

— Maîtresse Swinbrooke! Maîtresse Swinbrooke! crièrent-ils de nouveau en chœur.

Kathryn s'agenouilla pour les prendre dans ses bras, et son cœur se serra quand elle sentit combien ils étaient maigres.

— Qu'y a-t-il? demanda-t-elle.

— C'est Père. En tannant des peaux de bêtes, il s'est brûlé le bras.

Kathryn se redressa.

— Attendez-moi ici. Non, se ravisa-t-elle, venez plutôt avec moi.

Elle retourna à la cuisine, où Thomasina hissait la panetière aux chevrons de la charpente pour mettre le pain tout frais sorti du four à l'abri des souris. Kathryn installa les enfants à la table. Thomasina les fusilla du regard en vociférant :

— Vous deux, ne touchez à rien !

Elle attacha la corde à un crochet du mur et s'essuya les mains à son tablier. Puis elle s'approcha et se planta devant les enfants, échangeant un furtif clin d'œil avec Kathryn.

— Vous avez faim, je suppose? demanda-t-elle d'une voix forte.

Les deux pauvres petits levèrent les yeux. Clairement, la bonne odeur du pain frais leur mettait l'eau à la bouche.

— Leur père n'a rien du tout, marmonna la servante.

Elle alla au garde-manger pour servir deux gobelets de lait battu et une assiette de massepains.

Kathryn la laissa faire et retourna à son cabinet où elle prit l'exemplaire de l'*Herbarium* d'Apulée et celui du *Traité du médecin* de Bald. Ils avaient appartenu à son père, et elle dut ouvrir la chaîne qui les maintenait à l'étagère, car c'est ainsi que son père conservait toujours ses ouvrages précieux. Bien qu'elle sût comment soigner les brûlures, elle aimait à s'en assurer. Cela fait, elle déposa deux cuillerées d'onguent dans un morceau de parchemin et sortit d'un petit panier d'osier un fin rouleau de bandage. Ensuite, après avoir tout remis en place, elle tordit le parchemin contenant l'onguent comme pour en faire une papillote et s'en retourna à la cuisine. Edith et Eadwig y mangeaient de bon appétit. Elle s'assit en face d'eux.

— Edith?

La fillette leva les yeux. Kathryn poussa devant elle le petit paquet d'onguent.

— Dis à ton père de garder la brûlure sèche jusqu'à ce que se forme une cloque. Quand celle-ci crèvera, qu'il enduise la plaie avec l'onguent avant de la recouvrir du bandage. Ensuite il la laissera cicatriser.

— Qu'est-ce qu'il y a dans l'onguent? demanda Edith d'une voix flûtée.

— Une certaine mousse pilée avec un peu de vin, du sel et du vinaigre.

— Comment cela guérira-t-il la brûlure? s'enquit Eadwig.

— Nous l'ignorons, répliqua Kathryn, nous savons seulement que cela la guérira. Si la blessure est bien propre et qu'on la laisse sécher, il se formera une jolie cicatrice.

Edith fit la grimace.

— Pressez-vous, les enfants, intervint alors Thomasina, il faut rentrer chez vous.

Kathryn s'en fut se laver les mains à l'évier de plomb de l'office pendant que Thomasina faisait filer les jumeaux puis donnait ses ordres à la fille de cuisine. Kathryn prit son manteau et la broche que lui avait donnée son mari, sur laquelle on pouvait lire, inscrit en rubis et saphirs : « Je suis ici à la place d'un ami que j'aime. » Elle l'accrocha distraitement à sa robe sous le regard attentif de Thomasina. Sous ses dehors bourrus, celle-ci s'inquiétait pour sa maîtresse dont le mari, en partant pour la guerre, avait disparu de la surface du monde. S'était-il enfui ? Avait-il été tué et l'avait-on enterré dans quelque fosse commune ? Thomasina n'en savait rien. Alexander était un jeune homme bien tourné, un bon apothicaire qui avait fait un honnête mariage en épousant la fille d'un docteur. Il n'était marié à Kathryn que depuis sept mois quand il était parti à Londres servir dans les troupes de Faunte.

A ce jour, Thomasina n'en avait parlé à personne, mais elle s'était demandé si Alexander Wyville n'était pas deux personnes en une : un honnête marchand et un ivrogne qui battait sa femme. Car la servante avait souvent entendu les cris et les sanglots de sa maîtresse. Une fois même, elle avait aperçu Alexander, l'œil hagard, le visage défait, qui titubait dans le passage. Le vieux médecin n'était pas dupe non plus, mais il était trop âgé pour intervenir, et pouvait seulement se désoler. Trois mois après le départ d'Alexander, le vieux docteur était mort. Thomasina avait espéré que les choses s'amélioreraient, mais sa maîtresse semblait abattue comme si elle gardait pour elle un terrible secret.

Par toutes les fées des forêts, pourquoi Kathryn ne se déclarait-elle pas veuve ? Elle pourrait ainsi se remarier ! Thomasina, elle, avait bien eu trois époux.

La servante se sourit à elle-même. Si l'un de ses trois maris avait levé le petit doigt sur elle, elle l'aurait bourré de coups!

— Pourquoi souris-tu, Thomasina?

— Pour rien, Maîtresse. Allons-y, maintenant.

Thomasina se tourna pour crier encore quelques ordres à Agnes, puis descendit le couloir jusqu'à la porte d'entrée qui ouvrait sur Ottemelle Lane. La journée s'annonçait belle, et le soleil chauffait déjà les tas d'immondices; à cause des troubles dans la ville, les ramasseurs n'étaient pas sortis, aussi les rigoles et les pavés des venelles étaient-ils souillés d'ordures et d'excréments puants, après la nuit. Au coin de la ruelle se tenait Rawnose, le colporteur, avec son plateau suspendu à son cou par un ruban rouge en lambeaux. Il héla Thomasina et sa maîtresse. Kathryn s'approcha de lui en soupirant. Elle aimait bien le vieux mendiant depuis qu'un jour il était venu demander à son père de lui recoudre les oreilles qu'on lui avait méchamment coupées parce qu'il s'était fait prendre à voler pour la troisième fois. Mais Rawnose était bavard comme une pie.

— Vous allez bien, Maîtresse? Connaissez-vous les nouvelles?

Kathryn secoua la tête. Rawnose était mieux renseigné que n'importe qui.

— Un médecin a été trouvé mort à la *Taverne de l'Échiquier*, voilà deux soirs. Empoisonné qu'il a été. Le maire, Nicholas Faunte, se cache toujours. Le roi qui est maintenant à Londres l'a déclaré traître. Oh, et savez-vous ce qui est arrivé à la sorcière de Rochester?

Kathryn se contenta de sourire.

— Elle est morte et on a mis son corps dans la dépouille d'un cerf que l'on a cousue. On l'a ensuite déposée dans un cercueil de pierre qu'on a transporté à l'église puis on a chanté cinquante psaumes. Mais le Diable est quand même venu la chercher. Il a ouvert le cercueil de son pied fourchu, a sorti le corps de la vieille sorcière et l'a accroché à son cheval noir charbon.

— Il ne faut pas croire tout ce que tu entends dire, intervint Thomasina.

Rawnose contempla la servante et passa la langue sur ses lèvres, admirant ouvertement ses seins généreux et ses hanches larges.

— Tu viendras vider un godet avec moi, un soir, Thomasina ?

— Je préférerais danser avec le Diable !

Sur quoi Thomasina glissa son bras sous celui de Kathryn, et toutes deux descendirent la ruelle, passant devant les masures habitées par les pauvres. Des odeurs de chou s'en échappaient, et, par les portes ouvertes, Kathryn pouvait voir les femmes, dans leurs robes informes, occupées à carder et filer la laine. Au milieu du sol en terre battue, quelques carreaux servaient de foyer. Dans un coin, un tas de chiffons constituait la couche commune, et l'unique ornement consistait en un crucifix grossièrement sculpté. Des enfants, assis parmi des crottes de chiens, mâchonnaient du pain noir frotté d'oignon. Kathryn détourna les yeux, murmurant une prière. La peste et d'autres maux étaient inévitables, mais la crasse, la saleté et une alimentation aussi pauvre entretenaient les épidémies, les fièvres, les maladies. Son père, disciple de John Gaddesden, le disait, et elle en convenait.

Les deux femmes tournèrent dans Hethenman Lane, une ruelle bordée d'échoppes sur ses deux côtés. Les plus riches habitants de la ville y paradaient : les hommes en jaquettes volantées, avec des bas bigarrés étroitement ajustés, leurs femmes relevant leurs jupons de soie pour ne pas les souiller sur le sol jonché d'immondices. Vêtue de sévère taffetas noir et d'un voile blanc, la veuve Gumple passa dignement. En voyant Kathryn lui sourire, elle plissa le nez et la bouche dédaigneusement.

— On dirait qu'elle a envie de faire un pet, mais qu'il est coincé, siffla Thomasina.

Kathryn se mit à rire.

— Un peu de charité, Thomasina.

— C'est une sale morveuse, une chienne, rétorqua la servante. Elle s'irrite de votre travail de médecin, et vous en veut parce que vous ne vous êtes pas jointe à sa clique d'hypocrites de l'ouvroir de Sainte-Mildred.

Thomasina s'arrêta pour se retourner et fusiller du regard le dos de la veuve Gumple qui s'éloignait.

— C'est une hypocrite, répéta-t-elle, j'ai entendu des histoires sur les faveurs qu'elle réserve à un jeune étudiant qui sait trouver son chemin plus haut que ses jarretières.

— Chut ! Chut ! murmura Kathryn.

Elles poursuivirent leur marche et bientôt marquèrent un mouvement de recul en apercevant la silhouette aux cheveux roux qui se glissait entre les étals. Kathryn étouffa un gémissement, priant que le tintamarre du marché noie les jurons les plus hauts en couleur de Thomasina. Goldere, le clerc, se tenait maintenant devant elles, une grimace qui se voulait un sourire déformant sa face ronde et repoussante. Une face qui rappelait toujours à Kathryn celle d'un enfant dépravé, avec ses yeux troubles, son nez épaté et sa bouche tordue. Elle se demandait d'ailleurs souvent si les humeurs internes de Goldere étaient bien normales tant ses essais pour se faire pousser barbe et moustache étaient pathétiques. Il n'avait en effet qu'un duvet très doux qu'un chat aurait léché, assurait Thomasina, s'il s'y était trouvé de la crème.

— Maîtresse Kathryn, grimaça le clerc avec affectation, je suis si heureux de vous voir! Vous portez-vous bien?

— Nous sommes pressées, intervint Thomasina.

— Bonjour, Maître Goldere, ajouta Kathryn avec un pas de côté pour l'éviter.

Il n'était pas si aisé de se débarrasser du clerc, qui se collait à vous comme une ombre. Il sentait l'aigre, et Kathryn s'efforça de ne pas froncer le nez.

— Je voulais passer vous voir, Maîtresse, reprenait l'homme, à cause de certains dérangements dont je souffre.

— Il y a d'autres thérapeutes, Maître Goldere, répliqua Kathryn. Je suis médecin et apothicaire, mais pas à votre service exclusif.

— Peut-être alors accepteriez-vous de vous joindre à moi pour boire un bouillon ou partager un repas?

— Je suis une femme mariée, Maître Goldere!

— C'est vrai! Et comment se porte votre mari? Avez-vous de ses nouvelles?

Kathryn détourna les yeux. Goldere était-il l'auteur des messages anonymes? Il reprit avec malveillance :

— C'est qu'on dit beaucoup de choses, savez-vous? Pourquoi ne portez-vous pas le nom de votre époux?

Kathryn s'immobilisa, ses yeux lançant des éclairs. Nerveux, Goldere recula.

— Vous connaissez la loi, Maître Goldere,

murmura-t-elle, contenant sa colère. Mon mari, que Dieu l'absolve, est mort, c'est probable. Je suis sa veuve et puis donc, en mon nom propre, hériter de son bien. Maintenant, monsieur, je vous dis adieu.

Elle se remit en marche tandis que Thomasina se glissait auprès de l'homme.

— Maître Goldere, chuchota-t-elle.

— Oui ?

Il avait peur de cette femme pas bien grande mais qui en imposait avec son visage pâle et résolu, dont les yeux bruns le regardaient d'un air peu avenant.

— Maître Goldere, reprit la servante, vos tripes remplissent-elles leurs bons offices ?

Le clerc pivota, portant les mains à son haut-de-chausses tendu en travers de son derrière.

— Je m'interrogeais simplement, ajouta Thomasina qui fit un sourire angélique avant d'emboîter le pas à sa maîtresse.

Les deux femmes remontèrent Crimelende Street pour pénétrer dans l'hospice des Prêtres Indigents, une grande bâtisse en pierre de deux étages. Le prieur, le père Cuthbert, les attendait dans sa petite cellule aux murs lambrissés de chêne. Il se leva et serra chaleureusement la main de Kathryn.

— Nous pensions que vous viendriez plus tard, Maîtresse Swinbrooke.

— D'autres affaires m'appellent, mon père.

— Entrez, entrez.

Le père Cuthbert les conduisit à l'étage, dans une longue salle au plancher ciré. Sous les grandes fenêtres garnies de verre coloré, des lits sculptés étaient disposés à angle droit contre les murs. Sous la haute charpente de bois, les murs étaient blanchis à la chaux, ce qui accroissait encore l'impression d'espace et de fraîcheur. La propreté du lieu étonnait toujours Kathryn. Les matelas garnis de paille étaient suspendus par des cordes aux quatre montants des lits, afin que l'air circule par-dessous, et qu'il n'y ait pas de mauvaises odeurs dans la salle. Les vieux religieux malades reposaient sur les oreillers de plume, entre des draps propres recouverts de lourdes courtepointes grises.

Kathryn ouvrit le panier que portait Thomasina et tendit un petit pot au père Cuthbert.

— C'est une décoction de saxifrage et de persil dans de la bière, expliqua-t-elle. Voilà qui devrait aider la vessie du père Dunstan à expulser son caillou. Et dites-moi, le père Benedict souffre-t-il toujours de dysenterie ?

Le prieur hocha la tête, souriant du ton très sérieux de Kathryn.

— Qu'il ne mange que du bon gruau, et qu'il absorbe ceci, poursuivit-elle, en remettant au prêtre un autre pot.

— Qu'est-ce ?

— Du miel et de la farine de froment bouillis avec du lard salé et un peu de cire. Cela devrait colmater ses boyaux.

— Et pour le paiement ? murmura le père Cuthbert.

— Nous ferons comme d'habitude. A la fin de chaque mois, Thomasina vous apportera une facture.

Kathryn sourit.

— Je vous promets que cela ne vous coûtera pas très cher. Tout va bien ici, mon père ?

Le prêtre haussa les épaules, tandis que son regard effleurait rapidement Thomasina, très réservée.

— La mort est inévitable, Maîtresse Kathryn, soupira-t-il. Nous ne pouvons que faciliter l'ultime rencontre.

Ses yeux graves considéraient Kathryn attentivement.

— Maîtresse Swinbrooke, tout va bien pour vous ?

Kathryn soutint le regard de Cuthbert. Dans son ample robe grise, avec son visage toujours prêt à rire malgré ses yeux inquiets, le prêtre évoquait pour elle une petite souris disposée à profiter des bonheurs du printemps mais néanmoins vigilante. Et si elle s'ouvrait à lui ? se demanda Kathryn. L'absoudrait-il de son péché ? Mais comment lui confesser un meurtre qu'elle n'avait pas commis ? Et, en dépit du secret de la confession, que deviendraient ensuite leurs relations ? Kathryn se mordit les lèvres. Que penserait le père Cuthbert de son père, qu'il avait aimé de son vivant ? C'est lui qui, sur son lit de mort, avait passé les saintes huiles sur les paupières, les sourcils, la bouche, les mains et les pieds du médecin. Lui qui l'avait confessé une dernière fois avant de lui administrer le sacrement pour l'ultime grand voyage.

Kathryn détourna les yeux. Le père Cuthbert savait-il ?

Ce dernier l'observait. Il avait bien perçu la tristesse qui habitait Kathryn et aurait voulu l'aider. Hélas, comment faire ? Il avait recueilli les dernières paroles de son père, et, voyant la terreur dans le regard du vieil homme, avait prononcé les paroles d'absolution, lui recommandant de s'en remettre à l'infinie compassion de Dieu. Tous les matins, à la messe, le père Cuthbert priait pour le docteur Swinbrooke, cherchant comment partager avec Maîtresse Kathryn le secret que lui avait confié le défunt. Car, pour ce faire, il lui aurait fallu briser le sceau de la confession.

Le vieux prêtre connaissait Kathryn depuis qu'elle était enfant, pourtant on eût dit maintenant deux étrangers dans cette grande salle qu'éclairait le soleil. Même Thomasina, dont le prêtre avait été épris voilà bien longtemps, semblait distante, lointaine.

— Il faut que je parte, murmura Kathryn précipitamment.

Et le religieux les raccompagna jusqu'à la porte.

Chapitre II

En quittant l'hospice, Thomasina était très silencieuse. Kathryn le remarqua, comme chaque fois que les deux femmes rendaient visite au père Cuthbert. Les rumeurs étaient-elles fondées ? Kathryn lança un regard de biais à sa servante, grave, perdue dans quelque rêverie. Avait-elle été éprise du prêtre, autrefois ? L'aimait-elle encore ?

Kathryn lui prit la main et chuchota :

— Un jour, tu devrais lui dire.

— Quoi donc, Maîtresse ?

— La vérité.

Thomasina s'éclaircit la voix et cligna des yeux.

— Je l'ai fait ! s'exclama-t-elle. Je lui ai dit que je le trouvais beau. D'ailleurs, il l'est toujours, ajouta-t-elle dans un murmure qui fut couvert par le brouhaha de la foule.

Les deux femmes venaient en effet de déboucher dans la Grand-Rue, qui longeait la masse sombre et imposante de la cathédrale de Cantorbéry. Ici, l'affluence était plus grande ; des étals se dressaient de part et d'autre d'une chaussée encombrée de charrettes, de chevaux, et bien sûr de pèlerins. Certains de ceux-ci voyageaient seuls, d'autres en groupes. On en voyait vêtus de leurs habits de tous les jours, d'autres équipés de besaces et de bâtons, et qui arboraient de grandes capes grises et des chapeaux à bord plat. Presque tous venaient des villes et des villages environnants. Il s'en trouvait peu qui fussent de véritables pèlerins : ceux-là portaient sur leurs chapeaux et leurs capes la coquille, emblème de saint Jacques de Compostelle, ou la palme gravée indiquant qu'ils s'étaient rendus à Jérusalem, en outre-mer.

C'était spectacle courant que ces gens qui remontaient vers la cathédrale pour s'incliner devant le célèbre tombeau de Becket. En revanche, les bourgeois inquiets amassés sur les degrés devant le Guildhall retinrent l'attention de Kathryn.

— Inutile de leur demander ce qui les préoccupe, murmura Thomasina.

Kathryn hocha la tête :

— Les magistrats du Conseil découvrent ce qu'il en coûte d'être du côté des vaincus.

Elle désigna alors une petite troupe de soldats couverts de poussière, le visage tiré, la mine épuisée : c'étaient les hommes d'Édouard d'York qui venaient de remporter la victoire dans l'Ouest. Ils avaient hâte d'imprimer la marque de l'autorité de leur roi sur la cité maintenant en disgrâce. Partout apparaissaient les couleurs de la maison d'York : les soldats arboraient la Rose Blanche ou le Sanglier Rouge de Gloucester, frère du roi, et de nombreux bourgeois, désireux de marquer leur allégeance au vainqueur, avaient coupé des roses blanches dans leur jardin, et les portaient à leur toque de castor. Quelques épouses de notables en avaient même piqué dans leurs cheveux.

En grimpant les marches du Guildhall, Kathryn et Thomasina furent bousculées par des soldats du roi qui sortaient du bâtiment chargés de coffres pleins de documents. En même temps, un héraut clouait sur la porte une liste de proscrits que le roi considérait comme des traîtres.

A peine les deux femmes avaient-elles pénétré dans la pénombre du bâtiment puant le moisi qu'un sergent du roi les apostropha, un homme avec un vilain coquard sous l'œil droit et une plaie suppurante à la main gauche.

— Que cherchez-vous ? demanda-t-il brutalement.

Plus loin dans le couloir, des soldats, entendant le ton de sa voix, approchèrent, dans l'espoir d'assister à une escarmouche.

— Je suis apothicaire et médecin, expliqua Kathryn, le magistrat Newington a demandé à me voir.

Elle avala sa salive pour dissimuler sa nervosité avant de reprendre à l'adresse du soldat :

— Vous avez l'air mal en point.

Sur quoi, elle prit la main blessée de l'homme et la retourna avec précaution pour l'examiner. Surpris, le sergent se laissa faire, docile comme un enfant.

— Cela me fait mal, murmura-t-il.

— Vous allez souffrir davantage encore, répliqua Kathryn, et si l'infection gagne, vous perdrez la main.

— Que puis-je y faire ?

— Nettoyez la plaie avec de l'eau chaude mélangée d'un peu de sel et d'un soupçon de vin coupé de vinaigre. Vous crierez de douleur, mais au moins vous sauverez votre main. Recouvrez la blessure d'un bandage et recommencez le traitement deux fois par jour.

— Êtes-vous sûre de ce que vous dites ? demanda le soldat, arrachant la lettre que tenait Kathryn.

Tenant la missive à l'envers, il fit semblant de la lire.

Kathryn poursuivit :

— Je m'appelle Swinbrooke, et j'habite dans Ottemelle Lane. Si la plaie à votre main ne cicatrise pas d'ici à trois jours, venez me voir.

Le soldat la gratifia d'un sourire édenté, tandis que ses yeux ternes reprenaient vie.

— Pour sûr, je le ferai, Maîtresse.

— Garde tes pensées lubriques pour toi ! intervint alors Thomasina. Maîtresse Swinbrooke est apothicaire et docteur, pas une fille de camp.

Le soldat posa sur la servante un regard paillard.

— C'est après toi que j'en veux, déclara-t-il, taquin. J'aime les femmes bien grasses. Au moins on sait où se tenir quand ça commence à chauffer !

— Et moi je n'aime pas les maigrelets ! riposta Thomasina avec aigreur. T'es guère plus gros qu'une crotte de nez, et pas plus appétissant.

Le soldat éclata de rire, rejetant la tête en arrière.

— Ah, je les aime effrontées comme toi, les femmes ! s'exclama-t-il.

— Oliver, prends garde ! cria alors l'un de ses compagnons. L'Irlandais attend ces deux dames.

Le sergent se calma aussitôt et recula d'un pas, disant :

— Merci, Maîtresse. Hâtez-vous, maintenant.

Au bout du couloir, parmi une petite assemblée de clercs apeurés, de bourgeois craintifs et de soldats vociférants, Kathryn découvrit John Abchurch, le magistrat de son quartier. Elle le héla :

— Monsieur, pouvez-vous m'aider ?

Le petit homme replet se tourna.

— Maîtresse Swinbrooke, s'exclama-t-il, vous ne devriez pas vous trouver ici !

Il resserra plus étroitement les pans de son manteau doublé de laine et s'approcha.

— Nous vivons des temps troublés. Dire que Faunte, Dieu le maudisse, a soutenu la maison de Lancastre !

— Que va-t-il arriver ?

— Faunte aura la tête tranchée à moins que ce ne soit les couilles. Sans doute les deux, et la ville devra payer une amende. Enfin...

Abchurch s'humecta les lèvres et demanda :

— Que faites-vous ici, Maîtresse Swinbrooke ?

— Le magistrat Newington a demandé à me voir.

— Dans ce cas, suivez-moi.

Heureux d'échapper à la cohue, Abchurch conduisit les deux femmes à l'étage, et tous trois suivirent un long couloir silencieux et désert jusqu'à une imposante porte renforcée par une barre de fer. Le magistrat frappa.

— Entrez !

Abchurch détala comme un lapin au moment où Kathryn ouvrait la porte pour pénétrer dans une salle fraîche. Le soleil s'y déversait à flots par les fenêtres aux volets ouverts, et Kathryn cligna des yeux après la pénombre du couloir. Son père l'avait menée ici, des années plus tôt, elle s'en souvenait. Marchands, magistrats, clercs et autres notables du Conseil se pressaient alors dans cette salle aujourd'hui étrangement déserte. Même la table, en son extrémité, était vide.

Une voix lança :

— Par ici, Maîtresse Swinbrooke !

Kathryn porta les yeux vers l'imposante cheminée. Quatre hommes y étaient assis. Le plus proche était un vénérable vieillard ; Kathryn nota sa robe pourpre bordée de coûteuse fourrure. Il était flanqué d'un clerc portant une écritoire sur ses genoux. De l'autre côté de l'âtre, Kathryn reconnut le magistrat John Newington, grisonnant et sec comme un pique-feu. Derrière lui se trouvait un homme jeune vêtu de la sobre tenue vert bouteille des écuyers : manteau, surcot et cuissardes. Elle nota rapidement les longs cheveux noirs et les yeux enfoncés dans leurs orbites.

Les quatre personnages se levèrent comme elle avançait vers eux en hésitant. Puis Newington lui indiqua d'un geste le siège à dossier derrière lequel on avait placé un tabouret rembourré pour Thomasina.

— Soyez la bienvenue, Maîtresse Kathryn.

Le magistrat paraissait nerveux. Sous son crâne chauve luisant de sueur, ses yeux étaient circonspects et son visage tiré de fatigue. Marchand prospère, Newington avait sans doute échappé à l'épuration de la ville par les soldats des York, parce que, comme l'avait un jour fait observer le père de Kathryn, il ne savait jamais quel jour l'on était, *a fortiori* quel parti politique soutenir. A présent, il tripotait fébrilement la bordure en fourrure de sa robe. Kathryn lui sourit avant de glisser un nouveau regard au soldat derrière lui : celui-ci était fort laid avec son visage long au teint basané, son menton agressif, ses yeux enfoncés, son nez trop proéminent et sa bouche mince et dure. A coup sûr, un individu renfermé, dissimulé. Kathryn l'eût-elle croisé dans une ruelle, elle l'aurait pris pour un hors-la-loi, voire un loup-garou, et se serait méfiée.

— Maîtresse Swinbrooke ?

Kathryn se tourna vers le vieillard en robe pourpre qui avait prononcé son nom et retint son souffle. Elle l'avait déjà vu dans la cathédrale, vêtu de tous les ornements de l'Église et de l'État, aussi s'inclina-t-elle sur-le-champ pour baiser l'améthyste à son doigt. Car l'homme n'était autre que Thomas Bourchier, cardinal archevêque de Cantorbéry. Avec son visage large et empâté, il aurait pu être intimidant, mais ses yeux étaient jeunes et joyeux, comme s'il était réellement content de jouir de la compagnie d'une jeune femme. Malgré son âge avancé, il escorta Kathryn jusqu'à son siège.

— Vous êtes bien bonne d'être venue, murmura-t-il de sa voix profonde et mélodieuse.

Puis, tortillant le lobe d'une de ses oreilles, il poursuivit :

— N'ayez crainte, je ne suis pas ici pour vous excommunier ni vous passer à la question.

Il posa de nouveau une main tavelée et veinée de bleu sur l'épaule de Kathryn pour la rassurer et ajouta :

— Quand j'étais simple moine, j'ai bien connu votre père, un honnête médecin. Qu'il repose dans la paix de Dieu !

Son regard se porta ensuite sur Thomasina, et il feignit un air solennel.

— Tu es sans doute la servante du docteur Swinbrooke ? Et la nourrice de Kathryn aussi ? Je me souviens que son père m'avait parlé de toi.

Thomasina pour une fois ne répondit rien, se contentant de minauder.

— Asseyez-vous, je vous en prie, asseyez-vous, intervint alors Newington, toujours agité, en indiquant les sièges.

Le clerc à côté de l'archevêque se gratta le nez avec un doigt maculé d'encre, fusillant les deux femmes du regard.

— Oui, prenez vos sièges ! tonna-t-il. Voulez-vous une boisson fraîche ?

Secouant la tête, Kathryn lui sourit. Sans doute était-il l'un des clercs de l'archevêque, peut-être son clerc principal. C'est ce que laissaient deviner sa robe usée, ses doigts tachés d'encre, son écritoire, ainsi que son encrier en corne et ses plumes posés sur un petit tabouret à côté de lui. L'homme n'était donc pas marié et sans doute n'aimait-il pas les femmes. La présence de Kathryn lui déplaisait.

— Allons, Simon, murmura l'archevêque, moins de rudesse. Il nous faut l'aide de Maîtresse Swinbrooke.

Kathryn ressentit aussitôt du soulagement : on ne l'avait pas mandée pour l'interroger sur son père ni sur son mari disparu. Bourchier se cala dans son siège et, levant les yeux au plafond que soutenaient d'énormes poutres, il entreprit de se balancer doucement, les mains croisées sur sa panse rebondie. Son clerc Simon, au contraire, s'était penché en avant, fixant le sol, comme s'il refusait de reconnaître la présence de Kathryn. Newington s'agitait toujours tandis que le soldat derrière lui semblait à demi assoupi. Kathryn le détailla à la dérobée, notant les mains et le visage crasseux, les cuissardes souillées. Oui, il devait dormir. Elle prit alors la parole :

— Maître Newington, vous m'avez mandée ce matin ?

Avec un effet de robe, le magistrat s'inclina fébrilement devant le prélat, déclarant :

— Son Éminence le cardinal archevêque est bien connu. Voici Simon Luberon, son clerc principal, ajouta-t-il en indiquant le secrétaire.

Newington eut un mince sourire.

— Moi, vous me connaissez, n'est-ce pas, et lui...

Il se tourna pour désigner le soldat.

— Lui, c'est Colum Murtagh, maréchal de la maison du roi, et maintenant...

Newington avala sa salive. C'est alors que Murtagh prit la parole de sa voix très basse, teintée d'accents musicaux.

— Et maintenant gardien des chevaux du roi, des écuries et des pâtures de Kingsmead, et commissaire spécial de la ville, acheva-t-il à la place du magistrat.

Kathryn le regarda fixement. Elle connaissait Kingsmead où étaient logés et entretenus les chevaux des messagers royaux. La rumeur courait que, à cause de la récente guerre civile, le petit manoir avec ses écuries et ses dépendances tombait en ruine. On disait aussi que les fermiers alentour faisaient paître leurs bêtes dans les prairies royales. Murtagh mettrait sans doute un terme à ces pratiques. Kathryn entendit alors Luberon qui faisait claquer sa langue avec impatience.

— Pourquoi m'a-t-on mandée ici? demanda-t-elle brusquement. Pourquoi cette convocation hors de chez moi?

Newington croisa les doigts, humecta nerveusement ses lèvres tout en jetant un regard à l'archevêque.

— Des crimes ont été perpétrés dans la ville, Maîtresse Swinbrooke, de terribles meurtres de pèlerins...

Le sang de Kathryn se glaça. Elle ouvrit la bouche pour parler, mais Luberon, le clerc, le fit avant elle :

— Le saviez-vous?

— J'ai ouï dire qu'un médecin avait été empoisonné à la *Taverne de l'Échiquier*.

— C'est le quatrième meurtre, précisa Bourchier. Toutes les victimes sont des pèlerins, et toutes ont été empoisonnées.

Le prélat soupira.

— Au début, nous n'y avons pas prêté attention : le mal de la sueur tuait tant de gens ! Puis nous nous sommes souvenus d'un message cloué sur la porte de la cathédrale.

Se tournant, Bourchier adressa un signe de la tête à Luberon, qui tendit à Kathryn un morceau de parchemin sale portant l'empreinte d'un pouce graisseux.

— Vous savez lire ? demanda le clerc.

Kathryn ignora le mépris.

— Assurément, Maître clerc.

Le message gribouillé était énigmatique :

*Sur la tombe de Becket, poussière et crasse
Radix malorum est Cupiditas.*

Kathryn fronça les sourcils.

— « L'avarice est source de tous les maux. » Pourquoi cette maxime ?

Ce fut Bourchier qui répondit :

— Tout d'abord nous avons pensé qu'il ne fallait pas chercher une signification à ce débris de parchemin cloué à la porte principale de la cathédrale. Puis quand d'autres messages ont suivi, nous avons commencé à entrevoir comment ils s'inséraient dans un dessein général. « *Un tisserand s'était acheminé jusqu'à Cantorbéry, Et moi, j'ai envoyé son âme au Ciel* », disait le message suivant. Or, pour sûr, un tisserand d'Evesham fut empoisonné à Burgate.

L'archevêque haussa les épaules.

— Il y eut d'autres avis suivis de meurtres. Un charpentier, un mercier, et enfin un médecin.

Le prélat dévisagea Kathryn.

— Avant chaque empoisonnement, reprit-il, quelqu'un a placardé un message à la porte de la cathédrale, un message en mauvais vers comme celui que je viens de vous réciter, et qui indiquait le métier de la victime.

— En quoi suis-je concernée ?

— En rien, répliqua doucement Bourchier, mais il faut que vous compreniez, Maîtresse Kathryn : le tombeau de Becket est célèbre, il attire des pèlerins de toute l'Angleterre et même du reste de l'Europe.

— C'est source de profit, intervint Murtagh.

— En effet, admit Newington, c'est source de profit. Nos boutiques et nos étals, nos tavernes et nos auberges, en vérité toute notre ville prospère du commerce des pèlerins. Qu'adviendrait-il, Maîtresse Swinbrooke, si la nouvelle de ces meurtres venait à se répandre ?

Newington indiqua les fenêtres d'un geste avant de poursuivre :

— La guerre, les épidémies tuent les gens comme des mouches. Ils meurent aussi d'accidents ou dans des rixes. Mais empoisonner des pèlerins est une autre affaire. Les gens viennent sur la tombe de Becket pour y chercher la guérison. Imaginez ce qu'il adviendrait si le mystère de ces meurtres éclatait au grand jour...

Le magistrat jeta un rapide regard au soldat Murtagh et ajouta :

— Les récentes discordes civiles rendent les choses suffisamment difficiles. Heureusement, poursuivit-il très vite, la victoire du roi dans l'Ouest y remédiera sans délai.

Il se pencha en avant pour déclarer :

— Maîtresse Swinbrooke, il faut arrêter cet empoisonneur avant qu'il ne commette de nouveaux crimes.

— Vous avez d'autres médecins, d'autres apothicaires.

— Cantorbéry compte plusieurs médecins et trois apothicaires, en effet, répliqua le magistrat. L'un de ces derniers, cependant, est gravement malade.

Luberon prit alors la parole :

— Vous ne comprenez donc pas pourquoi nous nous adressons à vous ? Vous, une femme !

Il avait asséné ce dernier mot comme une insulte.

— Maître Luberon, mon père a étudié à l'École de médecine de Saint-Côme, à Paris. Les femmes médecins sont reconnues par la guilde, à Londres. Cecilia d'Oxford était le médecin personnel de Philippa de Hainaut.

Kathryn énuméra ainsi tous les arguments qu'avançait autrefois son père, puis elle secoua la tête avec lassitude et ajouta :

— Je n'ai aucune prétention d'excellence, je suis apothicaire, parfois guérisseur, parfois médecin.

— Vous auriez dû naître homme, déclara Luberon, railleur.

— Dans ce cas, Maître clerc, vous et moi avons une chose en commun.

Derrière Kathryn, Thomasina gloussa. Murtagh sourit, et son visage soudain se fit jeune et attrayant. Newington semblait mal à son aise, mais le vieil archevêque éclata d'un rire sonore devant l'embarras de son clerc.

Sans laisser à celui-ci le temps de riposter, Newington reprit la parole :

— Vous ne comprenez donc pas notre problème, Maîtresse Swinbrooke ? Notre empoisonneur sait le latin. C'est un lettré.

— Comment savez-vous que c'est un homme ?

— Nous le savons. Il est qualifié en sciences médicales et a accès à des potions et des philtres.

Le magistrat toussa pour s'éclaircir la voix.

— Comme ces médecins et apothicaires de Cantorbéry que vous mentionniez, poursuivit-il. En vérité, l'un d'eux pourrait fort bien être notre meurtrier.

— Moi aussi !

L'archevêque se pencha en avant.

— Je ne le pense pas, non.

Il fit claquer ses doigts, regardant Luberon.

— Avez-vous les documents ? demanda-t-il au clerc.

— Oui, Votre Grandeur.

Luberon tendit à Kathryn un petit rouleau de parchemin qu'enveloppait un ruban de soie rouge, et lui dit :

— Vous trouverez consignés ici tous les détails que nous connaissons.

Il se rengorgea et ajouta :

— Un de mes clercs en a dressé la liste.

L'archevêque Bourchier se leva alors et désigna le soldat.

— Maître Murtagh ici présent est irlandais. Il fut page du père d'Édouard d'York, avant de devenir maréchal de la maison royale et chef des messagers du roi. Il a maintenant la charge des écuries royales de Kingsmead, et il est aussi commissaire de la paix ici, à Cantorbéry. J'ai demandé au roi que Murtagh nous aide à pourchasser notre meurtrier, et je vous ai choisie, vous, Kathryn Swinbrooke, pour l'assister.

Kathryn porta son regard sur l'Irlandais, qui le soutint. L'expression de cet homme ne lui plut pas, une expression froide, calculatrice, comme si elle-même était une jument à vendre sur la place du marché.

— Pour cette mission, et toute autre affaire, vous serez rétribuée par le Conseil et par moi-même, poursuivit Bourchier. Vous toucherez soixante livres par an, soit quinze livres qui vous seront remises chaque trimestre.

Kathryn n'en revenait pas. C'est qu'elle avait besoin d'argent pour approvisionner le magasin, entreprendre les nécessaires travaux d'entretien de la maison, faire graver l'inscription sur la tombe de son père et commander à un prêtre des messes chantées pour le repos de son âme.

— Acceptez-vous ? demanda sèchement l'archevêque.

Kathryn hocha la tête tandis que, dans son dos, Thomasina se trémoussait, tout excitée.

Bourchier frappa dans ses mains.

— Excellent ! s'exclama-t-il. Nous ferons déposer chez vous les documents nécessaires. Il faut garder cette affaire privée et secrète.

— Et si j'échoue ? demanda Kathryn.

Bourchier eut un mince sourire.

— On attrape toujours les meurtriers, murmura-t-il. Celui-là n'est pas une exception. Et il est assez arrogant pour trop présumer de lui-même.

Il prit Kathryn par la main pour l'aider à se relever et jeta un furtif regard à sa droite puis à sa gauche. Kathryn comprit : le vieux prélat rusé n'avait guère confiance en ses compagnons ici présents. Certes, le meurtrier pouvait être n'importe qui. Newington était un lettré, un homme instruit, tout comme Luberon. A sa manière, l'archevêque prévenait Kathryn d'être prudente. Celle-ci s'inclina pour baiser son anneau.

— J'agirai au mieux, dit-elle. Messieurs, je vous fais mes adieux.

Kathryn traversa en sens inverse la vaste salle, Thomasina sur ses talons. Une fois dans le couloir, toutes deux s'adossèrent à la porte refermée. Kathryn écarquilla les yeux.

— Je suis engagée par le Conseil, murmura-t-elle avec une emphase moqueuse, et c'est l'archevêque en personne qui m'accueille! Eh bien, Père aurait été fier!

— Il aurait été content de l'argent, surtout, rétorqua Thomasina, mais il se serait montré plus malin que vous.

— Que veux-tu dire?

La servante prit sa maîtresse par le coude pour la guider jusqu'à l'escalier.

— On surnomme Bourchier le Renard, et l'on a raison, reprit-elle. Il est peut-être archevêque, mais je ne lui achèterais pas un cheval. Luberon est un être malfaisant, quant à Newington, il a probablement peur de son ombre.

— Et l'Irlandais?

Thomasina n'eut pas le temps de répondre. On venait d'appeler Kathryn par son nom. Celle-ci se retourna : Murtagh se tenait sur le seuil de la salle qu'elle venait de quitter, les bras croisés.

— J'ai un mot à vous dire, Maîtresse Swinbrooke.

— Vous pouvez lui en dire deux si vous êtes poli, lança Thomasina.

Murtagh avança dans leur direction. Il portait la tête haute et se déplaçait comme un chat. Kathryn frissonna. Cet homme l'inquiétait, l'effrayait, avec son visage sombre et ses manières singulières. Son assurance, la façon dont sa dague et son épée, retenues par des anneaux à une large ceinture, cognaient doucement contre sa jambe proclamaient qu'il était un soldat, un tueur, un chat parmi les pigeons. Oui, un chat! Kathryn se rappelait en avoir observé un traquer un oiseau dans le jardin : il le faisait aussi lentement, avec autant de mesure que Murtagh approchait maintenant. Déjà Kathryn respirait son odeur de cuir et de sueur aigre. Elle remarqua aussi les cernes sombres sous ses yeux.

— Vous devriez dormir, Irlandais. Vous venez de loin ?

— De Tewkesbury. Sur la demande insistante du roi. Il m'a fallu trois jours.

Se détournant, Kathryn descendit les escaliers, l'Irlandais à sa suite.

— Avez-vous pris connaissance de ceci ? demanda-t-elle, montrant le rouleau de parchemin.

— Je suis un soldat, pas un clerc.

— Savez-vous seulement lire ? demanda Thomasina, moqueuse.

Murtagh grimaça un sourire, et, sans crier gare, prit la servante par la main.

— Et vous ? Je suppose que vous savez, non ? Il est rare de trouver une femme comme vous, Thomasina, qui allie la beauté à l'intelligence.

Thomasina lui arracha sa main, tandis qu'ils parvenaient au bas de l'escalier.

— Comment savez-vous mon nom ? demanda-t-elle durement.

— Newington me l'a dit.

— Est-ce que tous les Irlandais sont des menteurs ?

— Peut-être. Et si je vous disais que vous êtes une sale grosse truie, serait-ce vérité ou mensonge ? plaisanta Murtagh.

— Vous n'êtes qu'un insecte de tourbière, riposta vertement Thomasina, et votre cul déborde de vos chausses. Mon père disait de ne jamais faire confiance à ceux de votre race ; ils aiment la bagarre, la boisson et les putains.

— Tais-toi, Thomasina! intervint Kathryn. Dites-moi, Maître Murtagh, que savez-vous de ces meurtres?

Avant que Thomasina ait pu l'en empêcher, Murtagh s'était faufilé auprès de Kathryn et la guida jusqu'à la sortie du bâtiment, en bas de l'escalier. Dehors, le soleil était aveuglant, et le tintamarre du marché dans la Grand-Rue, assourdissant.

— Pas grand-chose, répondit-il, mais ce n'est ni le moment ni l'endroit pour en parler.

Ce disant, il s'était rapproché de Kathryn qui, aussitôt sur ses gardes, le fusilla du regard.

— Où et quand pourrons-nous le faire, alors? demanda-t-elle.

Comprenant qu'il l'avait contrariée, l'Irlandais se détourna.

— Sans vouloir vous offenser, Maîtresse Kathryn, je n'aime ni les tavernes ni les échoppes de cuisiniers, et le logis de Kingsmead est délabré.

Il joua avec le manche de sa dague avant d'ajouter:

— Écoutez, si vous m'invitez à souper, je vous paierai pour ce que vous me servirez.

Kathryn rougit.

— Moi non plus je ne voulais pas vous offenser, balbutia-t-elle. Bien sûr, venez dîner. Ma maison est la boutique d'apothicaire, dans Ottemelle Lane. Soyez là une heure avant le coucher du soleil, quand sonneront les vêpres.

L'Irlandais hocha la tête, tourna les talons et s'éloigna à grands pas.

— C'est un salaud, celui-là, murmura Thomasina, mais je parie qu'il est bon au lit.

— Qu'en sais-tu?

— On le voit à ses jambes, répliqua la servante.

Elles sont solides et fortes, comme celles de mon troisième mari. C'est la première chose que j'ai remarquée chez lui. Il aidait à porter le cercueil de mon second mari jusqu'à l'église. Je marchais derrière, et je me suis dit : « Quelles belles jambes ! Grosses et fortes comme des troncs d'arbre. » Et je ne me suis pas trompée pour le reste !

Kathryn sourit. Elle allait tourner pour pénétrer sur le marché quand elle réalisa combien elle était lasse, combien elle avait peu mangé, et combien elle était soulagée qu'on ne lui ait pas parlé de son mari. Elle était contente aussi d'avoir invité l'Irlandais à souper : qu'il lui plaise ou non, elle devrait faire avec lui la chasse au meurtrier. Or l'empoisonneur pouvait être n'importe lequel parmi ces gens qui se pressaient sur le marché.

Chapitre III

Vêtu de la pèlerine à capuchon doublée de laine de la guilde des marchands, Sir Thopas, comme aimait à s'appeler lui-même le meurtrier, se tenait près de Buttermarket, observant la foule des pèlerins qui franchissaient Newgate pour traverser le cimetière des frères convers et se rendre au tombeau de Becket. Il palpa la fiole dans sa besace, guettant son groupe de marchands. Ceux-ci descendraient Palace Street, dépasseraient l'église Saint-Alphège, pour emprunter Turnagain Lane et déboucher dans Sun Street. La nuit dernière, il avait épié leur conversation à la taverne de Burgate Lane; juste après l'heure de midi, comme l'avait précisé l'un d'entre eux, ils se rendraient sur la tombe de saint Thomas Becket. Parce qu'ils avaient payé, ils auraient même l'insigne privilège qu'un sous-prieur leur fasse visiter Christchurch.

L'assassin s'adossa à la bâtisse de pierre grise pour observer Burgate Street. Il n'était pas très à son aise, et pas seulement à cause du temps chaud et de la puanteur. La présence de tant de soldats portant le tabard d'Édouard d'York l'incommodait aussi. Un sourire grimaçant lui vint. A Cantorbéry, tout n'était que chaos. Le maire était un traître, et l'on avait suspendu le Conseil. Pareille confusion lui permettrait de dissimuler encore davantage ses activités, et Thopas avait fort à faire. Son regard se porta de l'autre côté de la rue sur deux mendiants accroupis à l'ombre du mur d'enceinte de la cathédrale. Ils avaient allongé leurs jambes maigres et faisaient tinter leurs écuelles de cuivre pour mendier auprès des pèlerins. Des clercs lançaient des insultes à un boucher qui bataillait pour faire descendre un taureau dans l'enclos où on l'exciterait pour stimuler ses humeurs avant de l'abattre. Les clients, en effet, aimaient leur viande riche et fort sanglante. Thopas grimaça un nouveau sourire. Lui aussi aimait le sang. Il adorait choisir sa victime, la repérer puis la marquer. Ensuite il se complaisait à élaborer un plan subtil, une embuscade, et enfin à donner la mort. Alors il pouvait savourer les suites macabres de son acte. Il psalmodia tranquillement deux vers d'un poème, mais s'interrompit car un moine qui arrivait à sa hauteur le dévisageait avec curiosité.

Entendant de forts éclats de voix et de rires, Thopas se retourna pour scruter Sun Street. Les marchands qu'il avait espionnés la nuit précédente approchaient, arborant leur toque de castor malgré la chaleur. Ils avaient la poitrine barrée de chaînes d'argent, portaient des boucles sur leurs bottes poussiéreuses et de clinquants bijoux à leurs cols et poignets. Ils s'immobilisèrent près de Newgate, devant l'entrée de l'abbaye. L'un d'eux sortit une outre de vin, et ils se la passèrent à la ronde, parlant, plaisantant bruyamment. Thopas, qui les observait avec impudence, murmura :

— Ils ressemblent davantage à une bande de fêtards qu'à des pèlerins allant prier.

Il plissa les yeux. Et pourquoi pas ? songea-t-il.

Qui croyait vraiment en un tas de vieux os et quelques débris d'étoffe souillée ? Thopas examinait le groupe, cherchant sa victime. Oui, elle était là : obèse, grasse à souhait, la poitrine et le ventre proéminents comme ceux d'un pigeon bien nourri. Son crâne chauve et sa face rubiconde luisaient. L'homme avait un nez épaté sur une bouche épaisse, et des yeux durs comme la pierre, qui ne semblaient jamais en repos.

— Eh bien, eh bien, marmonna Thopas, que te sert-il de gagner l'univers si tu viens à perdre ton âme immortelle ?

Le meurtrier appréciait ces citations. Il se cala contre la bâtisse et leva son visage vers le ciel.

— Oh, insensé, chuchota-t-il, citant encore les Écritures, ne sais-tu pas qu'aujourd'hui même ton âme te sera redemandée ?

Il fixa sa future victime dont les grosses lèvres s'étaient resserrées sur le goulot de la gourde.

— Bois donc, murmura-t-il, car les ténèbres de la longue nuit approchent. Tu aurais dû engranger des richesses dans le Ciel.

D'un regard circulaire, il s'assura que personne ne l'observait, et son attention s'accrut quand les marchands se turent soudain : l'un d'eux venait d'indiquer quelqu'un, derrière les grilles de l'enceinte de la cathédrale, qui se dirigeait vers eux. Thopas traversa Burgate, se pressa pour emboîter le pas aux marchands, se mêlant à eux sans que personne ne le remarque. Il les avait choisis à cause de leur diversité. Si tous étaient marchands de laine, certains venaient de Londres ou de Rochester, d'autres étaient de Cantorbéry. Ne se connaissant pas les uns les autres, heureux de leur pèlerinage et bien décidés à en profiter, ils ne remarqueraient pas un étranger, le prenant seulement pour un visiteur de plus.

Le portail de la cathédrale s'ouvrit sur un moine pâle et émacié qui s'adressa au chef du groupe avant d'empocher rapidement la bourse sonnante que l'homme lui offrait. Alors seulement un sourire édenté apparut sur son visage semblable à une tête de mort. Il s'inclina, murmura un mot de bienvenue et invita les pèlerins à entrer. Le sous-prieur leur fit d'abord traverser le cimetière des frères convers, leur indiquant deux des hautes tours de la cathédrale. Ils s'arrêtèrent ensuite pour remplir une cruche d'eau à la fontaine, au milieu du cimetière, puis se dirigèrent vers le porche sud de l'église. Là, le sous-prieur leur montra les statues des trois chevaliers surmontant la porte.

— Ce sont ceux qui commirent le terrible meurtre de Becket, annonça-t-il.

— Pourquoi les a-t-on exposés en si bonne place ? demanda l'un des marchands.

Le sourire édenté du moine reparut et l'homme déclara avec emphase :

— Pour que nul, ni roi, ni courtisan, ne touche jamais plus à un évêque ni aux biens de notre sainte mère l'Église.

Sur ce, il fusilla les pèlerins du regard comme s'il les soupçonnait de nourrir secrètement d'aussi noirs desseins.

Enfin ils furent invités à pénétrer dans la nef. Le meurtrier se glissa sans bruit derrière eux. A cause de cette visite particulière, on n'avait pas admis les autres pèlerins, si bien que, sous ses hautes voûtes, la nef était déserte.

A la suite du sous-prieur, les marchands passèrent devant plusieurs pierres tombales mais leur guide n'en dit rien, se contentant d'agiter ses doigts comme si personne ici ne pouvait avoir d'importance, en regard du grand Thomas Becket. Pendant que les pèlerins remontaient la nef, Thopas, en les suivant, contemplait son immensité; puis le sous-prieur les invita à gravir les larges marches en pierre menant au chœur. Juste avant qu'ils ne tournent dans le transept du Martyr, leur guide leur montra la statue de Notre-Dame devant laquelle, disait-on, Becket avait prié, le soir de sa mort. Tout près, sur un petit autel, était exposée l'épée qu'avaient utilisée les meurtriers pour décapiter l'archevêque.

— Vous pouvez la baiser, annonça le moine.

Les marchands s'exécutèrent, mais Thopas fit en sorte que ses lèvres n'effleurent pas le vieux morceau de métal rouillé.

Leur guide les conduisit ensuite dans la crypte. Le meurtrier s'était glissé près de sa victime. Il savourait son odeur, et sa face rubiconde le comblait, avec son air avantageux, plein d'importance. « Bientôt, songea Thopas, bientôt tu ne seras plus, et rien ne te sauvera, car, comme l'a écrit Maître Chaucer, *J'ose le dire tout net, bien que tes pas te portent ici, ton âme est déjà en Enfer*. »

Thopas promena son regard sur la crypte sépulcrale. Tout cela ne voulait rien dire. Jadis, il avait cru dans le saint tombeau, c'est pourquoi il y avait amené sa mère. Elle, si frêle, avait vaillamment gravi les marches des pèlerins pour prier sur la tombe de Becket, suppliant le martyr de guérir la tumeur qui grossissait en elle. Le mal s'était arrêté un temps, puis il avait brusquement empiré.

— Que vous arrive-t-il?

Thopas sursauta. En voyant que le reste du groupe s'était avancé plus loin dans la crypte, il sentit la panique le gagner, lui qui avait toujours fait en sorte de ne pas se singulariser afin qu'on ne le remarque pas. Il scruta la pénombre et poussa un soupir de soulagement. Le marchand qui lui adressait la parole était sa victime.

— Rien, répondit Thopas, j'étais seulement subjugué par tant de splendeur.

Ils rejoignirent les autres à qui l'on montrait des reliques. Le crâne fendu du martyr, d'abord, dont seul le front avait été laissé nu afin que l'on puisse le baiser, le reste étant recouvert d'une épaisse couche d'argent. Le sous-prieur sortit ensuite le cilice du saint archevêque, les ceintures et les lanières de cuir dont Becket s'était servi pour dompter sa chair.

Puis les pèlerins regagnèrent l'entrée du chœur, et sur le côté nord de celui-ci, on leur ouvrit moult coffres, doublés d'argent, qui contenaient des reliques d'autres saints : crânes, mâchoires, dents, os des mains et des doigts, et même des bras entiers que le sous-prieur invita les visiteurs à baiser. La plupart le firent, seuls certains reculèrent, dégoûtés, quand le moine exhiba un bras auquel la chair était toujours attachée.

Le meurtrier fut soulagé quand on les conduisit enfin jusqu'à l'autel où se trouvaient les trésors de la cathédrale : vases d'or et riches ornements. Ils se rendirent ensuite à la chapelle de Saint-André pour y voir de précieux vêtements sacerdotaux, des chandeliers en or ainsi qu'un drap de soie et un linge défraîchi qui portait des taches de sang.

— On en recouvrit le corps de l'archevêque, après son assassinat, annonça le moine.

Puis il poursuivit d'un ton triomphant :

— Et maintenant, nous arrivons au point culminant de votre visite.

Les pèlerins gravirent une nouvelle volée de marches jusqu'à la chapelle de la Trinité. Là se trouvait le tombeau de Becket que dominait une statue dorée du saint, richement ornée de pierreries. Les marchands retinrent leur souffle, frappés de crainte respectueuse. Bien que riches et possédant des coffres remplis d'or, ils contemplaient avec envie et admiration la splendeur de cette statue.

Le sous-prieur grimpa sur une échelle et, à l'aide d'une poulie, souleva le cadre en bois qui dissimulait le tombeau à la vue de la foule ordinaire. Alors Thopas lui-même, qui ne croyait pourtant en rien et avait vu plusieurs fois les trésors, fut frappé d'émerveillement. Une plaque d'or recouvrait entièrement la tombe, incrustée de pierres précieuses énormes, dont les mille lueurs éblouissaient l'œil. Certaines de ces pierres dépassaient en grosseur un œuf d'oie, et la plus scintillante était le Joyau de France, qui brillait comme un éclat de feu. Les marchands admirèrent dans un silence pétrifié cet étalage de riches splendeurs, puis le moine rabaissa le cadre de bois.

On se rendit ensuite dans la sacristie toute proche. Là, il fallut s'agenouiller devant un coffret recouvert de cuir noir contenant quelques lambeaux d'étoffe souillée.

— Avec ces linges, annonça le moine, notre martyr essuyait la sueur de son visage et les morves qui coulaient de son nez.

Les marchands restèrent sans voix. Quelques-uns se détournèrent, un peu écœurés. Puis le moine referma le coffret, et un frère lai entra avec un plateau portant des gobelets de vin et des assiettes de gaufres.

Thopas s'était maintenant avancé au premier rang du groupe, tenant sa petite fiole dans sa main gauche. Les marchands bavardaient et fouillaient leur besace à la recherche de monnaie qu'ils déposeraient sur le plateau de la quête. Profitant de la pénombre, Thopas entreprit de distribuer les gobelets et servit sa victime en dernier. Avant de lui tendre son godet, comme les conversations allaient bon train, il versa la poudre empoisonnée dans le vin et fit tourner celui-ci doucement pour que le poison s'y dissolve. Après quoi, parfaitement silencieux, il regarda sa victime absorber sa mort avant de reculer dans l'ombre pour s'enfuir de la cathédrale, tel un fantôme.

Dans sa maison d'Ottemelle Lane, Kathryn Swinbrooke faisait semblant de travailler dans son petit cabinet d'écriture, pendant qu'à la cuisine Thomasina, rouge et suante, se démenait pour préparer le souper. La servante maudissait à mi-voix tous les hommes, et surtout les Irlandais, ces vers de tourbière qui, avait-elle dit à Agnes, dévoreraient tout, y compris leur maison, avant de venir les ravir de force dans leurs lits.

— Ce ne serait pas une si mauvaise chose, murmura Kathryn avec un demi-sourire.

Elle écouta ensuite Thomasina décrire en termes hauts en couleur les atrocités que ces mercenaires irlandais feraient subir à toute pauvre fille malencontreusement tombée entre leurs sales pattes brutales. Agnes ponctuait le récit de la servante de hoquets prétendument terrifiés.

— Oh oui, criait maintenant Thomasina, sachant fort bien que sa maîtresse l'entendrait depuis son cabinet d'écriture, j'en ai entendu, des histoires, sur les mercenaires d'Édouard d'York.

Elle baissa la voix en un bruissement que l'on aurait cependant perçu jusqu'au Guildhall et même plus loin, et dit :

— Écoute un peu, Agnes, ils prennent une pauvre fille et la déshabillent lentement, puis lui lient les mains au-dessus de la tête. Ensuite ils boivent et se soûlent avant de lui faire subir les outrages les plus terribles.

— Quoi, par exemple ? gloussa Agnes, pleine d'espoir.

Cette fois, la voix de Thomasina se réduisit à un vrai chuchotement tandis qu'elle abreuvait la fille de cuisine de détails croustillants tirés des histoires licencieuses qu'elle avait entendu raconter au cours de sa longue vie mouvementée. Esquissant un sourire, Kathryn se pencha sur sa table. Quelqu'un avait dit un jour que Thomasina avait une bouche sale comme un égout, mais Kathryn lui connaissait aussi un cœur d'or.

A l'entendre mentionner avec tant d'insistance les Irlandais, Kathryn se prit à évoquer les événements de la journée. Le mystère qui se profilait derrière la convocation dont elle avait fait l'objet, la perspective de gagner un peu d'argent, l'atmosphère malsaine et inquiétante de la bâtisse du Guildhall envahie de soldats. Et puis les yeux perspicaces de Bourchier dans son visage couperosé ; Luberon, mauvais comme une teigne ; Newington, terrifié à en défaillir ; ce silencieux soldat enfin, insolent, avec ses yeux étranges et son air moqueur et menaçant.

Kathryn joua avec le couvercle de son encrier. Murtagh lui faisait-il peur ?

— Non, non, murmura-t-elle dans la pénombre.

Et pourtant si, et, dans son cœur glacé, elle se prit à maudire son époux. Il lui fallait bien regarder en face une vérité que Thomasina ne cessait de lui assener. Elle craignait les hommes, s'en méfiait, et qui pouvait le lui reprocher ? Alexander Wyville s'était montré si gentil, si attentif et assidu quand il lui faisait la cour! Kathryn se rappelait sa nuit de noces, la douceur et la passion de ces tout premiers temps. Et puis la vérité : Alexander soûl, le visage défiguré par un masque de haine, faisant resurgir de son âme noire les injustices et les blessures causées par un parâtre cruel, son ressentiment parce qu'il n'avait pas reçu une bonne instruction, son échec à faire prospérer son négoce. Il entrait dans la chambre maritale avec son outre de vin, faisait gicler le liquide dans sa bouche, puis déversait sa litanie de paroles haineuses.

Kathryn avait d'abord pensé que ces humeurs funestes lui passeraient. Elle avait vu son propre père ivre et larmoyant. Mais il retrouvait ensuite sa jovialité, et racontait d'amusantes histoires de moine. Alexander était différent. Quand il se soûlait, il se murait dans son propre donjon de ténèbres. Lorsque Kathryn avait tenté d'intervenir, le vrai cauchemar avait commencé. Car Alexander en était venu à voir en elle la personnification de tout ce qu'il estimait avoir mérité et perdu. Il devint violent. Un coup au visage, d'abord, ou à l'estomac; puis il s'était mis à la battre et à la rouer de coups de pied comme l'aurait fait un soudard au fond d'une ruelle. Au matin, une fois sobre, il se repentait. Mais Kathryn réalisa bientôt qu'elle avait épousé non pas un, mais deux hommes.

Elle ferma les yeux, écoutant les petits cris délicieusement outragés d'Agnes. Mieux valait ne pas penser à Alexander, ou le visage de son père surgirait pour envahir ses souvenirs. Kathryn prit une inspiration et, se calant contre le haut dossier de son siège, voulut détourner le cours de ses pensées. Devrait-elle changer de robe avant l'arrivée de l'Irlandais ? Une pointe d'excitation lui chatouilla le ventre. Après tout, il était le commissaire du roi, appartenait à sa maison, et c'était un écuyer et un archer digne de confiance que le cardinal archevêque lui-même traitait avec respect. Kathryn secoua la tête en même temps que lui parvenaient les premiers effluves du rôti que cuisait Thomasina. Non, elle ne se changerait pas, servirait à l'Irlandais un bon repas, et cela suffirait.

Elle prit le petit rouleau de parchemin remis par l'archevêque pour en dénouer avec soin le ruban de soie. L'écriture minuscule propre aux clercs lui fut tout d'abord difficile à déchiffrer, d'autant que Thomasina continuait à vociférer sur les desseins lubriques des Irlandais, gênant sa concentration.

— Oh, tais-toi donc, Thomasina, murmura Kathryn pour elle-même.

Elle reprit sa lecture, et bientôt, sous le ton compassé et officiel dont usait le clerc, commença à émerger le vrai danger de ce qu'elle allait affronter.

Voici le rapport exact et véridique des meurtres terribles commis dans la ville de Cantorbéry contre des pèlerins venus s'incliner sur le tombeau du saint martyr. Le premier de ces crimes fut perpétré le 5 avril. Accompagné d'autres habitants d'Evesham, sa ville, Aylward, un tisserand, s'était rendu à la cathédrale pour implorer le saint martyr. Descendant d'une famille de petits propriétaires, Aylward était un homme de bien, sobre et réfléchi dans ses manières. Le maire et les magistrats d'Evesham avaient déclaré sous la foi du serment qu'il était loyal et fidèle sujet du roi. On ne lui connaissait ni ennemis ni rivaux, et il jouissait de l'estime et du respect de tous. Avec les autres pèlerins d'Evesham, il était arrivé à Cantorbéry le mardi pour se rendre sur le tombeau mercredi, à la fin de la matinée. Ils se joignirent à d'autres pèlerins, et personne ne remarqua rien de malséant. Cependant Gervase, un compagnon dudit Aylward, déclara qu'après avoir quitté l'enceinte de la cathédrale ils furent abordés par un vendeur d'eau. L'homme, qui était âgé et portait un capuchon enfoncé très bas sur son visage, offrit gratuitement aux pèlerins d'Evesham de l'eau qu'il venait de tirer d'un puits proche. Il agissait ainsi par charité, expliqua-t-il. Sa générosité transporta les hommes d'Evesham qui acceptèrent chacun un gobelet que leur offrait l'homme. Le vendeur taquina Aylward, disant qu'il semblait le chef de ses compagnons, et que, pour citer l'Évangile, « les premiers seraient les derniers, et les derniers seraient les premiers ». Il le servit donc en dernier et disparut. Les pèlerins regagnaient leur auberge quand Aylward tomba sur le sol en défaillance mortelle. Il expira peu après. John Talbot, un médecin de Cantorbéry, fut appelé par le magistrat du quartier. Il déclara Aylward mort, que Dieu l'absolve, tué par un poison violent. Les pèlerins d'Evesham jurèrent que l'on ne pouvait soupçonner aucun d'entre eux. Le Conseil ordonna que soit recherché ce mystérieux vendeur d'eau, mais on ne trouva point trace de lui.

Le deuxième meurtre survint deux semaines après. On ne connaît pas grand-chose de ses circonstances. La victime, Osbert Obidiah, charpentier dans un village proche de Maidstone, fut retrouvé mort dans une ruelle à côté de Burgate. Sa bouche et sa langue toutes noires disaient clairement qu'il n'était pas mort d'un coup de sang foudroyant mais bien qu'il avait succombé lui aussi à un horrible empoisonnement.

Le troisième suivit très vite après. Ranulf Floriack, un mercier et pèlerin venu d'Acton Burnley, soupait avec d'autres pèlerins à la *Taverne du Cheval Ailé*, dans Pissboil Alley. Les voyageurs, qui n'étaient pas fortunés, avaient commandé du vin coupé d'eau et des bols de soupe à l'oignon, la spécialité de la taverne. Ranulf avait presque achevé sa soupe quand il fut pris de violents maux de ventre. Malgré l'assistance et le soutien de ses compagnons, il expira dans la cour des écuries, derrière la taverne. Il apparut qu'il avait été empoisonné à l'arsenic, le même poison qui avait tué Osbert. Comme on ne pouvait pas soupçonner ses compagnons de route, on interrogea le tavernier, et on fouilla son auberge ; on n'y trouva ni potion ni poison, mais le tenancier avoua que tout n'était pas clair. Il expliqua :

« Pendant la saison de pèlerinage, j'embauche des garçons et des filles de salle. J'ai beaucoup de clients, souvent ils ont très faim, aussi, dans mes cuisines, il règne une activité de ruche. Il semble que pendant quelques minutes, alors que l'on servait les pèlerins d'Acton Burnley, une des filles de salle a remarqué un serviteur qu'elle n'avait jamais vu auparavant. Il avait de longs cheveux gras, un tablier souillé, et la fille de salle assure qu'il servait la table des pèlerins. »

La fille fut aussi interrogée : elle put seulement décrire l'homme qu'elle avait vu rapidement comme il se frayait un passage dans l'affluence pour s'approcher des pèlerins : il avait le visage noir de crasse et de graisse, des cheveux longs et épars, et il était plutôt grand de taille. Elle ne l'avait jamais vu avant, et ne l'avait pas revu non plus après.

Le quatrième meurtre fut perpétré plus récemment, il y a quelques jours; plus précisément, juste avant que l'annonce de la victoire du roi à Tewkesbury ne parvienne à Cantorbéry. Robert Clerkenwell, un médecin de Londres, fut empoisonné à la *Taverne de l'Échiquier*, à Burgate, près des entrepôts. La victime buvait du vin du Rhin quand elle tomba brusquement comme sous l'effet d'un coup de sang. La mort fut presque instantanée. Geoffrey Cotterell, un médecin...

Kathryn leva les yeux du parchemin, réfléchissant. Elle connaissait Cotterell, un homme déplaisant, qui ne soignait que les riches et ignorait les autres. Le père de Kathryn le tenait pour un charlatan et se moquait gentiment de ses manières hautaines et de sa mise ostentatoire.

... Cotterell, un médecin, se trouvait dans le voisinage. *(Kathryn souligna ce dernier mot.)* Il examina le cadavre du médecin. Sa peau était si froide et moite, déclara-t-il, qu'il s'agissait sûrement d'une forte décoction d'un poison difficile à déceler, comme la digitale, qui avait arrêté le cœur, entraînant une mort foudroyante. De nouveau on interrogea les pèlerins, on fouilla leur besace. En vain : rien ne permit de les soupçonner. Pour la forme on mena aussi l'enquête à la *Taverne de l'Échiquier*, et, étrange coïncidence, un garçon de salle, pareil à celui qui avait été vu au *Cheval Ailé*, avait servi le médecin et ses compagnons de table.

Le manuscrit s'arrêtait là. Kathryn le lut une seconde fois, articulant les mots sans les dire, puis elle se leva pour se rendre à la cuisine où le silence qui régnait maintenant l'intriguait. C'est que Thomasina et Agnes étaient sorties dans le jardin pour y cueillir des herbes. A présent, Agnes en effeuillait les tiges, et Thomasina écrasait les feuilles à l'aide d'un pilon dans un petit mortier en bois. Kathryn s'adossa au montant de la porte pour les observer. Agnes avait du mal à s'appliquer à ce qu'elle faisait. Elle fixait de ses grands yeux ronds Thomasina perchée sur le petit muret du jardin, qui continuait à lui raconter avec force détails les coutumes sexuelles des mercenaires irlandais.

Kathryn s'étira. Ah, elle devrait s'acheter un siège plus confortable, peut-être capitonné, et avec un coussin! Dans la cuisine, la viande qui rôtissait sur le feu embaumait. Kathryn se versa de l'eau fraîche dans un gobelet d'étain, puis, la tête ailleurs, elle regagna son cabinet d'écriture, buvant son eau à petites gorgées. Nul doute, l'Irlandais allait l'interroger. Qu'aurait-elle à lui répondre? Toute cette affaire la tourmentait, lui rappelait quelque chose... quelque chose qu'elle avait lu, ou que son père lui avait raconté? Elle s'immobilisa sur le seuil de son cabinet. Que disaient ces mauvais vers que lui avait montrés Newington?

Sur la tombe de Becket, poussière et crasse
Radix malorum est Cupiditas.

Ces vers ne lui étaient pas étrangers. Et pourquoi l'assassin choisissait-il ses victimes en fonction de leur métier? Elle n'avait pas oublié les deux autres vers:

Un tisserand s'était acheminé jusqu'à
                    [Cantorbéry,
Et moi, j'ai envoyé son âme au Ciel.

Secouant la tête, Kathryn se rassit à sa table.

Comment s'y serait pris son père pour résoudre cette énigme? Dans ce cabinet, elle sentait sa présence toute proche. Il lui semblait parfois qu'il se tenait penché sur elle, dans son dos.

« Kathryn, avait-il coutume de dire, n'oublie jamais que nous autres médecins ne savons rien. Si tu as mal à la gorge, je puis te donner une mixture de miel et d'herbes qui te soulagera, je le sais. Mais je ne puis expliquer pourquoi. De même si tu te casses un bras, je pourrai le placer sur une attelle, et vraisemblablement il se raccommodera. Pourquoi, comment? Je l'ignore. Un bon médecin doit observer, comparer et tirer ses conclusions. Il doit chercher des signes : l'éclat des yeux du malade, ses ongles, ses cheveux, sa posture, la façon dont il respire. »

Kathryn se concentrait, les yeux fixés sur le mémoire du clerc. Et si elle y appliquait ces principes? Elle prit une feuille de parchemin qu'elle lissa et réfléchit. Dès à présent, que pouvait-elle consigner?

Quatre hommes avaient été assassinés, tous par le poison, dont deux sortes au moins avaient été utilisées : la digitale et l'arsenic. De motif apparent : point. Et nul lien non plus entre l'assassin et ses victimes. Celles-ci étaient toutes des pèlerins ; on pouvait donc en conclure que l'auteur des mauvais vers anonymes détestait le sanctuaire, qu'il considérait comme une farce, et voulait s'en venger et tourner en dérision tout le pèlerinage. Enfin il choisissait ses victimes selon leur profession. Pourquoi?

Kathryn rêvassait, maintenant. Elle entendit vaguement Thomasina et Agnes rentrer dans la maison... les odeurs provenant de la cuisine étaient de plus en plus alléchantes... Kathryn se ressaisit, relut ce qu'elle avait noté, avant de tremper sa plume dans l'encre verte pour écrire de son écriture appliquée :

« Le meurtrier — un homme ? — peut se déguiser en vulgaire garçon de salle, et passer inaperçu dans l'affluence d'une taverne. Néanmoins, il doit être intelligent, instruit et assez fortuné. Il sait écrire en vers — même mauvais —, connaît très bien les poisons et peut s'en procurer facilement. »

Kathryn souligna ce dernier point puis tripota distraitement le bracelet qui scintillait à son poignet, dans la lumière. Une seule conclusion s'imposait : l'assassin était soit apothicaire, soit médecin.

Reprenant le manuscrit du clerc, Kathryn relut les détails du dernier assassinat, celui du médecin, Robert Clerkenwell, à la *Taverne de l'Échiquier*. L'homme buvait du vin du Rhin. Un vin blanc et translucide dont le parfum piquant pouvait masquer l'âpreté de la digitale. Le poison tiré de celle-ci était une poudre blanche, qui se dissolvait en quelques secondes dans un liquide. Cela, seul un bon médecin ou un apothicaire pouvait le savoir. De même, comme tout apothicaire, Kathryn savait que la poudre de digitale, absorbée en doses infinitésimales, permettait de soigner un cœur malade, mais que, prise en trop grande quantité, elle constituait un poison qui entraînait la mort subite.

Elle reposa sa plume. L'assassin, pensait-elle, devait connaître parfaitement les rues et venelles de la ville : ainsi il pouvait disparaître, se cacher, et reparaître dans un accoutrement différent. On pouvait donc penser qu'il habitait Cantorbéry ou ses faubourgs proches. Cependant pourquoi, oui, pourquoi les vers ? Pourquoi cette haine pour le saint tombeau ?

C'est alors qu'un coup rudement frappé à la porte tira Kathryn de ses pensées en même temps que la voix dure de Colum Murtagh retentissait, demandant qu'on ouvre.

Chapitre IV

Colum franchit le seuil de la porte et resta là, à se dandiner d'un pied sur l'autre, face à Thomasina armée d'une grosse cuiller à sauce. Quant à Agnes, tapie derrière celle-ci, elle jetait des regards effarouchés à l'Irlandais comme si elle s'attendait à le voir mettre la maison à sac, avant d'en violer toutes les femmes. Kathryn se hâta à la rencontre de son hôte.
— Soyez le bienvenu ici, Maître Murtagh.
L'Irlandais la regarda, et elle se sentit soudain mal à l'aise. Il s'était préparé avec soin pour lui rendre visite. Quelqu'un lui avait coupé les cheveux, il s'était lavé et rasé, et son visage tanné par le soleil était propre et net, sa peau parfaitement lisse. Il avait aussi changé de mise et portait un surcot de lin sous une jaquette en velours sombre aux manches ornées de boutons d'argent, ainsi qu'un haut-de-chausses de futaine brune, rentré dans ses bottes d'écuyer en cuir noir bien brillant. Il arborait toujours sa large ceinture de guerre à laquelle étaient suspendues sa dague et son épée dans leurs fourreaux, et il en effleurait sans arrêt les pommeaux comme pour se rassurer.

Kathryn d'un signe de la main lui indiqua la cuisine et l'invita à la suivre. Puis, devant la table dressée pour le souper, elle répéta :

— Maître Murtagh, soyez le bienvenu.

Toussotant, il avança vers son hôtesse et sortit de la poche de sa jaquette un rouleau de soie bleue, le lui mit presque de force entre les mains.

— C'est pour vous, Maîtresse.

Sur quoi, il porta la main à son épée, s'attendant, semblait-il, à ce que Kathryn lui jette son présent au visage. Celle-ci au contraire le déroula, appréciant avec délice le soyeux de l'étoffe.

— C'est une écharpe, déclara Colum.

Il promena son regard sur la cuisine et ajouta :

— C'est qu'il y a bien longtemps qu'une dame ne m'a pas invité à souper dans son logis, Maîtresse.

— Qui s'en étonnerait ? murmura Thomasina.

Kathryn replia avec soin le morceau de soie sans prêter attention aux petits cris extasiés d'Agnes.

— Il l'aura volé, marmonna encore Thomasina.

Kathryn fusilla sa servante du regard tout en caressant doucement l'étoffe.

— C'est magnifique...

Elle n'eut pas le temps d'ajouter « Maître Murtagh » car celui-ci s'approcha et lui effleura le dos de la main.

— Colum, je m'appelle Colum.

Thomasina intervint alors avec hargne :

— Elle, c'est Maîtresse Swinbrooke.

Kathryn esquissa un sourire puis ordonna à Agnes d'aller ranger le présent dans sa chambre. Colum se détendit : le soldat sur le qui-vive avait fait place à un individu plutôt timide et un peu gauche. Il fouilla de nouveau la poche de sa jaquette et en sortit un bracelet d'argent, un joli jonc aux deux extrémités renflées. Sans laisser à Thomasina le temps de réagir, il avança vers elle et glissa le bijou à son poignet dodu.

— Pour vous, murmura-t-il.

Cette fois, Thomasina ne trouva rien à répondre. Elle ouvrit la bouche pour protester mais le regard de Kathryn l'en empêcha, et elle se réfugia près du feu, marmonnant que le repas allait brûler.

Ce fut un souper singulier. Thomasina était excellente cuisinière, cependant Kathryn n'avait reçu personne à dîner depuis bien longtemps. Évidemment, Thomasina et Agnes avaient pris place à table, déterminées à observer l'Irlandais et à trouver matière à le critiquer. On conversa d'abord à bâtons rompus : le temps, le prix du froment et autres, autant de sujets entre lesquels Colum glissait des questions sur Cantorbéry, ses bâtiments, ses habitants, leurs coutumes. Il s'adressait peu à Kathryn, plutôt à Thomasina ou Agnes. La maîtresse de maison le laissait faire, l'observant à la dérobée. Elle l'avait tout d'abord pris pour un simple soldat. Il mangeait, certes, avec bon appétit, pourtant il avait aussi des manières de courtisan : il félicitait Thomasina pour sa cuisine, coupait sa viande avant de la porter à sa bouche, et utilisait sa serviette.

Kathryn se mordit les lèvres. Pourquoi s'autoriser des jugements aussi hâtifs ? L'Irlandais était maréchal du roi, qui lui avait confié des missions spéciales ; il était donc habitué au protocole de la cour autant qu'aux règles de la guerre.

Le repas s'acheva enfin. Agnes, qui avait bu un peu trop, avait les paupières lourdes de sommeil. Kathryn lui ordonna de se retirer. Thomasina débarrasserait la table seule. Cette dernière entreprit donc d'enlever les assiettes, les tranchoirs, les bols et les plats pour les porter dans la souillarde. Pendant ce temps, l'Irlandais, qui avait reculé son siège, buvait lentement sa coupe de vin. Ses yeux sombres, profondément enfoncés, croisèrent le regard de Kathryn et le soutinrent.

— Aimez-vous la soie, Maîtresse Swinbrooke?

— Je me prénomme Kathryn, et oui, je l'aime. Votre geste était très courtois.

Murtagh sourit comme si la chose avait peu d'importance. Kathryn aurait aimé savoir s'il avait acheté les présents qu'il avait offerts ce soir, ou si c'était un butin volé dans une maison ou un camp ennemi.

— J'ai acheté l'écharpe et le bracelet à Londres, dit-il doucement comme s'il lisait les pensées de son hôtesse. Je ne suis pas un voleur, Kathryn, et, en Irlande, un présent est un gage d'amitié. Ce que j'ai, je le garde, et ce que je garde m'appartient.

En prononçant cette dernière phrase, sa voix s'était faite dure. Kathryn détourna les yeux, espérant qu'il n'avait pas remarqué que ses joues et son cou s'étaient un peu empourprés de honte.

— Pourquoi ai-je été choisie? demanda-t-elle à brûle-pourpoint.

Colum fit la grimace.

— Pourquoi pas? On m'a dit que vous étiez un bon médecin, avec un talent particulier pour les simples et les potions. Les docteurs que j'ai connus étaient généralement des voleurs et des charlatans.

— Il eût sans doute été plus facile de s'adresser à un homme.

Colum posa sa coupe sur la table et se pencha en avant.

— Newington vous a recommandée. J'ai mené mon enquête, et bien que Luberon, ce clerc arrogant, soit un sot pontifiant, et Bourchier, un ecclésiastique, tous deux ont confirmé les dires du magistrat. Et inutile que vous posiez la question, Kathryn, non, je n'ai aucune réticence à travailler avec une femme médecin. En Irlande, ce sont des femmes qui soignent les gens, et généralement elles sont sages et avisées.

Il détourna les yeux, puis les posa de nouveau sur Kathryn en souriant et ajouta :

— Peu d'entre elles, cependant, sont aussi avenantes que vous.

Kathryn lui rendit son sourire tout en demandant :

— Y a-t-il longtemps que vous avez quitté l'Irlande ?

Murtagh fut aussitôt sur la défensive.

— Quinze ans.

— Depuis tout ce temps, vous êtes maréchal et messager du roi ?

Colum prit une inspiration avant d'expliquer :

— J'étais membre de la maison du père du roi actuel.

Il haussa les épaules.

— Vous savez comment se passent les choses. Je m'y connaissais en chevaux.

Il fit tourner sa coupe de vin sur la table. Kathryn remarqua combien ses mains tannées étaient puissantes. Les muscles de ses doigts courts se contractèrent, et elle comprit que l'Irlandais ne voulait pas révéler son passé.

— Voilà pourquoi on vous a nommé gardien des écuries royales de Kingsmead, j'imagine ?

Colum eut un rire sec puis s'exclama :

— Écuries, dites-vous ! Le manoir est en ruine, les bâtiments réservés aux chevaux sont sales et délabrés. Dans les prés, l'herbe est trop haute, et les clôtures sont brisées. L'endroit évoque davantage une friche qu'un domaine royal.

— Parlons maintenant de notre chasse au meurtrier, voulez-vous ? dit alors Kathryn.

Son hôte se pencha en avant.

— Vous en savez autant que moi. Comprenez-vous, poursuivit-il vivement, le sentiment de Sa Majesté le roi à l'égard de Cantorbéry est celui d'un père qui veut châtier un enfant qu'il aime. Cantorbéry, ou plutôt son maire, Nicholas Faunte, a soutenu les Lancastre. Faunte, que l'on pourchasse, sera pendu dès sa capture, et le Conseil de la ville sera puni. Cependant, le tombeau de Becket est l'un des joyaux de la Couronne. Le roi, l'archevêque, les moines de la cathédrale veulent que sa protection soit assurée, et l'on ne peut tolérer qu'un assassin frappe, tel l'Ange de la Mort, chaque fois qu'il lui en prend l'envie.

— Pour quelles raisons pensez-vous qu'il s'agisse d'un homme ? demanda Kathryn. Ce pourrait être une femme.

Elle s'accouda à la table et ajouta :

— Rien ne prouve que ce ne soit pas moi.

D'une chiquenaude, Colum fit voler une miette de pain sur la nappe.

— Nous y avons pensé, mais non, Maîtresse, vous n'êtes pas la meurtrière. En outre, nos témoins ont parlé d'un homme. Mais dites-moi, convenez-vous que l'assassin est médecin ?

Kathryn hocha la tête.

— Seul un docteur en médecine ou un herboriste compétent saurait utiliser de l'arsenic ou de la digitale. De plus, il s'agit de poisons coûteux, notre assassin est donc un homme aisé puisqu'il peut en avoir à sa disposition des quantités suffisantes. Il connaît également assez bien Cantorbéry pour disparaître dans ses ruelles et ses venelles quand bon lui semble. Il peut aussi changer d'apparence à sa guise, et ses vers, même mauvais, prouvent qu'il possède une certaine instruction. Aussi, oui, j'en conviens, Colum, notre assassin est probablement un médecin. Mais qui est-il, et pourquoi tue-t-il ? Cela demeure un mystère.

Murtagh se tapota le menton.

— En effet.

Il jeta un regard circulaire à la pièce et demanda :

— Où donc a disparu la si perspicace Thomasina ?

— Je suis dans l'arrière-cuisine, Irlandais ! cria la servante d'une voix forte. Et sachez-le, j'entends tout ce que vous dites !

Kathryn se mit à rire tandis que Colum souriait en regardant la porte de l'arrière-cuisine. Puis, sans rien demander, il prit le pichet de vin et remplit jusqu'au bord la coupe de son hôtesse puis la sienne.

— *In vino veritas*, murmura-t-il. La vérité est dans le vin, Maîtresse Swinbrooke. Dites-moi, à votre avis, quelle raison peut amener un homme à haïr un sanctuaire au point de s'en venger aveuglément en commettant des meurtres ?

Il fixa intensément Kathryn, puis contempla le contenu de sa coupe de vin, et poursuivit :

— Les gens tuent pour deux raisons : parce qu'ils sont payés pour le faire ; c'est peut-être mon cas. Les soldats à la guerre exterminent et pillent au nom d'une cause à laquelle ils ne croient pas vraiment, mais qui, ils l'espèrent, leur profitera, remplira leur bourse, les nourrira et leur assurera un toit. A Tewkesbury, pourtant, les chefs ne se battaient pas seulement pour la puissance et la richesse : la haine aussi les rendait acharnés au combat.

Murtagh lança un regard aigu à Kathryn.

— J'étais là-bas, à la fin, continua-t-il, quand les seigneurs lancastriens se sont rendus à l'abbaye. Vous a-t-on raconté ce qui s'est passé ?

Comme Kathryn secouait la tête, il expliqua :

— Les soldats du roi les ont sortis de force. Oh, ils n'avaient pas l'allure de seigneurs ! Ce n'était plus que des vaincus, des hommes meurtris, blessés. Richard de Gloucester, frère du roi, installé sur un siège imposant aux portes de l'abbaye, les a jugés coupables de trahison. On les a alors fait descendre sur la place du marché, et je me suis endormi, ce soir-là, au bruit de la hache du bourreau qui les décapitait.

Pendant qu'il parlait, Kathryn observait attentivement son invité. Le vin lui avait délié la langue, et il s'exprimait d'abondance. Quant à Thomasina, elle était étrangement calme, dans son arrière-cuisine.

— Les gens tuent aussi par plaisir, reprit doucement Colum. Lequel ? Celui d'assouvir leur haine. Or qu'est-ce que la haine sinon de l'amour devenu froid ?

Il se tut pour porter brutalement sa coupe à ses lèvres, et, dans sa brusquerie, il éclaboussa de vin son haut-de-chausses qu'il essuya d'un geste irrité avant de regarder Kathryn bien en face.

— Notre meurtrier hait le sanctuaire parce que le saint l'a déçu. Sans doute y avait-il placé jadis toute sa confiance, et il le tient à présent responsable d'un tragique événement. En convenez-vous, Maîtresse Swinbrooke ?

— Pourquoi avez-vous fait la guerre ? demanda celle-ci en guise de réponse.

Son invité sourit bien que son regard restât dur. Kathryn détourna les yeux. Elle devrait se méfier de cet homme. Et si d'aventure il se révélait semblable à Alexander ? Abritait-il, lui aussi, au fond de son âme, un démon prêt à surgir quand le vin lui montait à la tête ?

— J'ai fait la guerre parce que je le devais, et que j'étais payé pour la faire, répondit-il d'une voix rauque. Je préférerais vous mentir, Kathryn, vous laisser croire que j'ai toujours été messager du roi. Hélas, c'est faux. J'ai tué au cours d'une bataille un homme, un espion ennemi, qui avait voulu me surprendre. Il arrivait sur moi en courant. J'ai fait faire un écart à mon cheval, et j'ai porté mon épée à la jonction de ses épaules et de son cou.

Colum passa la langue sur ses lèvres sèches. S'était-il trop livré à cette femme qu'il connaissait à peine?

— Je vois encore l'expression de son visage, reprit-il, son regard effaré, sidéré... C'était peut-être quelqu'un que vous connaissiez.

Saisissant l'allusion, Kathryn demanda aussitôt :

— Vous songez à mon mari?

— Alexander Wyville soutenait les Lancastre, non?

Refusant de se laisser entraîner sur ce sujet, Kathryn murmura :

— Mon mari périt il y a bien longtemps, avant de partir à la guerre.

— Savez-vous s'il est mort?

A son tour, Kathryn fixa le vin dans sa coupe.

— Je n'en sais rien, avoua-t-elle, et je n'ai pas envie d'en parler.

Sous le regard attentif de son hôte, elle sentit un frisson glacé courir dans son dos. Durant le repas, pas une fois elle n'avait perdu son aplomb. Hélas, l'Irlandais l'avait compris, la disparition de son mari était le défaut dans la cuirasse d'austérité et de réserve derrière laquelle Kathryn se protégeait. Jusqu'à présent, certes, elle avait ri et souri, avait mangé et bu, mais pas une fois elle n'avait laissé percer ses sentiments.

Colum se leva de son siège et s'étira, avant de desserrer la large ceinture à sa taille.

— Avez-vous un jardin, Maîtresse Swinbrooke ?

Kathryn le fixa droit dans les yeux. Cherchait-il à la faire parler ? En savait-il davantage qu'il ne l'avait laissé entendre ? Il eut alors un sourire d'excuse et murmura :

— C'est qu'il fait chaud. Je me demandais si nous ne pourrions pas profiter de la fraîcheur du soir.

Kathryn manquait donc à tous ses devoirs d'hôtesse ! Avec un sourire, elle conduisit Colum dans la nuit tiède et veloutée. Ils se tinrent un moment sur la terrasse surélevée, devant le porche. Sous la clarté argentée de la lune, on discernait les carrés de simples et leurs bordures de fleurs blanches dont les corolles accrochaient la lumière ; au-delà s'étendait le petit verger sombre, source du cauchemar secret de Kathryn...

Colum indiqua d'un geste les carrés.

— Vous cultivez les plantes dont vous avez besoin ?

— Quelques-unes seulement. J'achète les autres, mais leur prix est élevé, et la guerre les fait encore monter.

Un sourire de loup se dessina sur les lèvres de Murtagh qui déclara :

— Je suis heureux que la guerre soit finie. Je me sens tellement libre, à présent.

— Vous pensez qu'elle est vraiment finie ?

— Édouard IV, Dieu le bénisse, saura conserver ce qui est à lui. Vous connaissez les nouvelles ?

Comme Kathryn secouait la tête, Colum expliqua :

— Les Lancastre sont anéantis, Marguerite

d'Anjou est prisonnière, et son fils a été tué à Tewkesbury.

— Et le vieux roi ?
— Il est mort dans la prison de la Tour.

Kathryn leva les yeux vers le ciel sombre, cherchant à dissimuler son effroi. L'Irlandais venait de lui apprendre que le Lancastre avait été assassiné. Le vieil Henri VI, l'Oint du Seigneur, était mort, tué dans sa prison, aux mains d'hommes certainement semblables à celui qui se tenait ce soir à ses côtés.

— Croyez-vous que notre empoisonneur ait un jardin de simples ? demanda Colum.
— C'est bien possible, mais quelque chose m'embarrasse.
— Quoi ?
— Admettons que cet assassin de l'ombre soit médecin, qu'il connaisse Cantorbéry et les plantes médicinales, et qu'il conçoive un très grand ressentiment à l'endroit du sanctuaire. Cependant, pourquoi écrire ces mauvais vers ? Et pourquoi choisir ses victimes selon leur profession, au lieu de tuer au hasard ? En avez-vous une idée, Maître Murtagh ?

Colum n'eut pas le temps de répondre : Thomasina venait d'apparaître sous le porche, tout agitée.

— Maîtresse ! Maîtresse ! Venez vite !

Kathryn suivit sa servante dans la cuisine. La table était débarrassée, et le feu mourait dans la cheminée. Thomasina avait préparé, pour le travail de sa maîtresse du lendemain matin, la planche sur laquelle Kathryn coupait ses plantes médicinales, ainsi que le petit couteau dont elle se servait pour ce faire.

— Qu'y a-t-il, Thomasina ?

La servante lui tendit un petit carré de parchemin

que Kathryn alla lire à la lueur de la chandelle, de l'autre côté de la table. Dès qu'elle l'eut déchiffré, son pouls s'accéléra. Le message répétait : « Où est Alexander Wyville, ton époux ? Tuer est félonie, et l'on pend les félons. » A côté de ces mots grossièrement tracés, on avait dessiné une potence à laquelle pendait, au bout d'une corde, la silhouette d'une femme vaguement ébauchée.

Un élan de fureur traversa Kathryn qui froissa le parchemin avant de le jeter au feu avec violence.

— Qu'est-ce que c'est, Maîtresse ?

— Rien, Thomasina. Laisse-moi en paix.

Kathryn était blême de rage. Ses yeux sombres noyés d'angoisse rappelaient à la servante l'aspect de sa maîtresse, autrefois, après les terribles querelles nocturnes qui l'opposaient à son mari. Ce soir, pourtant, elle se força à sourire.

— Pardonne-moi, Thomasina, murmura-t-elle, et je t'en prie, va te coucher. Je n'ai plus besoin de toi.

— Je ne me coucherai pas tant qu'il sera là ! s'exclama la servante, indiquant Colum qui avait suivi Kathryn et la dévisageait avec étonnement.

— Votre maîtresse ne risque rien avec moi, gronda-t-il, et je n'en dirais pas autant de vous. A présent, femme, laissez-nous !

Indignée, Thomasina consulta du regard sa maîtresse qui acquiesça. Alors, rouge de colère, elle se retira. Kathryn l'entendit descendre le couloir, puis monter lentement l'escalier en bois jusqu'à sa chambre, tandis que, tournée vers la cheminée, elle regardait les flammes réduire en cendres l'odieuse missive anonyme. Qui lui envoyait ces messages malveillants ? Où avait disparu son mari ? Qu'était-il arrivé dans le jardin ? Son père avait-il dit la vérité, lors de son ultime confession ? Kathryn devrait peut-être retourner parler au père Cuthbert ? Oui, le moment était sans doute venu de...

Elle sursauta quand Colum lui prit la main.

— Kathryn, que vous arrive-t-il ? Votre paume est froide comme la glace.

Elle le fusilla du regard.

— Lâchez ma main, Irlandais !

Au lieu d'obéir, Colum la serra doucement dans la sienne.

— Lâchez-moi, vous dis-je ! s'écria Kathryn. Croyez-moi, soldat, il y a d'autres moyens de tuer que la dague, l'épée ou la lance ! Du verre pilé mélangé à du vin transformerait en bouillie sanglante les boyaux du plus aguerri des hommes.

Abandonnant sa main, Colum recula d'un pas. Kathryn le regardait toujours avec fureur. Au nom du Ciel, que faisait-il ici chez elle, avec sa ceinture de guerre, sa dague et son épée ? Elle était lasse, soudain, et ressentait un léger vertige. Gagnant le fauteuil à haut dossier de son père, au coin du foyer, elle s'y laissa tomber, fixant le feu. Pourquoi la vie autrefois si heureuse avait-elle changé ? Pourquoi...

Un mouvement derrière elle la tira de ses pensées.

— Vous devriez partir, dit-elle sans se retourner.

Elle entendit le pas de l'Irlandais s'éloigner et guetta le bruit de la porte. Les yeux clos, elle refoulait ses larmes. Pourquoi avoir montré tant de rudesse à l'égard de Thomasina ? Kathryn ne lui avait même pas demandé comment était arrivé le message. Quant à Murtagh, elle l'avait congédié alors qu'il... Voilà qu'il revenait ! Kathryn ouvrit les yeux. Il avait mis son manteau et tenait deux coupes de vin. Il lui en tendit une.

— Buvez, femme, pour l'amour du Ciel, buvez ! Vous avez peur, c'est visible.

Il s'accroupit à côté d'elle, les yeux fixés sur les braises de l'âtre. On eût cru qu'il regrettait de ne pouvoir reprendre le message afin de déchiffrer ce qui avait ainsi terrifié son hôtesse.

— Je ne vous veux que du bien, Maîtresse, et je prie Dieu qu'Il vous protège. Cependant, désormais, ce qui vous afflige m'afflige aussi. Dites-moi, ce message parlait-il des meurtres ?

— Non.

— Dans ce cas, qu'est-ce qui vous a ainsi effrayée ?

— C'est mon affaire.

— Puis-je vous aider ?

Kathryn but une gorgée de vin avant de porter les yeux sur l'Irlandais. Avec son visage ouvert et ses yeux francs, il évoquait un jeune garçon, songeat-elle. Et s'il pouvait l'aider ? Mais Alexander, le matin, après s'être lavé, rasé, s'être rincé la bouche, avait parfois aussi cet air confiant et honnête, comme s'il s'était purifié des démons de la nuit.

Kathryn détourna les yeux pour se ressaisir. Ah, elle aurait aimé crier à Colum de partir, de la laisser en paix. Mais la missive anonyme avec ses menaces et sa potence dessinée lui revinrent à l'esprit : oui, elle aurait peut-être besoin de l'appui de cet homme, sinon de son amitié. Pourtant elle ne s'ouvrirait pas à lui tout de suite, certes pas ! Elle n'était pas une enfant, elle n'allait pas se livrer à un étranger !

— Vous avez très peur, Maîtresse, répéta Murtagh.

Kathryn soupira.

— C'est vrai, oui, Colum. Dites-moi, connaissez-vous seulement le sens du mot « peur » ?

L'Irlandais étouffa un soupir.

— Oui, dit-il doucement, j'ai eu peur quand

j'étais un tout jeune garçon. J'avais peut-être dix ou onze ans, et j'étais page ou plutôt valet au manoir de Gowran, un très vaste domaine près de Dublin. Connaissez-vous l'Irlande, Kathryn ?

Comme celle-ci secouait la tête, il poursuivit :

— C'est un pays sauvage et vert, un pays rude, avec des marais, des marécages et des forêts. Mais il s'y trouve les plus beaux herbages, riches, gras, abondants, et des prairies pleines de fleurs. Le domaine du Maître de Gowran qui m'avait pris à son service en comptait d'immenses. Or il y avait dans sa maison un prêtre qui aimait les plaisirs de ce monde. Il vivait pour la chasse, et chérissait davantage ses chiens et ses chevaux que ses paroissiens. Il disait la messe la plus rapide à laquelle ait jamais assisté un chrétien et semblait peu préoccupé des affaires de son âme. Il buvait, courait les filles et se moquait de Dieu et des hommes comme d'une guigne. C'était un individu de petite taille et bedonnant, avec un visage rubicond et les yeux les plus froids qu'il m'ait été donné de voir. On l'appelait le Prêtre aux Chiens à cause de sa meute.

Colum se tut, resserra sur lui les pans de son manteau et continua :

— Moi, je le haïssais. Quand il m'effleurait de sa main, j'en avais la chair de poule. Un jour qu'il était parti chasser, il eut une attaque d'apoplexie et tomba raide mort. Dieu sait pourquoi, le Seigneur de Gowran refusa qu'on l'ensevelisse dans le cimetière près de l'église. Il fut mis en terre sur la croupe d'une colline, sous un modeste tas de pierres.

A ce point de son récit, l'Irlandais se tut, prêtant l'oreille aux bruits nocturnes de la rue, dehors.

— Continuez, Colum, le pressa son hôtesse.

— Nous enterrâmes le prêtre de nuit. Je me rappelle son cercueil monté sur une charrette à hautes roues, et les gens du manoir portant des torches qui suivaient en procession. Comme nous grimpions le flanc de la colline, un vent violent se leva qui nous fouettait le visage, et nous avions bien du mal à conserver nos torches allumées. Nous voulions chanter le *De Profundis*, mais les mots mouraient sur nos lèvres. Puis le ciel se couvrit, et bientôt retentirent les aboiements horribles d'un chien qui hurlait à la nuit.

Murtagh s'interrompit comme s'il cherchait à maîtriser cette terreur d'enfant qu'il n'avait jamais oubliée.

— Arrivés au sommet de la colline, reprit-il, nous avons creusé un trou pour y déposer le cercueil, que nous avons recouvert de terre. Après, les hommes firent rouler de gros rochers sur cette tombe de fortune. En l'absence d'autre prêtre, le seigneur de Gowran voulut prononcer une courte oraison, mais des nuages malmenés par le vent commença à tomber la pluie, tandis que quelque part, dans la nuit, le chien hurlait toujours à la mort. Nous fîmes donc un signe de croix avant d'éperonner les chevaux pour redescendre de cette sinistre colline.

A ce point, Colum saisit le poignet de Kathryn.

— En chemin, la pluie cessa et la tempête s'éloigna de sorte que le seigneur de Gowran demanda que l'on rallume les torches et les flambeaux. Moi, j'avais pris place sur une charrette, à côté du cocher, et soudain, sur le sentier qu'éclairait maintenant la lune, nous vîmes une silhouette qui marchait devant nous sans s'arrêter ni se retourner. Je pensais qu'il s'agissait d'un homme qui avait quitté les funérailles plus tôt. Puis, comme le charretier l'avait rattrapé, je lui criai : « Voulez-vous monter avec nous, étranger ? »

Colum serra alors très fort le fin poignet de Kathryn avant de s'exclamer d'une voix sourde :

— Il faut me croire, Maîtresse ! La créature emmitouflée et encapuchonnée tourna vers moi sa face livide, horrible : c'était le Prêtre aux Chiens, celui-là même que nous venions d'enterrer, et il grimaçait un sourire !

Murtagh se détourna du feu pour regarder Kathryn.

— Oh, murmura-t-il, j'ai hurlé et suis tombé en défaillance. Quand je suis revenu à moi, j'étais au manoir, et la femme du seigneur de Gowran, penchée vers moi, tentait de me faire absorber du vin. Elle me demanda ce qui était arrivé et n'étant encore qu'un enfant, je le lui racontai. Bien qu'elle parût troublée, elle secoua la tête. C'était une vision de mon esprit échauffé, assura-t-elle, et elle me demanda de n'en rien dire à personne.

— Lui avez-vous obéi ? voulut savoir Kathryn.

— Oui, mais d'autres avaient vu l'horrible apparition, je le savais. Alors, dans le voisinage, de terribles événements survinrent, et le seigneur de Gowran dut construire un mur d'enceinte plus large avec des portes que l'on verrouillait la nuit. Les vieilles femmes parlaient de Deargdul. Savez-vous ce que c'est ?

Kathryn secoua la tête, mais elle était très tendue, à présent.

— Le mot est gaélique, expliqua Colum, et signifie « buveur de sang ».

Kathryn frissonna.

— Deux ans après, je quittai Gowran pour devenir écuyer sur le territoire de Dublin, mais pour conjurer mes vieilles terreurs, je voulus, un après-midi, revoir la tombe du Prêtre aux Chiens, sur sa colline désolée.

— Qu'avez-vous trouvé ?
— Le tas de pierres avait été démoli, murmura Colum. Je devais apprendre que cela s'était produit immédiatement après les funérailles.
— Et la tombe ?
— Ce n'était plus qu'un trou vide et béant.
Kathryn sourit et, jetant un regard furtif à Murtagh, murmura :
— On remplace une terreur par une autre : c'est une vieille ruse irlandaise.
Elle frissonna encore.
— Quelle histoire terrifiante !
Colum songeait aux Chiens d'Ulster qui le poursuivaient interminablement de leur vengeance.
— En vous racontant cette histoire, reprit-il, je voulais vous dire que oui, je connais la peur. Mes terreurs surgissent de mon passé, et j'imagine qu'il en est de même pour vous, Maîtresse Swinbrooke. A présent, ajouta-t-il, tapotant son poignet, je vais vous quitter.
Indiquant le plafond du menton, il dit encore :
— Je suis sûr qu'au-dessus de nous Thomasina a l'oreille collée au plancher.
La voix de la servante retentit alors dans le couloir obscur :
— Point du tout, Irlandais, je connais trop les hommes comme vous. Je suis ici avec le plus gros balai que j'aie pu trouver.
Kathryn et Murtagh éclatèrent de rire, puis, après s'être légèrement incliné, l'Irlandais gagna la porte de la cuisine. Là, il s'arrêta et se retourna.
— J'oubliais, Maîtresse, le magistrat Newington et Maître Luberon ont recherché les noms des médecins et apothicaires de Cantorbéry, et ils ont dressé une liste de suspects. Nous devons les rencontrer

demain à onze heures au Guildhall. Maintenant bonne nuit, Kathryn, et merci pour votre hospitalité.

Kathryn sourit.

— Bonne nuit à vous, Maître Murtagh, que les anges vous escortent et veillent sur votre repos.

En fait d'ange, ce fut Thomasina, plus impressionnante encore dans sa longue chemise boutonnée jusqu'au cou, qui l'escorta jusqu'à la porte, et qui, en reniflant, la claqua avec violence dès qu'il fut sorti.

Colum, grimaçant un sourire, marcha avec précaution sur les pavés mal joints, pour regagner la petite taverne du *Pavillon Noir*, non loin, où il avait laissé sa monture. Un garçon d'écurie tout endormi la lui rendit. Colum lui flatta le col, lui murmura des mots gentils en la tirant jusque dans la rue. Son esprit était encore occupé par l'histoire qu'il avait racontée à Maîtresse Swinbrooke, des images et des visions fusaient comme des éclairs dans sa tête, souvenirs du passé : sa mère, avec son visage blême couronné de cheveux roux penché sur lui ; un vieux ménestrel qui l'avait enchanté du récit des exploits de Cuchulain ; un couloir obscur dans une tour sombre et froide, quelque part en Irlande ; des vallées d'herbe verte courbée sous un vent coupant et froid ; d'étranges croix portant des inscriptions dans une langue aujourd'hui oubliée ; le martèlement assourdissant des sabots des chevaux, le tourbillon sanglant des batailles et le sentiment d'être perdu, sans famille.

Colum s'apprêtait à enfourcher son cheval quand une voix parlant en gaélique résonna dans l'ombre.

— *Colum, Ma fiach!* Colum, mon fils, ne te retourne pas. Je suis le messager de tes frères d'Irlande.

C'était une voix douce, peut-être celle d'un vieillard, et Colum ne se sentait pas menacé. Les Chiens d'Ulster l'auraient terrassé tout de suite.

— Tes frères t'envoient ce message, Colum : nous ne t'avons pas oublié, mais comme le dit la Bible, « il est un temps pour tout : un pour la paix, un pour tuer ». Ne l'oublie pas, *Ma fiach*.

La main sur le pommeau de sa selle, Colum attendit un moment avant de se retourner. Quand il le fit, il scruta les ténèbres mais ne vit personne. Il sentit alors les cheveux de sa nuque se dresser, comme si quelque main glacée le caressait, et la vision du Prêtre aux Chiens s'imposa encore à son esprit ; quelque part dans une ruelle, un chien soudain hurla à la lune. Alors, maudissant les démons qui continuaient à le hanter, Colum sauta en selle.

Chapitre V

Kathryn se leva tôt le lendemain matin. Thomasina s'affairait déjà dans la cuisine. Elle avait allumé le feu et lavé les coupelles et godets de métal ainsi que les petites lames bien aiguisées dont se servirait sa maîtresse pour sa pratique. Selon les instructions que lui avait données le père de Kathryn, voilà bien longtemps, elle les avait mises à chauffer sur le feu. Debout à l'entrée de la pièce, Kathryn, vêtue d'une longue robe brune, l'observait. Pourquoi son père exigeait-il que l'on entretienne ainsi ses instruments ? Elle l'avait oublié. Il l'avait demandé à son retour d'un voyage à Oxford où il s'était rendu pour consulter un précieux manuscrit appartenant à la bibliothèque du duc Humphrey.

Agnes, toujours ensommeillée, errait dans la cuisine comme si elle dormait debout. Thomasina, après lui avoir ordonné plusieurs fois d'aller se débarbouiller, finit par perdre patience et la saisit par le bras pour l'entraîner dans la cour, où elle l'obligea à se laver le visage et les mains dans le baquet d'eau froide.

Toutes trois déjeunèrent de pain et de bière coupée d'eau. Kathryn, perdue dans ses pensées, ne prêtait pas attention à Thomasina qui grommelait et maugréait contre ces pouilleux de soldats que l'on recevait à la maison. Quand elle s'aperçut que Kathryn ne l'écoutait pas, elle attendit que celle-ci se rende dans son cabinet de travail pour y chercher un pot d'herbes médicinales séchées. Alors elle l'attaqua de front.

— Qu'en pensez-vous ? demanda sèchement la servante.

— De quoi ?

— Ne jouez pas à plus maligne avec moi, Kathryn. De quel genre est ce Murtagh ?

Kathryn sourit.

— Du genre humain, répliqua-t-elle, malicieuse.

— Et ce message ? demanda encore la servante d'un ton accusateur.

— C'est l'acte de malveillance d'un imbécile, rien de plus.

— Je sais que ce n'est pas le premier. Que disait-il ?

Kathryn ferma les yeux. Elle s'était juré de ne plus s'inquiéter de ces sinistres missives. Seule une personne à l'esprit dérangé avait pu les écrire, une personne dont la plume se tarirait peut-être si Kathryn ne réagissait pas.

Thomasina insistait, défiant sa maîtresse du regard :

— Parlez-moi de cet Irlandais ?

— C'est une ombre, rien de plus. Et je n'ai guère d'opinion sur lui.

Poussant un soupir agacé, la servante sortit brusquement avec un air de dignité offensée. Kathryn murmura alors :

— En vérité, quelle est mon opinion sur cet Irlandais ?

Elle abaissa les yeux sur le petit pot en terre fermé par un morceau de parchemin que maintenait une cordelette.

— Étrange, dit-elle, répondant à sa propre question. Je le trouve étrange et dangereux.

A cet instant, elle entendit frapper à la porte : son premier patient se présentait.

Kathryn resserra le nœud qui maintenait ses cheveux en arrière et rajusta sa guimpe, puis elle chaussa des savates à lanières de cuir. Sa première patiente, Beatrice, la fille du fabricant de sacs, laissait augurer une journée difficile. Henry, son père, un homme de petite taille, avait le crâne chauve, seulement couvert d'un duvet clairsemé. Avec ses yeux globuleux, ses bajoues flasques et sa bouche lippue, Kathryn lui trouvait une ressemblance certaine avec une grosse carpe. Sa fille Beatrice, décharnée, blafarde, le regard vide et la mâchoire pendante, se remettait à peine d'une crise de haut mal qui l'avait frappée la veille au soir.

— Que puis-je faire pour elle ? gémit le petit homme, poussant sa pauvre fille vers un tabouret.

Kathryn, qui s'était assise face à la fillette, lui prit la main.

— Vous n'auriez pas dû me l'amener, murmura-t-elle, cherchant le regard d'Henry. Je suis impuissante à la soigner.

Henry se dandinait nerveusement d'un pied sur l'autre.

— Venta la sage dit qu'il faut lui ouvrir le crâne pour que s'en échappent les humeurs mauvaises, déclara-t-il.

Venta, une vieille sorcière à cheveux gris qui exhalait une odeur nauséabonde, habitait dans les bas quartiers au nord de la ville, et faisait fortune en vendant de l'eau colorée et en promettant des guérisons miraculeuses. Kathryn pinça les lèvres et examina les yeux de Beatrice, dont les iris étaient très dilatés. Elle prit ensuite un morceau d'étoffe de laine pour essuyer la salive qui coulait au coin de la bouche de la fillette.

— Si vous suivez le conseil de Venta, murmura-t-elle, votre fille mourra. C'est déjà arrivé.

Henry indiqua du doigt les coupelles à saignée ainsi que les petites lames soigneusement alignées sur la table.

— Et pourquoi ne la saignez-vous pas ?

Kathryn fixa un instant le regard absent de Beatrice.

— Si je le faisais, je la tuerais.

Elle se leva alors pour disparaître dans son petit cabinet de travail. Là, elle prit deux morceaux de parchemin dans lesquels elle versa un peu de poudre, avant de regagner la cuisine.

— Mélangez ceci dans du vin coupé d'eau, dit-elle à Henry, et donnez-le-lui à boire.

— Qu'est-ce que c'est ? demanda l'homme.

— Du *patis flora* et des graines de pavot pilées, expliqua Kathryn en lui glissant les petits paquets dans la main. Je ne puis rien faire de plus, et je le regrette, ajouta-t-elle. Cependant, comme je vous l'ai déjà dit, quand votre fille a une de ces crises, allongez-la et assurez-vous que sa langue remue librement dans sa bouche. Dès qu'elle reprend ses esprits, donnez-lui un bol de bon bouillon et du vin bien fort, et puis le soir, administrez-lui ces remèdes mélangés dans du vin coupé d'eau.

Comme Henry faisait la moue, Kathryn pensa un instant qu'il allait refuser. Elle murmura :

— Je ne suis pas Dieu.

A cet instant, Thomasina apparut dans la cuisine.

— A votre place, je prierais, dit-elle doucement à l'adresse du fabricant de sacs.

— Où? s'exclama sauvagement celui-ci. Au sanctuaire du martyr? La rumeur court qu'un tueur y rôde!

Sur ces mots, l'homme jeta quelques pièces sur la table, puis, ses médicaments dans une main, il prit le bras de sa fille Beatrice de l'autre, et sortit.

D'autres patients se présentèrent. Torquil, le charpentier qui s'était coupé la main. Comme il avait négligé de laver la plaie, celle-ci était maintenant pleine d'un pus verdâtre. Kathryn la nettoya avec du vinaigre mélangé à du vin. Torquil hurla. Thomasina lui fit honte, le traitant de bébé, tout en pansant sa main avec un mélange de lait séché et de mousse écrasée.

Vint ensuite Mollyns, le meunier. Il portait un bec de pie suspendu à son cou et se tenait le côté droit de la mâchoire en gémissant. Alice, sa femme, l'accompagnait. Elle expliqua en termes colorés qu'il souffrait d'une affreuse rage de dent.

— Il n'a pas dormi de la nuit, se lamenta-t-elle, et moi non plus. Il est comme un chien à qui on a coupé une patte. Il souffre tant qu'il ne peut plus moudre le blé, se querelle avec ses clients et donne du bâton à l'apprenti.

Kathryn ordonna à Thomasina d'approcher une chandelle, puis elle fit asseoir Mollyns avant de lui demander :

— Pourquoi portez-vous ce bec de pie?

— On m'a dit qu'il soignerait mon mal de dent, grogna le meunier.

Kathryn lissa le nez.

— Ça pue! Ouvrez grande la bouche, Mollyns.

Le meunier obéit. Kathryn approcha la chandelle en prenant garde de ne pas brûler la barbe broussailleuse et la moustache de son patient. Elle inspecta la cavité sombre de sa bouche, s'efforçant de cacher combien son odeur fétide lui soulevait le cœur. Contre toute attente, les dents de Mollyns étaient blanches et propres, à l'exception d'une seule, toute noire, qu'entourait une gencive rouge et gonflée. Kathryn rendit la chandelle à Thomasina.

— Comment conservez-vous des dents si blanches et si propres? demanda-t-elle.

— Je ne suis pas venu vous consulter pour mes bonnes dents! grommela le meunier, fusillant Kathryn de ses petits yeux porcins. Votre père n'aurait jamais posé une question aussi sotte.

— Taisez-vous, Mollyns, gronda Thomasina, je vous connais depuis que vous étiez gamin. Vous avez toujours été un braillard, et votre main vous a toujours chatouillé. Votre mal de dent est une punition de Dieu parce que vous pesez la farine avec des poids faussés et que vous y mêlez de la poussière pour mieux voler vos clients.

— Vous dites des mensonges! s'écria la femme du meunier. Ah, je vous connais, Thomasina!

— Assez, assez! intervint Kathryn. J'ai une simple question à poser à Mollyns: dites-moi, meunier, vous lavez-vous les dents avec du sel et du vinaigre?

— Jamais, non!

Alice, qui s'était rapprochée, dit alors:

— Il adore les pommes de notre petit verger, et en mange tout le temps, plus encore que le cochon.

Kathryn sourit: voilà quelque chose qu'elle n'oublierait pas. Elle l'avait déjà noté avec Falloton, le marchand de fruits, et Horkle, l'épicier. Son père avait peut-être raison, quand il affirmait que les moines de Christchurch avaient de bonnes dents et des gencives saines parce qu'ils mangeaient davantage de fruits que de viande.

Mollyns avait recommencé à gémir. Kathryn reporta son attention sur lui, scrutant son visage rougeaud, qu'émaillaient plusieurs verrues.

— Je ne puis rien pour vous, Mollyns, dit-elle. Il faut extraire votre dent. Allez donc voir le barbier.

Sur ces mots, elle ouvrit le coffret d'onguents que Thomasina plaçait toujours sur la table. Elle en sortit un peu de laine lavée dont elle fit une petite boule qu'elle trempa dans de l'huile de clou de girofle. Elle ordonna ensuite à Mollyns d'ouvrir la bouche et appuya la laine sur la dent gâtée. Le meunier hurla.

Kathryn tendit un petit flacon de cette huile à Alice, disant :

— En attendant que le barbier lui arrache son chicot, faites-lui ce que je viens de faire à midi et avant son coucher. L'huile de clou de girofle calmera le nerf de sa dent.

Kathryn, qui s'était approchée de la femme du meunier, fronça alors le nez. Alice la regarda, gênée.

— Quelque chose ne va pas, Maîtresse ?

Kathryn s'approcha encore de la femme, et Thomasina en fit autant. Cette dernière prit aussitôt un air dégoûté.

— Alice, êtes-vous malade ? demanda Kathryn.

— Pourquoi ?

— D'où vient cette puanteur affreuse ?

Alice glissa un regard embarrassé à son mari, mais il était absorbé par son mal, que commençait à calmer l'huile de clou de girofle. La pauvre femme porta la main à sa nuque.

— J'ai mal au cou, murmura-t-elle.

Sans plus attendre, Kathryn repoussa en arrière le capuchon que portait Alice : ses cheveux gris étaient enduits d'une substance grasse et répugnante, à l'odeur insoutenable.

— Qu'avez-vous mis sur votre chevelure ? s'exclama Kathryn.

— J'avais si mal, gémit Alice. La souffrance a commencé en même temps que la rage de dent de Mollyns. Alors je me suis frotté la tête avec...

Kathryn approcha son nez du cou de la pauvre femme.

— Oh non, Alice ! Vous n'avez pas fait cela, tout de même ?

Alice détourna les yeux, penaude.

— Vous vous êtes frotté la tête avec du fromage de brebis ! s'écria Kathryn, réprimant un sourire. Allons, laissez-moi vous examiner, maintenant.

La femme du meunier, qui avait reculé, affolée, se rapprocha, gémissant :

— Je n'ai rien fait de mal, non ?

— Oh, si ! intervint Thomasina, qui s'éloigna en toute hâte.

— Que va-t-il m'arriver ?

Sans répondre, et sourde aux gémissements du meunier sur son tabouret, Kathryn l'attira à elle et la fit tourner pour lui palper le cou et les épaules. Les muscles en étaient tendus et crispés. Elle entreprit de les masser doucement, et très vite Alice laissa échapper un soupir de soulagement.

— Oh, c'est bon, Maîtresse !

— Le tissu musculaire de votre cou et de vos épaules est tendu, et les humeurs sont comprimées. Dites-moi, Alice, avez-vous des enfants ?

Alice afficha un grand sourire pour répondre fièrement :

— J'ai quatre garçons et trois filles.
— Quand ils tombent, que faites-vous ?
— Je leur frotte les genoux.
— Eh bien, faites de même, frottez-vous bien le cou de la main et vous verrez que le mal partira. En rentrant, lavez vos cheveux, débarrassez-les de cette vilaine graisse. Le soir en vous mettant au lit, buvez une bonne coupe de vin fort, et couchez-vous, la tête sur un coussin.

Alice opina en souriant, mais son sourire disparut dès qu'elle porta les yeux sur son époux. Elle le saisit par l'épaule.

— Allons, ne traînons pas, Mollyns, filons faire arracher ce maudit chicot avant que tu ne perdes complètement l'esprit.

Sur quoi, bousculant son mari qui geignait toujours, elle l'entraîna vers la porte.

Pendant l'heure qui suivit, Kathryn, assistée de Thomasina, soigna de légers maux : coupures, meurtrissures, contusions et autres. A plusieurs reprises, elle regarda la bougie des heures, plantée sur son pic en fer, à la porte de la dépense. Que faire ? Les patients s'étaient présentés plus nombreux qu'elle ne les attendait, ce matin, et à cause de son rendez-vous au Guildhall, elle ne pourrait pas passer voir le père Cuthbert, à l'hospice des Prêtres Indigents. L'image de Colum Murtagh surgit alors dans son esprit, et elle en ressentit un frémissement d'excitation. En vérité, Colum, telle une ombre, avait plané sur ses pensées tout le matin, Colum, cet homme façonné par la violence et qui essayait de vivre dans la paix, maintenant. Colum qu'elle devrait côtoyer désormais pour démasquer au plus vite l'empoisonneur : la rumeur commençait à courir, un patient avait mentionné les meurtres, ce matin.

La voix de Thomasina ramena Kathryn au présent.

— Qu'est-ce qui ne va pas, Maîtresse ?

Kathryn se secoua : elle rêvait, plantée au milieu de la cuisine, un pot d'onguent à la main.

— Je pensais à l'Irlandais. Ce n'est pas lui qui me préoccupe, mais bien plutôt l'affaire du Guildhall.

— Ce n'est qu'une bande de gros barbons, plaisanta la servante. L'archevêque est malin comme un renard, Luberon n'est qu'un sot pontifiant, mais ne vous laissez pas abuser par Newington : il sait être doux comme un agneau, mais je n'ai jamais partagé l'opinion de votre père sur lui. Pour moi, Newington est une vipère cachée dans l'herbe, avec une langue venimeuse, et un esprit mauvais.

Kathryn secoua la tête.

— Ce ne sont pas eux qui m'inquiètent, Thomasina, c'est le tueur.

Se laissant tomber sur un tabouret, elle poursuivit :

— Tu as entendu Henry, le fabricant de sacs, ce matin ? Les gens commencent à savoir.

— Est-ce si grave ?

— Ne vois-tu pas, Thomasina, que, tôt ou tard, le tueur saura que je suis chargée de le démasquer ? Ajoutera-t-il une femme médecin ou un soldat irlandais à la liste de ses infortunées victimes ?

La servante haussa les épaules, feignant de rire, mais elle avait bien compris le danger que redoutait sa maîtresse.

— Il faut que nous partions, murmura Kathryn. On nous attend à onze heures au Guildhall.

Elle se déchaussa et enfila des bas et des bottes, à cause des immondices et des détritus qui jonchaient les rues. Puis elle s'en fut prendre son vieux manteau de laine ainsi que ce qu'elle avait consigné sur un feuillet de parchemin, la veille.

Au moment où elle s'apprêtait à sortir avec Thomasina, quelqu'un frappa violemment à la porte. Maudissant l'intrus qui se présentait à un si mauvais moment, la servante courut ouvrir et revint suivie d'une jeune femme fort bien mise. Elle portait une cape de pure laine sur une robe d'étoffe brune ornée aux épaules de jolies broderies vertes. Une guimpe de fine toile blanche cachait ses cheveux et rehaussait son visage aux yeux gris très doux, son petit nez et sa bouche charnue, bien rouge. La mignonne n'avait guère plus de dix-sept ou dix-huit ans.

S'adressant à Kathryn, elle lui demanda :

— Vous êtes Kathryn Swinbrooke ?

La question était directe, mais la jeune personne semblait nerveuse, aussi Kathryn sourit en hochant la tête. Son hôte retira alors ses gants de cuir, dévoilant un anneau de mariage en argent à l'annulaire de sa main gauche.

— Il faut que je vous parle, balbutia-t-elle, je suis Mathilda, l'épouse de Sir John Buckler.

— Nous nous apprêtions à partir, intervint Thomasina.

La jeune femme posa sur Kathryn un regard implorant, ses yeux gris brillants de larmes.

— Je veux vous voir, dit-elle encore, j'ai besoin de votre aide.

Avançant d'un pas, Kathryn prit Mathilda par la main, éprouvant la douceur soyeuse de sa paume contre la sienne. Les seigneurs Buckler comptaient parmi les notables de la ville, et son intuition disait à Kathryn que le problème qui préoccupait

Mathilda était intime. Avait-elle eu la folie de se faire engrosser par un autre que son mari ? Voilà qui expliquerait la cape dont elle s'était drapée. Mais peut-être s'agissait-il d'autre chose.

— Maîtresse Buckler, je ne puis vous recevoir maintenant...

Il lui sembla que la jeune femme allait éclater en sanglots, aussi reprit-elle sans attendre :

— Vous pourriez cependant revenir... disons...

Kathryn s'interrompit, réfléchissant aux moments de liberté que laissait à Mathilda Buckler son important train de maison, puis :

— Vous pourriez revenir en fin d'après-midi, peut-être ? Disons avant que ne sonnent les vêpres ? Je vous recevrai.

Mathilda détourna les yeux, passant sur ses lèvres un bout de langue rose. Puis elle hocha la tête.

— Eh bien, c'est entendu, je reviendrai, balbutia-t-elle. A... à ce soir.

Sans attendre, Thomasina la raccompagna jusqu'à la porte.

Haussant les épaules, Kathryn murmura une prière. Elle n'aimait pas qu'on vienne ainsi la voir en secret, et presque furtivement. Elle était médecin, herboriste, pas une avorteuse prête à nettoyer le ventre d'une femme avec des aiguilles rougies au feu et des potions.

Thomasina, qui venait de reparaître, fit observer :

— Elle est dans l'ennui, dirait-on.

— Nous le verrons bien ce soir, murmura Kathryn.

La servante appela alors Agnes pour lui laisser ses instructions avant de sortir avec sa maîtresse. Elles se rendraient tout droit au Guildhall, et Thomasina cachait mal sa déception de ne pas passer par l'hospice des Prêtres Indigents. Kathryn, sans s'en occuper, la conduisit par les venelles jusqu'à Hethenman Lane. Elle était pressée et ne voulait pas qu'on l'arrête, aussi lorsqu'elle vit Goldere qui avançait dans sa direction en se dandinant comme un arrogant canard, elle se faufila dans une ruelle et étouffa un soupir de soulagement en voyant qu'il ne l'y poursuivait pas. L'étroite rue débouchait sur une petite place encombrée de vieux étals de marché à moitié démolis, et s'y pressait une foule de marchands ambulants, regrattiers, bateleurs et bouffons venus à Cantorbéry pour gruger les pèlerins. Sur une petite plate-forme, un homme tout jeune et en guenilles, sans doute un étudiant, essayait de gagner quelques sous ou un peu de pain en déclamant des vers dans l'indifférence générale. Il était si pâle, ressemblait tant à un pauvre hère abandonné que le cœur de Kathryn se serra. Elle s'arrêta pour l'écouter avant de déposer un sou dans sa main noire de crasse. L'homme arrêta sa récitation, et lui sourit.

— Merci, Maîtresse. Rares sont ceux qui apprécient notre pauvre Chaucer et ses contes.

Kathryn lui rendit son sourire et reprit son chemin avant de s'immobiliser brusquement.

— Doux Jésus, murmura-t-elle.

— Quelque chose vous trouble, Maîtresse? demanda rudement Thomasina.

— Le meurtrier, chuchota Kathryn, je comprends maintenant...

— Que comprenez-vous?

Kathryn leva les yeux sur les hautes flèches de la cathédrale. Bien sûr, Chaucer et ses contes, ou plus précisément le Prologue de son grand poème. Le père de Kathryn l'aimait tant ! Il avait aidé sa fille à l'apprendre par cœur. Chaucer avait décrit des pèlerins, l'assassin s'attaquait à des pèlerins ; Chaucer mentionnait toujours leurs métiers, l'assassin choisissait ses victimes selon le leur. Les mauvais vers accrochés à la porte de la cathédrale parodiaient ceux de Chaucer. Et la citation « *Radix malorum...* » ? Était-elle extraite d'un conte ?

Comme Thomasina la tirait par la manche pour qu'elle lui réponde, Kathryn murmura :

— Rien, c'est sans importance.

Elle reprit sa marche, sa servante confondue sur les talons.

Elles empruntèrent ensuite la Grand-Rue. Une foule bruyante déambulait autour des étals et des marchands ambulants. Kathryn contenait mal son exaltation. Elle comprenait enfin comment le tueur choisissait ses victimes, et en éprouvait un petit sentiment de triomphe.

C'est alors que montèrent de la foule des cris d'horreur. Aussitôt Thomasina saisit sa maîtresse par le bras. Dans la Grand-Rue, la clameur s'était tue, et les gens s'écartaient pour laisser le passage à une très volumineuse charrette tirée par deux grands chevaux noirs arborant un maigre plumet rouge entre les oreilles. Le cocher portait sur le visage un masque rouge où l'on avait grossièrement taillé des fentes pour la bouche et les yeux, ainsi qu'une capuche noire. Un collier d'ossements d'animaux pendait à son cou. A son côté, un jeune garçon pareillement accoutré battait une marche funèbre sur un petit tambour.

— Doux Jésus, protège-nous, souffla Thomasina.

La charrette du bourreau se frayait un chemin en

direction de Westgate. Quand elle passa près de Kathryn, le drap souillé qui la recouvrait glissa, et la jeune femme sentit son cœur se soulever en apercevant les têtes décapitées et les débris humains ensanglantés sur lesquels on avait jeté du gros sel.

— Que Dieu prenne en pitié ces pauvres défunts! s'exclama-t-elle.

— On les charrie hors de la ville, murmura quelqu'un, à côté d'elle.

— Qui sont-ils? demanda Thomasina.

Ce fut Kathryn qui répondit:

— Des traîtres qui ont soutenu la maison de Lancastre durant la guerre récente. Des shérifs, des seigneurs, des notables.

— Et ils n'ont toujours pas pris Nicholas Faunte! s'écria un marchand ambulant.

— Qu'importe! cria Thomasina en retour. La guerre est finie, les victoires s'accompagnent toujours de bains de sang, puis la vie reprend son cours.

Malgré le très beau temps, le passage du bourreau avait causé un choc dans la foule devenue silencieuse. Même les riches dans leurs coûteux vêtements retenus par des ceintures brodées se parlaient maintenant à voix basse. Kathryn continua à se frayer son chemin jusqu'au Guildhall.

Devant la bâtisse, au milieu des soldats portant la livrée des York, Kathryn repéra Colum qui l'attendait, en grande conversation avec un sergent. Ce dernier, l'archétype du soldat de métier, avec son crâne chauve et son corps trapu et épais, arborait les couleurs du roi. Se tournant, Colum aperçut Kathryn et lui fit signe d'approcher.

— Comment allez-vous, Maîtresse Swinbrooke?

— Très bien, par ce beau temps.

Kathryn regarda par-dessus son épaule et ajouta :

— Nous avons croisé la charrette du bourreau. On avait l'impression de voir passer la Mort en personne.

— On a exécuté les traîtres hier, sur la place du marché de Maidstone, expliqua le sergent. Sitôt qu'on aura capturé Faunte, et nous savons qu'il se cache quelque part dans les forêts du Kent...

L'homme se tourna pour cracher par terre et termina :

— ... Pour nous autres soldats, ce sera fini. Ne resteront que quelques favoris du roi comme vous, l'Irlandais.

Colum grimaça un sourire qui détendit son visage crispé.

— Maîtresse Swinbrooke, je vous présente Maître Holbech, sergent de formation, de parents inconnus et originaire du Yorkshire.

Les yeux bleus du soldat croisèrent ceux de Kathryn, et Holbech inclina légèrement la tête, murmurant :

— A votre service, Maîtresse.

Kathryn sourit tandis que, derrière elle, Thomasina toussait et marmonnait assez fort pour être clairement entendue :

— Un de plus pour le bourreau !

Se détournant, le sergent lui fit un clin d'œil et passa la langue sur ses lèvres épaisses.

— Ne vous avisez pas de porter la main sur moi ! le mit en garde la servante.

Sentant l'hostilité entre eux, Colum reprit sans attendre :

— Maître Holbech a été démobilisé de l'armée royale. Je l'ai engagé pour m'aider à Kingsmead, en compagnie de quelques autres pendards, libres depuis que la guerre est finie. Le corps de logis de Kingsmead n'est plus qu'une ruine. Il nous faut des charpentiers, des ferronniers, des forgerons, des artisans de toute sorte et Holbech sait tout faire : il pourrait cueillir une rose dans le jardin de la reine sans qu'elle le remarque.

Sous la louange, Holbech se rengorgea. A cet instant, une femme pourvue d'une opulente chevelure rousse qui retombait dans son dos sortit de l'église Sainte-Hélène et traversa la rue en courant pour le saisir par le bras. Dans son visage tout pâle au menton pointu, ses yeux d'ambre évoquaient ceux d'un chat. Malgré le vilain sarrau trop grand pour elle, on devinait les courbes généreuses de ses hanches et de ses seins, et dans le soleil, les cheveux roux autour de son visage très clair semblaient un halo de feu. Elle sourit à Colum, puis dévisagea Kathryn froidement.

— Voici Megan, la femme d'Holbech, dit simplement Colum.

Il serra la main du sergent.

— C'est bon, Holbech, tu as tes ordres à exécuter, j'ai les miens.

Il tapota la bourse ventrue suspendue à la ceinture du soldat et ajouta :

— Tu as des mandats d'amener et de l'argent. Achète ce qu'il te faut et loue les services des hommes dont tu auras besoin. Tout doit être fini et nettoyé d'ici un mois. Le roi ne tardera pas à disperser son armée, et l'on nous enverra les chevaux.

Holbech salua Kathryn puis s'éloigna, Megan pendue à son bras, babillant comme une gamine, tout en jetant par-dessus son épaule des œillades provocantes à Colum.

Celui-ci les observa jusqu'à ce qu'ils se perdent dans la foule.

— Holbech est un brave garçon, murmura-t-il, mais une canaille aussi.

Ignorant le sifflement réprobateur de Thomasina, il poursuivit :

— Megan, en revanche, n'apporte que des ennuis.

Sur quoi, il se détourna pour gravir les marches du Guildhall sans même attendre Kathryn.

— Qu'en savez-vous ? demanda malicieusement Thomasina dès qu'elle l'eut rejoint.

Colum s'immobilisa.

— De quoi parlez-vous ?

— De la femme du sergent. Comment savez-vous qu'elle n'apporte que des ennuis ?

— Holbech et moi avons guerroyé ensemble des années durant et dans tout le royaume. Megan est une fille de camp. Une brave garce qui s'occupe bien de son homme, seulement elle passe de l'un à l'autre comme un papillon vole de fleur en fleur, et elle sème le trouble sur son passage. Holbech s'en apercevra bien assez tôt.

Sur ces mots, Colum pénétra dans le bâtiment. Kathryn l'y suivit. Dans la grande salle d'entrée, où se pressaient des messagers royaux et des notables de la cour et de la ville, régnait une atmosphère d'excitation et de crainte mêlées, car dans Cantorbéry l'heure était à la chasse aux traîtres afin de mieux soumettre la cité à la férule royale.

Un huissier zélé s'approcha de Colum et de Kathryn. Dès que l'Irlandais lui eut dit qu'ils étaient attendus par Newington et Luberon, l'homme les conduisit dans un couloir où, par des portes entrouvertes, Kathryn aperçut des clercs installés sur de hauts tabourets, occupés à copier des lettres et des documents.

Newington et Luberon attendaient les deux visiteurs dans la salle d'audience principale, assis à une table, tandis que, face à eux, et tournant le dos à la porte, cinq individus avaient pris place sur des tabourets. En voyant Kathryn et Colum, le magistrat se leva, un sourire hypocrite sur son visage maigre et blafard. Il semblait plus calme et maître de lui que la veille. Ses cheveux étaient peignés, de même que sa maigre barbe et sa moustache, et il arborait une robe écarlate bordée de fourrure d'écureuil, ainsi que la chaîne d'or de sa charge passée autour de son cou. Quant à Luberon, comme à l'accoutumée, ses doigts étaient maculés, et il conservait son air de sot arrogant. Néanmoins il s'empressa vers les nouveaux arrivants, tout agité.

— Soyez les bienvenus, Maître Murtagh, Maîtresse Swinbrooke.

Ignorant Thomasina, il invita ces derniers à se placer à la table tandis que les cinq inconnus se levaient de leur tabouret. Luberon alla chercher deux sièges. Pendant ce temps, Kathryn conservait modestement les yeux baissés.

Newington la présenta d'abord comme Maîtresse Swinbrooke. Un ricanement se fit entendre, et l'intéressée leva les yeux, réprimant un mouvement de colère. Des cinq hommes qui lui faisaient face, elle n'en connaissait qu'un : Geoffrey Cotterell. Celui-ci, d'une chiquenaude, fit sauter un grain de poussière de sa robe bordée de fourrure, tout en regardant Kathryn avec insolence. Ses yeux étaient globuleux comme ceux d'un poisson et il avait soigneusement ramené une mèche de cheveux gras en travers de son crâne pour masquer sa calvitie. Fixant toujours Kathryn, il glissa ses deux pouces dans la coûteuse ceinture qui enserrait sa taille épaisse. Cotterell avait détesté le père de Kathryn, et il ne témoignait guère plus d'aménité à sa fille, avec ses grands airs et ses gracieusetés. Ignorant son expression impertinente, Kathryn s'assit. Colum prit place à côté d'elle, allongea ses longues jambes devant lui, et leva des yeux menaçants sur Cotterell. Le sourire insolent de celui-ci disparut aussitôt.

Newington poursuivait les présentations. Il se trouva que Kathryn connaissait les autres de nom et de réputation, car tous étaient médecins à Cantorbéry. James Brantam, jeune et timide, avait des cheveux roux et des dents proéminentes. Tassé sur lui-même comme un animal affolé, il passait sans arrêt la langue sur ses lèvres, et jetait des regards en coin à Cotterell. Il possédait une boutique et tenait sa pratique près de Westgate, Kathryn le savait. A côté de lui, Matthew Darryl : brun avec des yeux très enfoncés et un menton rasé de frais, c'était un homme jeune et avenant. Newington toussota en le présentant, puis il précisa que Darryl était son gendre. Ce dernier était flanqué à sa gauche d'un homme très grand, anguleux, aux traits accusés, et arborant une petite moustache sous un nez en bec d'aigle. Edmund Straunge était son nom. Quant au dernier, Roger Chaddedon, il était grand, lui aussi, avec un teint presque basané et des yeux très clairs, et portait avec élégance une coûteuse tunique de médecin par-dessus une chemise en lin. Il émanait de cet homme une assurance et une aisance que n'avaient pas les autres. Croisant le regard de Kathryn, Chaddedon lui sourit, mais elle se détourna tout de suite, embarrassée. Chaddedon était fort bel homme, et Kathryn connaissait sa réputation de bon médecin qui ne faisait pas payer trop cher et soignait gratuitement les pauvres. Le père de Kathryn avait souvent fait son éloge, et elle ressentit un élan de tristesse de n'avoir jamais rencontré Chaddedon du vivant de son père. Ce dernier l'aurait certainement apprécié. En vérité, par son calme et son air amical, il rappelait à Kathryn le vieux médecin Swinbrooke.

Tous ces hommes cependant semblaient mal à l'aise, sans doute parce qu'ils ignoraient pourquoi on les avait convoqués, et quand enfin Newington présenta Colum comme le commissaire spécial du roi, même Chaddedon parut sortir de sa réserve.

— Pourquoi sommes-nous ici ? demanda Cotterell d'une voix cassante.

— Vous êtes tous docteurs en médecine, annonça Luberon, guilleret.

— Ce n'est pas un crime, il me semble ? rétorqua vivement Straunge.

En guise de réponse, Luberon poursuivit avec empressement :

— Vous habitez tous Cantorbéry où vous avez votre pratique. De plus, contrairement aux autres habitants de la ville, vous pouvez vous procurer des potions et des poisons.

Les autres, entrevoyant où il voulait en venir, s'agitèrent sur leurs tabourets. Luberon pointa un doigt taché d'encre sur Cotterell puis sur Brantam.

— Vous deux exercez votre métier en indépendants. Cotterell est établi près de Buttermarket, et Brantam à Westgate. Tandis que vous trois — ce disant, il indiqua de la main Darryl, Straunge et Chaddedon —, vous vous êtes établis en une sorte de communauté.

— En collège, le reprit doucement Straunge.

Luberon eut aussitôt un sourire hypocrite :

— En collège, oui, et vous êtes installés près des murs de la ville, à Queningate.

— Y a-t-il un crime à cela? murmura Darryl, couvant le clerc de son regard sombre. A Londres, les médecins s'établissent toujours ainsi : ils partagent leurs talents et l'argent que ceux-ci leur rapportent.

Le jeune médecin se mit à rire nerveusement et indiqua du doigt son beau-père, Newington.

— Même notre bon magistrat a sa part de nos profits.

Chaddedon se pencha en avant.

— Maître Luberon, magistrat Newington et...

Son regard se porta vivement sur Colum et sur Kathryn.

— ... et vos deux compagnons.

Tout le monde avait oublié Thomasina assise au fond de la pièce sur un appui de fenêtre, qui regardait par la fenêtre d'un œil faussement distrait. En réalité, elle ne perdait pas un mot de la conversation, et Kathryn le savait. Chaddedon poursuivit, s'adressant à Luberon :

— Vous avez parlé de nos pratiques. Elles n'ont rien de criminel, et nous non plus. Au contraire d'autres habitants et notables de cette ville, nous n'avons pas épousé la cause des Lancastre, dans la guerre qui vient de s'achever. Aussi pourquoi sommes-nous ici ?

Colum se dressa alors pour gagner le bout de la table sur laquelle il tapa plusieurs fois avec son poing, et pour la première fois Kathryn remarqua les curieux anneaux celtes à ses doigts. Sans doute ne les portait-il pas la veille au soir. Il frappa de nouveau sur la table avant d'annoncer :

— Nous vous avons convoqués pour vous interroger.

— A quel sujet ? demandèrent en chœur les médecins.

Colum tapa encore sur la table et lança :

— Au sujet de meurtres sacrilèges, de crimes horribles, aussi sordides que tout acte de trahison !

Chapitre VI

Il fallut de nombreux rappels à l'ordre pour calmer l'indignation que provoqua cette déclaration. Darryl et Straunge bondirent sur leurs pieds, prenant à partie Luberon et Newington. Cotterell, lui, restait assis, bouche bée, écarquillant des yeux ahuris, tandis que Brantam paraissait à demi soulagé. Le sourire fugitif sur son visage n'échappa pas à Kathryn qui pourtant concentrait son attention sur l'Irlandais : il était si différent de l'hôte qu'elle avait reçu à dîner, la veille au soir ! Son amabilité et sa bonne humeur avaient disparu, comme s'il en voulait à ces hommes que la fortune et l'argent avaient amollis, et qu'il était content de les mettre en examen.

Chaddedon lui aussi s'était levé et resserrait les pans de sa cape, faisant mine de partir. Aussitôt Colum le menaça :

— Ne franchissez pas le seuil de cette porte, monsieur ! Si vous le faites, je vous arrête pour trahison !

Il éleva fortement la voix pour lancer à la cantonade :

— A présent, que tout le monde reprenne son siège et écoute ce que j'ai à dire !

Il tapa de nouveau du poing sur la table jusqu'à ce

que tous les médecins aient regagné leurs places. Kathryn en était excédée. Colum porta son regard sur elle, puis sur Luberon. Quant à Newington, il ne bronchait pas, les yeux fixés au-delà de ces hommes si bruyants : on eût dit que ce tapage l'embarrassait.

Colum commença :

— Il s'est produit quatre meurtres dans cette ville.

Luberon l'interrompit aussitôt :

— Cinq.

— Vous ne m'en avez pas informé ! s'exclama l'Irlandais d'un ton accusateur.

— Je n'en ai pas eu le temps, rétorqua sèchement le clerc. Hier après-midi, Philip Spurrier a été empoisonné dans la cathédrale.

Luberon appuya ses coudes sur la table pour mieux profiter du choc et de la consternation provoqués par sa révélation. Très vite pourtant, il reprit :

— Le commissaire du roi, Maître Murtagh, sait maintenant que cinq pèlerins ont été empoisonnés tandis qu'ils visitaient le sanctuaire de saint Thomas Becket.

D'un geste de la main, il calma les exclamations étouffées de son auditoire avant de poursuivre d'un ton moqueur :

— Ne jouez donc pas les naïfs. Comme à la plupart des habitants de Cantorbéry, la rumeur de ces meurtres vous est certainement parvenue. Vous allez maintenant en connaître les détails. L'assassin, ce suppôt de Satan, connaît parfaitement notre ville. Il peut se procurer facilement des potions et des poisons, et il annonce qui sera sa prochaine victime par de mauvais vers qu'il affiche à la porte de la cathédrale.

A ce point, Luberon énuméra rapidement les noms et professions des quatre premières victimes.

— Quand a-t-il annoncé son cinquième meurtre ? demanda Colum.

— Au début de l'après-midi, hier, répondit le clerc. Un frère convers nous a apporté ceci.

Il prit sur la table un morceau de parchemin graisseux et lut à voix haute :

Un marchand au tombeau de Becket s'en est
[*allé*
Et moi en Enfer son âme ai dépêchée.

— Le marchand Spurrier voyageait en compagnie de pèlerins de sa guilde et ils visitaient le sanctuaire, hier, poursuivit-il. On les conduisit ensuite à la sacristie pour leur offrir à boire. Spurrier vida son gobelet et, quelques minutes plus tard, il tombait mort aux pieds de ses compagnons.

La voix paisible de Kathryn calma les exclamations épouvantées.

— Le meurtier a donc pu œuvrer sans qu'on le remarque ?

Tous les regards convergèrent sur elle, assez surpris.

— Certes ! répondit Luberon. En outre, personne n'a rien noté d'anormal. Oh, un marchand a bien dit avoir vu un inconnu qui s'était joint à leur petite troupe. L'homme portait un capuchon enfoncé bas sur la tête, et personne ne s'est offusqué de sa présence. On l'a pris pour un pèlerin qui, comme les autres, avait payé pour une visite guidée du sanctuaire. Quand Spurrier a bu sa première gorgée de vin, l'inconnu avait disparu.

— Où a-t-on transporté le corps ? demanda Kathryn.

— A la salle des morts de Saint-Augustin. D'après la sœur soignante, c'est une forte décoction de ciguë qui a tué Spurrier.

— La ciguë est un poison très coûteux, murmura Straunge.

— Que sont devenus les marchands qui accompagnaient la victime ? interrogea à son tour Colum.

Newington répondit en se frottant les mains :

— Ils sont tous logés à l'*Auberge des Échiquiers*, dans Mercery Street. Mais le corps de la victime ne nous concerne pas, Maître Luberon, car nous ne sommes pas ici une cour de justice.

— Certes. Néanmoins, renchérit Colum profitant de l'occasion pour asseoir son autorité, Sa Majesté le roi et Monseigneur l'archevêque m'ont chargé, moi, commissaire spécial de Cantorbéry, de découvrir le meurtrier et de le pendre avant qu'il ne profane davantage l'un des plus grands sanctuaires de la Chrétienté.

Straunge prit la parole :

— Je ne comprends toujours pas pourquoi on nous a convoqués ici.

Colum sourit.

— Il semble clair que notre coupable est un homme instruit, même si ses vers ne riment pas toujours. Il connaît parfaitement la ville de Cantorbéry, peut se faufiler comme une ombre et à l'insu de tous dans ses petites rues et ses venelles. En outre, il nourrit un profond ressentiment ou de solides griefs contre le sanctuaire. Voilà pourquoi il commet ces meurtres. Enfin et surtout, il est guérisseur ou médecin.

A ce point, des cris de protestation fusèrent, que Colum fit taire en frappant sur la table avant d'expliquer :

— Seul quelqu'un exerçant l'un de ces deux métiers, et donc disposant de poisons mortels, a pu perpétrer ces assassinats.

Brantam se pencha en avant et frappa sur la table, comme s'il voulait imiter l'Irlandais.

— Maître commissaire, si c'est le titre par lequel nous devons nous adresser à vous, nous qui sommes tous de loyaux sujets du roi, et des notables de la ville, sommes-nous soupçonnés de ces meurtres ? Et si c'est le cas, pourquoi l'enquête n'est-elle pas menée par le shérif ou le coroner, ou encore...

Brantam jeta un regard accusateur à Newington avant de conclure :

— Ou encore par le Conseil des Magistrats ?

— Parce que nous n'avons plus de shérif, plus de maire, plus de coroner et plus de Conseil, répondit aussitôt Newington. Par la faute de Faunte et d'autres traîtres qui l'ont suivi, la ville se trouve privée de ses libertés. Pour cette affaire, Maître Murtagh agit comme le représentant du roi.

— Allons, allons, intervint alors Luberon avec diplomatie, la situation n'est pas aussi tragique.

Kathryn sentit sa sympathie aller vers le clerc. Jusqu'à présent, elle avait apprécié la réserve et le tact de Newington, mais la maîtrise et la précision de Luberon commençaient à lui plaire.

— Écoutez-moi, messieurs, poursuivit-il. Je conviens que Cantorbéry compte d'autres médecins et herboristes, mais nous avons dû en éliminer un certain nombre : les malades et les trop âgés ; ceux qui sont trop pauvres, et enfin ceux qui, comme Maîtresse Kathryn Swinbrooke ici présente, ne correspondent pas à la description de celui que nous cherchons. En outre, le mal de la sueur a fait beaucoup de victimes dans vos rangs. C'est pourquoi, pour l'instant, vous êtes les seuls dont nous avons pu consigner les noms sur notre liste de suspects.

— Pourquoi avoir exclu de cette liste Maîtresse

Swinbrooke ? railla Darryl. Elle est médecin et apothicaire. Du moins, jusqu'au retour de son mari, conclut-il avec aigreur.

Luberon s'adressa aimablement à Kathryn.

— Maîtresse Swinbrooke, voulez-vous répondre au médecin Darryl ?

— Rien ne m'y oblige, répliqua Kathryn, mais je le ferai. Maître Darryl, mon père était médecin. Il est mort, que son âme repose en paix. Mon mari est parti à la guerre, et Dieu seul sait où il gît désormais. Mon père m'a appris la pratique, et le Conseil m'a délivré les lettres m'autorisant à exercer mon métier. Dois-je vous rappeler, Maître Darryl, qu'il n'existe pas de guilde de médecins ou d'apothicaires à Cantorbéry ? Je suis donc libre de tenir ces deux pratiques si je le juge utile. Enfin, je détiens les clés des portes et poternes de la ville, qui me permettent d'en sortir et d'y rentrer à ma guise afin de soigner les malades vivant hors nos murs. Pour dire les choses clairement, Maître Darryl, je suis aussi bon médecin que vous, mais comme je suis une femme, on n'a pas consigné mon nom sur la liste des suspects.

S'accoudant sur son siège à haut dossier, Kathryn se pencha en avant et reprit :

— Le Conseil, le commissaire du roi et Monseigneur l'archevêque ont requis mes services pour enquêter sur ces meurtres. Pas plus que vous, je n'apprécie qu'un tueur rôde dans les rues de Cantorbéry et assassine des pèlerins qu'il a choisis en fonction de leur métier.

Elle se tut et passa la langue sur ses lèvres. Elle était surprise de sa propre violence. Ces hommes auxquels elle était confrontée étaient si différents de son père ! Ils n'affichaient qu'arrogance et condescendance, alors que le vieux docteur Swinbrooke avait été la bonté même. Kathryn lança un regard en coin à Colum : il se mordillait le coin de la bouche comme pour dissimuler un sourire amusé. « Je réglerai votre compte tout à l'heure, Irlandais », songea-t-elle, et un instant elle se demanda si elle devait révéler comment elle avait découvert la façon dont le meurtrier choisissait ses victimes. Puis, voyant que Luberon et Newington feuilletaient avec impatience les papiers devant eux, elle conclut doucement :

— Je reste persuadée que ce meurtrier habite Cantorbéry et qu'il est médecin. Sinon, comment se procurerait-il ses poisons et comment saurait-il qu'il faut les dissoudre dans le vin ? Si quelqu'un n'appartenant pas à la profession médicale achetait ces substances, il attirerait l'attention sur lui, et deviendrait aussitôt suspect. D'autant qu'il s'agit de poisons coûteux, et encore plus avec la guerre.

Chaddedon ainsi que Straunge et Darryl hochèrent gravement la tête à ces derniers mots, et Kathryn fut contente de leur approbation tacite. Luberon crut alors bon de préciser :

— Le Conseil et le roi ont conclu un contrat avec Maîtresse Swinbrooke, qui sera rétribuée pour son concours dans cette affaire de meurtres. A présent, messieurs, vous en savez autant que nous sur la raison de votre présence ici.

Straunge prit la parole avec force.

— Pourtant, n'importe qui possédant un jardin de simples a pu faire des décoctions de poison. Même vous, Maître Luberon. On dit que vous adorez les fleurs, au point que l'archevêque vous a confié son jardin de roses. Vous vous y entendez aussi en herboristerie : vous posez des questions auprès des apothicaires et des médecins de cette ville.

Luberon ouvrit la bouche et la referma, entrevoyant ce que sous-entendait Straunge. Colum, lui, s'agitait sur son siège, quant à Kathryn, elle sentait un frisson de peur lui glacer la nuque. Straunge disait vrai. N'importe qui s'y connaissant en plantes médicinales pouvait être l'assassin. Cependant, elle se souvint de la poudre de digitale mélangée au vin blanc qui avait tué le médecin, Robert Clerkenwell.

— Vous avez raison, Maître Straunge, fit-elle valoir. Certes, un enfant peut cueillir la digitale ou des champignons vénéneux ; mais pour les faire sécher, les réduire en poudre et en préparer des décoctions assez concentrées, vous admettrez que cela requiert une grande expérience.

Luberon aussitôt se détendit, et Straunge haussa les épaules et sourit.

— J'en conviens, Maîtresse Swinbrooke. Maître Luberon, je ne vous accusais pas, je voulais simplement démontrer mon argument.

Kathryn reprit vivement la parole :

— Sans doute êtes-vous tous innocents, et je veux croire que vous l'êtes. Néanmoins...

— Néanmoins, la coupa Colum, vous devez répondre à nos questions. Nous savons peu de choses des victimes hormis les circonstances de leur mort. Maître Cotterell, vous avez vu le cadavre de l'une d'elles, m'a-t-on dit ?

L'arrogant médecin avait maintenant perdu bien de sa morgue. Il hocha la tête.

— Je me trouvais non loin.

— Laissons ce meurtre pour l'instant, reprit Colum. Je dois vous interroger sur vos occupations et vos déplacements, hier après-midi, pendant que Spurrier était empoisonné dans la cathédrale. Je suis le commissaire du roi, et vous devez promettre de dire la vérité. Maîtresse Swinbrooke, en tant que médecin, m'assistera.

A cet instant, Brantam se leva de son siège, tout agité.

— Asseyez-vous ! ordonna Colum.

— Il faut que je parle à Maîtresse Swinbrooke, bredouilla l'homme, mais en privé.

Tout le monde pouvait voir combien il était troublé, et il ne cessait de rassembler autour de lui les pans de sa belle cape doublée de laine d'agneau teinte.

— Je vous en prie, Maîtresse Swinbrooke ! supplia-t-il.

Sans laisser à Colum le temps de s'interposer, Kathryn se leva.

— Ce dont vous voulez m'entretenir se rapporte-t-il à l'affaire qui nous réunit aujourd'hui ?

Brantam hocha la tête.

— Eh bien, messieurs, si vous voulez bien nous excuser...

Kathryn entraîna Brantam hors de la salle ; Thomasina fit mine de la suivre, mais Kathryn lui intima d'un geste l'ordre de s'en abstenir.

Une fois dans le couloir, Brantam se mit à marcher de long en large tandis que Kathryn demandait :

— Alors ? Qu'avez-vous à me dire ?

Le médecin secoua la tête, ouvrit la bouche, mais resta muet. L'attention de Kathryn fut alors attirée par une vive discussion qui avait éclaté à l'autre bout du couloir. Des éleveurs de cygnes portant des justaucorps malpropres, des culottes de cuir et des bottes crottées se querellaient avec un commis et réclamaient leurs gages pour s'être occupés des cygnes royaux de la rivière Stour.

Kathryn reporta son attention sur son collègue médecin.

— Si vous n'avez rien à me dire, Maître Brantam, regagnons la grande salle.

Le jeune homme secoua la tête.

— Je puis prouver que j'étais absent de Cantorbéry pendant dix jours, et que je n'y suis rentré qu'il y a deux jours. J'ai voyagé jusqu'à Londres.

— Mais vous étiez en ville hier, quand Spurrier a été assassiné, n'est-ce pas ?

— Oui.

— Votre absence ne vous innocente donc pas.

— J'étais à Cantorbéry, hier, c'est vrai, mais depuis l'heure de midi jusqu'à ce que résonne la corne municipale signalant la fin de la journée de travail, je...

Brantam hésita avant de révéler :

— Je me trouvais chez Maître Cotterell.

— Y était-il aussi ?

— Non. J'étais avec son épouse, dans leur chambre.

Kathryn réprima un sourire. Elle comprenait maintenant que Brantam ait montré autant de nervosité. Il la regardait presque suppliant, à présent.

— Ne comprenez-vous pas, Maîtresse ? Je puis prouver où j'étais, hier après-midi, mais si Cotterell le sait, il nous tuera, sa femme et moi.

— Quelles preuves avez-vous ?

Brantam détourna la tête, honteux.

— Si vous vous rendez au logis des Cotterell, murmura-t-il avec un regard rapide à Kathryn, et il se peut bien que cela vous arrive, dans la chambre des époux, les coussins sont faits de soie rouge avec un motif central représentant deux tourterelles entourées d'une guirlande de campanules bleues. Maîtresse Cotterell portait des bas rouge et jaune. Demandez-le-lui. Elle a un grain de beauté sur la cuisse droite...

Brantam de nouveau s'humecta les lèvres avant d'achever :

— Tout près de ses parties intimes.

Kathryn avait bien du mal à conserver son sérieux. Ce pauvre Brantam lui inspirait de la pitié, certes, mais la situation n'en était pas moins fort drôle.

— Je vous jure que c'est la vérité, reprit le jeune médecin. Je vais voir Maîtresse Cotterell chaque fois que je peux. Je l'aime.

La porte de la salle s'ouvrit alors, et Colum apparut dans le couloir.

— Que se passe-t-il, Maîtresse Swinbrooke ?

— Rentrez chez vous, Maître Brantam, dit Kathryn à mi-voix.

Colum la contourna pour faire face au médecin.

— Non, vous ne partirez pas, monsieur !

Brantam supplia Kathryn du regard.

— Rentrez chez vous, répéta-t-elle, et si ce gentleman cherche à vous en empêcher, je vous y accompagnerai. Allez !

Tournant les talons, Brantam partit, courant presque dans le couloir. Colum saisit alors Kathryn par le bras, son visage basané défiguré par la rage, son regard glacial. Kathryn nota les lèvres pincées en un rictus de colère et le muscle qui palpitait en haut de sa joue.

— C'est moi qui décide qui peut partir et qui doit rester, gronda-t-il.

— Lâchez-moi, Irlandais !

— Si je veux !

— Lâchez mon bras, vous me faites mal !

Kathryn se rapprocha, et Colum la lâcha enfin. Mais il l'avait serrée fort, et elle frotta son muscle endolori.

— Vous m'aurez fait un bleu, dit-elle avec irritation. Par tous les saints, Irlandais, Brantam n'est pas un assassin. Il a seulement commis l'adultère dans le lit de Maître Cotterell !

Le visage de Colum changea aussitôt. Sa colère s'évanouit, il paraissait las, soudain, et clignait des yeux comme s'il cherchait à secouer la rage qui un peu plus tôt l'avait terrassé.

— Par la Sainte Croix, venez, Kathryn, et pardonnez-moi.

Ils regagnèrent la salle, et Colum, confus, annonça que Maîtresse Swinbrooke disposait d'informations dispensant Maître Brantam qu'on l'interroge davantage. Il posa ensuite quelques questions aux autres médecins afin de s'assurer qu'ils se trouvaient bien à Cantorbéry au moment du meurtre de Spurrier. Enfin, il fit un signe à Newington qui se dressa et, d'un geste, demanda le silence.

— Cette affaire demeurera secrète, déclara-t-il. Nous n'avons accordé ni faveur ni privilège à personne puisque même mon propre gendre, époux de ma chère fille Marisa, figure sur la liste des suspects. En vérité, nous sommes tous touchés par ces meurtres parce qu'ils menacent le sanctuaire, et aussi les pèlerins et le commerce de notre ville, déjà en grande difficulté pour avoir pris, à tort, le parti de la maison de Lancastre. Assurément, le commissaire du roi et Maîtresse Swinbrooke interrogeront chacun d'entre vous.

Newington essuya sur sa robe ses paumes humides de sueur avant de poursuivre :

— Vous devrez donc ne pas quitter la ville, mais vous continuerez à mener votre train.

Il adressa aux médecins un grand sourire réjoui.

— Et je ne parle pas seulement de vos pratiques

de médecin. N'interrompez pas non plus vos autres activités.

Il sourit encore, à Kathryn et à Colum, cette fois, et expliqua :

— Mon gendre et ses confrères ici présents sont maîtres de la guilde de la Messe de Jésus. Nous préparons une représentation du Corpus Christi à l'église de la Sainte-Croix, à Westgate. Quand nous serons prêts et que ces affaires seront élucidées, vous vous joindrez à nous, n'est-ce pas ?

Ignorant le ton ironique de Newington et sa question, Colum répéta :

— Je vous interrogerai tous, mais présentement, messieurs, vous pouvez disposer.

Les médecins se levèrent et quittèrent précipitamment la salle. Tous, sauf Chaddedon qui s'attarda avec un sourire avant de s'incliner courtoisement devant Kathryn.

— Vous serez toujours la bienvenue en ma demeure, Maîtresse Swinbrooke, déclara-t-il.

Kathryn lui rendit son sourire, choisissant d'ignorer le regard furieux que Colum posait sur Chaddedon qui se retirait.

Une fois la porte refermée, Luberon s'en fut vers une table dans l'angle de la pièce et remplit cinq gobelets de vin avant d'en tendre un à chacun de ceux qui étaient encore présents, c'est-à-dire Newington, Kathryn, Colum, et même Thomasina. La séance avec les médecins avait été houleuse, et un moment durant, personne ne dit rien, chacun réfléchissant à ce qu'il avait appris. Puis Luberon interrogea Colum sur le départ précipité de Brantam, mais l'Irlandais sourit, murmurant seulement que le jeune médecin avait des préoccupations qui ne concernaient que lui.

Kathryn se leva pour se dégourdir les jambes et demanda :

— Et qu'allons-nous faire, maintenant ?

Elle éprouvait une sorte d'exaltation et, pour la première fois depuis la mort de son père, n'avait plus l'impression d'être ballottée telle une feuille au gré d'un ruisseau. Au contraire, elle était responsable de ce qui arrivait autour d'elle. Luberon lui sourit, et Kathryn crut percevoir de l'amusement dans ses yeux.

— Vous avez trouvé du plaisir à interroger vos collègues, Maîtresse Swinbrooke ? demanda-t-il.

Un sourire malicieux éclaira le regard de Kathryn.

— J'ignorais que vous étiez un jardinier si zélé, Maître Luberon.

Il toussota et déclara :

— Je le suis, à ma manière, et Straunge a dit vrai, je m'intéresse aux plantes médicinales. Mais je ne suis pas un assassin, et hier, je travaillais à la chancellerie de l'archevêque.

Le clerc secoua la tête.

— Je me suis demandé si les médecins, tout à l'heure, n'allaient pas m'accuser.

— Oh, railla Kathryn, quand on réunit deux ou trois médecins, on est assuré qu'ils vont se disputer ! Mais dites-moi, Maître Murtagh, que faire, maintenant ?

Tassé sur son siège, Colum semblait perdu dans ses pensées. Newington prit la parole :

— J'ai demandé aux marchands qui se trouvaient avec Spurrier, lorsque celui-ci est mort, de nous rejoindre ici.

Son regard se porta sur la bougie des heures piquée sur sa tige de fer, dans un angle de la salle, et il ajouta :

— Ils devraient arriver à la deuxième heure. En

attendant, Maître Murtagh, sans doute avez-vous d'autres devoirs ?

Colum pianota sur les accoudoirs de son siège.

— Je sais, je sais. Oh, il ne s'agit que de questions sans importance qui peuvent être réglées sans moi.

— Vous êtes le commissaire du roi, fit observer Newington d'un ton mielleux, et membre du tribunal de sa maison. A ce titre, il vous revient de juger ces affaires.

En guise de réponse, l'Irlandais fit claquer ses lèvres. Il regarda Kathryn. L'excitation qu'elle ressentait avait empourpré ses joues, et s'il en avait eu l'audace, Colum lui aurait dit combien il la trouvait jolie. Il s'étonnait de constater comme elle pouvait changer rapidement. Elle lui était d'abord apparue avenante, certes, et sereine, mais réservée. Puis la fièvre du débat avec les médecins avait ranimé une étincelle en elle, ravivé une passion.

Colum détourna les yeux, se reprochant ses pensées. Kathryn gagna la porte pour s'assurer qu'elle était bien fermée. Elle alla ensuite se placer au milieu de la salle et annonça :

— J'ai une information à vous communiquer. Je crois... je crois avoir compris comment le meurtrier choisit ses victimes.

Les autres la dévisagèrent, ahuris. Kathryn continua plus fermement :

— Vous avez entendu parler du poète Geoffrey Chaucer ?

Luberon hocha la tête en souriant. Colum prit aussitôt l'air méfiant tandis que Newington haussait les épaules.

— Chaucer vivait il y a une centaine d'années, sous le règne de Richard II, poursuivit Kathryn. Mon père, qui l'aimait beaucoup, le citait souvent.

— Ah oui ! s'exclama alors Newington. Cela me revient. Chaucer a écrit un célèbre poème sur Cantorbéry.

— En effet, approuva Kathryn, *Les Contes de Cantorbéry*, qui comptent un prologue et de nombreux personnages : entre autres un chevalier, une nonne, un prieur, un moine et un clerc. Mais, en vérité, tous les métiers sont représentés. Ils quittent l'*Auberge du Tabard*, à Southwark, par un matin d'avril, pour se rendre au tombeau de Becket. En chemin, comme le veut la coutume, chaque personnage conte une histoire.

Colum semblait toujours sur ses gardes.

— Mon père citait souvent des vers du poète. Ils étaient écrits en couplets rimés et ressemblaient beaucoup à ceux que notre assassin a placardés sur les portes de la cathédrale.

Elle soupira et laissa tomber les mains le long de ses hanches.

— Comprenez-vous ce que cela signifie ? Notre meurtrier est un homme instruit. Il a lu *Les Contes de Cantorbéry*. Ses mauvais vers imitent ceux du poète, et ses victimes exercent les mêmes métiers que les personnages cités dans le prologue du poème de Chaucer.

— L'explication est un peu tirée par les cheveux, fit observer Newington.

— Ce n'est pas mon avis, intervint Luberon. Maîtresse Swinbrooke a raison. « *Radix malorum est Cupiditas* » : l'amour de l'argent est la source de tous les maux. C'est une maxime du poème de Chaucer. Il l'a placée dans « Le conte du Pardonneur[1] ». Or les premiers vers de l'assassin disaient :

---

1. Pardonneur : marchand d'indulgences. *(N.d.T.)*

« *Sur la tombe de Becket, poussière et crasse, Radix malorum est Cupiditas.* »

Luberon, très fier de lui, se leva et esquissa presque un pas de danse, son visage rayonnant. Puis il frappa dans ses mains comme un enfant.

— Fort bien raisonné, Maîtresse Swinbrooke ! s'exclama-t-il, gloussant de satisfaction. Excellente déduction !

— Qui nous avance à quoi ? demanda Colum avec humeur. Combien ces *Contes* de Chaucer comptent-ils de personnages ?

Kathryn fronça les sourcils.

— Plus de vingt et moins de trente, répondit-elle.

Newington à son tour fit entendre un ricanement.

— Dans ce cas, que faire ? Trouver un manuscrit de ces contes, et interdire la ville à tous ceux qui y pratiquent les métiers cités par Chaucer ? C'est impossible ! Nous sommes chargés de pendre un assassin, pas de courir après des livres !

Luberon le fixa du regard et déclara :

— Nous n'aurons pas à le chercher, car le cardinal archevêque possède certainement un de ces manuscrits, que nous trouverons à la librairie de la cathédrale.

Il souleva sa cape pour mieux la draper sur le dos de son siège.

— Notre séance terminée, il faut que nous allions tous à la cathédrale, Maîtresse Swinbrooke, afin d'y chercher ce manuscrit.

Colum se détendit et fit un clin d'œil à Kathryn.

— Acceptez toutes nos félicitations, Maîtresse. Ne croyez surtout pas que je n'apprécie pas ce que vous venez de mettre en lumière. Grâce à vous, nous disposons d'un fil conducteur dans cette triste affaire. Nous recherchons donc un coupable qui nourrit des griefs contre le sanctuaire et connaît ce poète Chaucer. Peut-être même possède-t-il un manuscrit de son poème. Maître Luberon, voulez-vous nous emmener voir ce livre ?

Newington s'interposa, indiquant la chandelle dont la flamme vacillante avait maintenant atteint le cercle de la deuxième heure.

— Nous ne pouvons y aller maintenant, grommela-t-il. Nous devons d'abord achever nos affaires ici. Elles ne devraient pas durer longtemps, mais si vous le voulez, Maîtresse Kathryn, vous pouvez nous laisser.

Il achevait à peine sa phrase quand un sergent arborant la livrée aux couleurs de la ville, et muni d'un bâton dont l'extrémité était recouverte d'argent, pénétra dans la salle. Il s'inclina devant la table et murmura quelques mots à l'adresse de Colum et de Luberon. L'Irlandais haussa les épaules tandis que le clerc rangeait les parchemins étalés devant lui et faisait signe à Newington de les rejoindre. Kathryn en profita pour aller auprès de Thomasina qui, toujours assise sur l'appui de fenêtre, feignait de sommeiller.

— Que de bavardages ! chuchota la servante. Si les hommes parlaient moins et respectaient davantage leurs promesses, le monde s'en porterait beaucoup mieux.

Elle sourit et donna un gentil coup de coude à sa maîtresse.

— Vous avez bien tenu votre place ! Même Luberon commence à vous apprécier, et si l'Irlandais demeure impénétrable, Maître Chaddedon, lui...

Thomasina eut un petit sourire moqueur.

— Je me demande si vous n'avez pas fait sa conquête.

— Tais-toi donc ! siffla Kathryn, cherchant à masquer son embarras.

Mais la servante n'en reprit pas moins avec bonne humeur :

— Si je devais parier, je dirais que le meurtrier se trouvait parmi cette assemblée.

Elle donna un nouveau coup de coude à sa maîtresse.

— Quant au magistrat Newington, quel sinistre bâtard !

Kathryn porta son regard vers la table. A présent Luberon et Newington avaient pris place de part et d'autre de Colum.

— Il n'a jamais eu de chance, continua Thomasina, imperturbable. Il n'est pas natif de Cantorbéry, vous le savez, n'est-ce pas ? Il s'y est installé encore jeune et y a ouvert un négoce de drap. Il possède peu de famille, sa femme est morte voilà des années. Heureusement, il a une fille mariée.

La servante reprenait son souffle pour poursuivre son bavardage quand la porte s'ouvrit de nouveau sur le sergent. Il frappa bruyamment le plancher avec son bâton, et Thomasina étouffa un juron.

— Silence ! cria alors l'homme. Ceux qui ont une affaire à soumettre au jugement du commissaire du roi peuvent approcher pour le faire.

— Tais-toi donc, espèce de paon prétentieux, siffla Thomasina suffisamment fort pour être entendue.

Le sergent la fusilla du regard avant de frapper de nouveau le sol avec son bâton. C'est alors qu'une troupe d'individus pénétra dans la salle.

Durant l'heure qui suivit, Kathryn observa Murtagh, commissaire du roi à Cantorbéry, régler des litiges civils insignifiants. La guilde des fabricants d'arcs avait dépêché ses représentants qui demandaient que les bois des arcs soient épais de sept centimètres, et longs de deux mètres. En outre, ils les voulaient parfaitement polis et sans nœud. Ils se plaignirent bruyamment que certains vendaient des arcs de qualité inférieure pour un moindre prix. Colum écouta leurs doléances sans les interrompre, puis il ordonna qu'une enquête soit menée par les agents chargés de surveiller le négoce. Il arbitra ensuite une querelle entre les représentants de la guilde des boulangers faisant du pain noir et ceux de la guilde des boulangers faisant du pain blanc. Avery Sabine fut mis à l'amende pour élever des pourceaux dans l'enclos de l'église, Goodman Trench pour avoir placé des barrières sur la route du Roi, Thomas Court pour avoir vendu de la bière coupée d'eau dans des pichets en bois. Potterman, un chirurgien-barbier de Saint-Pierre, dut payer deux sous d'amende pour avoir rasé un client le dimanche. Suivirent d'autres menus problèmes qui furent réglés en quelques minutes.

Pendant ce temps, Kathryn admirait la calme impartialité de Murtagh, ainsi que ses manières très professionnelles. Quel artiste ! Il excellait en tout, que ce soit à cheval, pour administrer les écuries royales, ou pour écouter et juger les litiges des citoyens. Mais s'il venait un jour à abattre son masque, quel genre d'homme apparaîtrait ?

Kathryn jetait un regard à la bougie dont la flamme entamait le cercle de la troisième heure quand Luberon annonça que le tribunal levait la séance. Newington, qui, à côté de Colum, lui avait murmuré à l'oreille pendant toute la session des conseils pour les décisions à prendre, en convint. Le sergent reparut et annonça d'une voix forte que les autres plaignants devaient revenir un autre jour.

— Que fait-on maintenant ? marmonna Thomasina, agitant son imposant derrière sur la banquette de la fenêtre.

— Inutile que tu m'attendes davantage, lui dit Kathryn, cette affaire prend plus de temps que je n'imaginais. Va donc à Rushmarket, près de Ridinggate, et achète de la paille fraîche pour la cuisine. Je te rejoindrai à la maison.

Toute contente, la servante sortit de la salle tandis que Colum invitait Kathryn à reprendre place à la table.

— Vous avez trouvé la séance du tribunal intéressante, Maîtresse Swinbrooke ?

— Pas autant que vous, j'imagine.

Colum haussa les épaules.

— Depuis longtemps, quand je ne suis pas à la guerre ou à m'occuper des chevaux, je traite et je juge les affaires de ce genre : c'est moi qui décrète qui, dans la maison du roi, peut prétendre à un privilège. A moi aussi de découvrir qui a volé dans la dépense, ou quel marmiton s'est servi de viande pendant qu'elle rôtissait sur la broche.

Colum s'étira en souriant.

— Vous autres, Anglais, aimez tellement les lois !

Il allait dire autre chose quand la porte se rouvrit brutalement sur le sergent qui fit entrer une petite troupe de marchands : les confrères de Spurrier, la dernière victime de l'empoisonneur. Ces hommes, de belle prestance, arboraient leurs chapeaux de castor, des pourpoints matelassés ainsi que de coûteux hauts-de-chausses rentrés dans leurs bottes en cuir. Cependant, à se tenir ainsi en groupe, ils n'en évoquaient pas moins une troupe d'enfants apeurés. C'est que l'assassinat de leur confrère Spurrier les avait plongés dans la consternation, et tous n'avaient qu'un souhait : quitter Cantorbéry au plus vite. Colum les interrogea sans les brusquer, mais en vain : autant vouloir tirer du sang d'une pierre. Ces hommes ne connaissaient en ville personne susceptible de nourrir des griefs contre Spurrier, et ils n'avaient rien vu ni rien entendu de suspect. L'un d'eux pourtant admit :

— Nous avons remarqué un inconnu, mais nous l'avons pris pour un moine. Il portait un capuchon, et il a très vite disparu.

Les autres opinèrent en chœur. Colum leur posa encore quelques questions avant de les renvoyer courtoisement.

Sitôt qu'ils eurent disparu, Kathryn, qui n'avait pas prononcé une parole durant l'interrogatoire, se leva et prit son manteau.

— Il n'est rien de plus que nous puissions faire ici, soupira-t-elle. Et ce manuscrit de Chaucer, Maître Luberon ?

Newington intervint :

— Il faut que je parte, moi aussi.

Il eut un sourire embarrassé.

— Je dois aller faire la paix avec mon gendre et ma fille. D'ailleurs, il est inutile que nous allions déranger Sa Grandeur l'archevêque.

Il tapota l'épaule du clerc.

— Vous, Luberon, vous connaissez mieux les livres que moi. Demandez au cardinal archevêque s'il a un manuscrit du poème de Chaucer, et faites-le porter chez Maîtresse Swinbrooke, en son logis d'Ottemelle Lane.

Le clerc promit de le faire, puis, rassemblant ses parchemins, ses plumes et son encrier, il les rangea dans un sac de cuir avant d'emboîter le pas à

Newington pour sortir de la salle. Quelques minutes après eux, Kathryn et Murtagh partaient à leur tour. Dehors, ils durent s'abriter les yeux du soleil éclatant de l'après-midi, tandis qu'ils descendaient les marches du Guildhall. Colum tapota alors son estomac.

— J'ai faim, Maîtresse Swinbrooke. Allons manger, voulez-vous, et soyez mon invitée.

— Je croyais que vous ne vous plaisiez pas dans les tavernes ?

— J'ai le gosier sec et le ventre vide, Maîtresse. Si Thomasina était ici, je la dévorerais toute crue.

Souriant, Kathryn le conduisit dans la Grand-Rue, où grouillait maintenant une foule de gens entre les étals. Non loin du Guildhall, on avait mis un homme au pilori, cloué par les oreilles à des planchettes de part et d'autre de sa tête. Un écriteau autour de son cou expliquait qu'il avait dit du mal du roi et avait récidivé. Des nonnes portant le costume noir de l'ordre du Saint-Sépulcre l'assistaient dans son supplice, essuyant le sang et la sueur sur sa face, et s'efforçant de faire glisser entre ses lèvres meurtries un peu de vin. Kathryn détourna les yeux et murmura :

— Ah, si seulement les gens savaient tenir leur langue !

Colum, qui l'avait prise par le coude, l'aidait à se frayer un chemin dans la foule du marché.

— Que voulez-vous, Maîtresse, répliqua-t-il, comme nous le disons en Irlande, la langue d'un homme lui coûte souvent sa tête.

Ils s'écartèrent pour laisser passer un enterrement : les gens suivaient le cercueil que ballottaient sur leurs épaules des porteurs avinés. De chaque côté, quatre hommes portaient des flambeaux allumés. Comme ils étaient également ivres, le cortège ressemblait davantage à une comédie qu'à des funérailles.

— La mort frappe en plein cœur de la vie, fit observer Kathryn.

— C'est pourquoi il faut vivre pleinement sans attendre demain, rétorqua Colum. Dites-moi, Maîtresse Swinbrooke, si je connais bien la cathédrale pour m'y être rendu plusieurs fois, je ne suis pas très familier avec la ville. Connaissez-vous une bonne taverne?

— Allons au *Lion*, dans Mercery, dit Kathryn en prenant sur la droite.

Ils passèrent devant la *Taverne des Échiquiers* que l'on appelait aussi l'*Auberge des Cent Lits*. Des pèlerins se pressaient sous son large portique. Certains, qui arboraient sur leur cape ou leur chapeau la broche en métal représentant saint Thomas Becket, s'apprêtaient à quitter la ville. D'autres venaient seulement d'y arriver et se pressaient dans la cour, criant pour qu'on leur dépêche des palefreniers, s'étonnant et s'émerveillant de tout.

— Ah, s'ils savaient! chuchota Kathryn.

C'est alors que, dans la cour de l'auberge, une voix d'Irlandais s'éleva, les mots prononcés incompréhensibles. Colum pivota aussitôt, portant la main à sa dague tout en rassemblant sur son bras les pans de son manteau de laine comme pour s'en servir de bouclier. Kathryn l'observait et n'en revenait pas. L'élégant promeneur avait disparu, remplacé par un combattant prêt à frapper pour tuer. Kathryn avait complètement cessé d'exister pour lui: son regard de marbre sondait la foule qui grouillait dans la cour de la *Taverne des Échiquiers*, comme si un ennemi allait en surgir pour attaquer.

Kathryn avança d'un pas vers son compagnon, mais celui-ci la repoussa doucement de côté en même temps qu'il dégainait sa dague.

— Au nom du Ciel, qu'y a-t-il, Irlandais ? souffla Kathryn.

Clignant des yeux, Colum abaissa son regard sur elle.

— Vous avez entendu comme moi, dit-il avec brusquerie. C'est un Irlandais qui parlait.

— Et alors ? Il se trouve ici des Gallois, des Français, des Bretons, des gens de Calais. Qu'est-ce qui vous tracasse, Colum ?

Devant la taverne, des pèlerins regardaient maintenant dans leur direction, visiblement étonnés de voir cet homme aux yeux sauvages brandir une dague. La voix irlandaise s'éleva encore : l'homme demandait qu'on s'occupe de son cheval et vitupérait le palefrenier. Colum se détendit aussitôt et remit sa lame dans son fourreau.

— Vous vous sentez bien, Colum ? demanda doucement Kathryn, le prenant par le poignet.

Il ébaucha un sourire grimaçant.

— Oui, femme, ce n'est rien, seulement les fantômes de mon passé...

Chapitre VII

Kathryn et Colum continuèrent à descendre Mercery, là où les maisons des riches côtoyaient celles des pauvres. Ces dernières, habitées par des artisans, n'étaient que des masures de bois, basses et écrasées par des toits de chaume ou de paille qui débordaient largement, et d'où l'eau gouttait en permanence. Les demeures des riches, en revanche, étaient construites en plâtre qu'étayaient de gros colombages, et leur toit était soutenu par de belles poutres de charpente, sculptées de lutins ou de monstres grimaçants, et autres motifs et inscriptions étranges. Levant les yeux sur un coin de ciel bleu apparaissant entre deux maisons, Colum marmonna :

— Je n'ai jamais aimé la ville.

Toujours nerveux, il gardait la main sur son épée tout en scrutant les étroites ruelles qui partaient de Mercery. Celles-ci étaient si sombres que l'on avait accroché des lanternes à l'extérieur des portes des maisons.

Enfin ils arrivèrent à la *Taverne du Lion*. Il y régnait une chaleur moite. Au fond de la salle crépitait un grand feu au-dessus duquel trois ou quatre broches tournaient, manipulées par de jeunes garçons au visage noir de suie. Kathryn et Colum prirent place à une table près de la fenêtre. Une souillon en sueur leur servit du vin coupé d'eau dans des bols en bois, ainsi que du porc nourri avec les glands les plus tendres, puis des portions de carpe préparée dans une sauce piquante. Au milieu de la salle se dressait une grande table graisseuse où se pressait une foule de clients, pour la plupart des pèlerins, attendant que l'on apporte l'une des pièces de viande en train de rôtir, dont ils se couperaient des tranches. Colum les observa un moment. De temps en temps, il reportait son regard sur Kathryn, notant comme elle coupait sa viande avec élégance pour en porter à sa bouche de tout petits morceaux. Après quoi, elle se rinça délicatement les doigts dans une coupe d'eau, avant de les essuyer à une serviette. Non, elle ne déparerait pas à la cour, songeait-il, quand elle leva les yeux sur lui.

— A quoi pensez-vous, Irlandais ?

— Je suis désolé de m'être laissé emporter avec Brantam, répliqua Colum avant de boire une gorgée de vin. J'oublie toujours que je ne suis pas dans un camp de soldats.

Il dévisagea sa compagne.

— Je manque d'égards ; il ne doit pas être facile d'être femme médecin. Surtout avec des confrères comme Cotterell !

— C'est eux qui ont du mal. Moi, je n'en ai point.

— Pourquoi avez-vous abandonné le nom de votre mari ?

Kathryn haussa les épaules.

— Pourquoi me pose-t-on tout le temps cette question ?

Elle porta les yeux vers l'entrée de la taverne où deux chats se disputaient le rat qu'ils avaient attrapé.

— Mon mari est parti. Je suis veuve.

Kathryn soupira.

— De fait, je le suis à tous les égards.

— On n'a cependant pas retrouvé son corps, n'est-ce pas ?

Kathryn le regarda et Colum sut qu'il l'avait touchée au vif à cause de la méfiance dans ses yeux.

— Ne parlons pas de cela, dit-elle seulement.

— Dans l'affaire des meurtres de pèlerins, reprit son compagnon pour dissimuler son embarras, avez-vous des soupçons ?

Kathryn s'adossa au mur. Elle avait chaud et sentait maintenant la fatigue. L'étoffe de sa robe lui collait à la peau, et elle eût été mieux à Ottemelle Lane qu'ici, dans la touffeur de cette taverne.

— Le meurtrier est un homme instruit, déclara-t-elle, il connaît Cantorbéry et nourrit des griefs contre le sanctuaire. Mais dites-moi, Irlandais, si d'aventure nous nous étions trompés de suspects ? Si notre assassin était un médecin ne figurant pas sur la liste dressée par Newington ?

— Newington est un homme consciencieux.

— J'en conviens, mais si notre coupable était simplement quelqu'un qui a la possibilité de se procurer des potions et des médicaments ?

Kathryn prit sa coupe de vin.

— Notre tâche serait facilitée si nous prenions des hommes pour surveiller nos suspects.

— Ce n'est pas possible, répliqua Colum, et d'ailleurs nous n'en avons pas le droit car cela équivaudrait à porter contre eux une accusation sans preuve. Ces hommes sont médecins et, à ce titre, peuvent aller et venir à leur guise. Vous l'avez dit vous-même, ils détiennent les clés des poternes de la ville, dont ils peuvent sortir même la nuit. S'ils le voulaient vraiment, ils pourraient facilement fausser compagnie à nos agents chargés de les surveiller, et nous ne serions pas plus avancés.

L'Irlandais se pencha en avant et pressa la main de Kathryn.

— Vous avez déjà gagné votre salaire en trouvant le lien entre les meurtres et ce poète Chaucer, Maîtresse Swinbrooke.

— Nous en comprendrons davantage quand Luberon fera porter chez moi le manuscrit de l'archevêque. A ce propos, Irlandais, je vous serais reconnaissante de demander que l'on m'envoie une copie de mon contrat établi par le Conseil, ainsi que la somme qui doit m'être allouée en rétribution.

Kathryn s'essuya les doigts à sa serviette et poursuivit :

— Qu'un malade pauvre ne me paie pas est une chose, que le Conseil de Cantorbéry fasse de même en est une autre. A présent, je dois partir.

Colum insista pour payer le tavernier, puis, après avoir achevé le contenu de sa coupe, il intima d'un geste à Kathryn de ne pas bouger.

— J'ai une faveur à vous demander, Maîtresse.

Celle-ci parut aussitôt se méfier. Colum poursuivit en bégayant un peu :

— Le corps de logis de Kingsmead est... enfin... les planchers sont pourris, les volets cassés et le toit compte plus de trous qu'un filet. Je me demandais si...

— Que vous demandiez-vous ?

— Je me disais que je pourrais peut-être louer une chambre dans votre maison. Au moins jusqu'à ce que le manoir de Kingsmead soit remis en état.

Kathryn dévisagea l'Irlandais sans répondre. Il ajouta très vite :

— Je vous paierais en bon argent.

Kathryn ne disait toujours rien. Colum évoquait pour elle un garçonnet demandant une faveur à sa mère. « Si je refuse, songeait-elle, il en sera fort offensé, mais si j'accepte...? » Elle pensa alors à Thomasina, si farouchement déterminée à la protéger.

— J'accepte, dit-elle en souriant.

— Merci. Je vais passer voir Luberon, puis j'apporterai mon bagage à Ottemelle Lane ce soir même.

Kathryn se leva.

— Eh bien, Irlandais, je vous dis adieu.

Suant et soufflant, portant sous chaque bras une grosse botte d'herbes jaunissantes, Thomasina remontait Ridinggate pour regagner Ottemelle Lane. Rawnose, le colporteur, se tenait au coin de la rue.

— Avez-vous entendu les nouvelles, Maîtresse?

Thomasina porta les yeux sur le visage du pauvre mendiant. L'homme était un vrai casse-pieds, mais il souffrait de si terribles blessures que, chaque fois qu'elle le regardait, la servante éprouvait un élan de compassion. Elle répliqua avec lassitude :

— Non, Rawnose, je ne les connais pas.

Elle choisit une breloque bon marché sur le petit plateau pendu au cou du colporteur et le paya. Pendant ce temps, Rawnose continuait à jacasser :

— Eh bien, eh bien, les partisans des Lancastre ont été pourchassés et on a décapité Falconberg, le dernier de leurs généraux. Puis on a fiché sa tête sur un piquet que l'on a planté au milieu du Pont de Londres. On raconte que Faunte se cache dans la forêt autour de Cantorbéry. Et puis il y a eu encore un empoisonnement. La victime est un marchand. Et la veuve Gumple veut conduire le prochain conseil de la paroisse.

Rawnose continuait à pérorer, mais Thomasina, qui commençait à avoir mal aux bras à cause de ses lourdes bottes de paille, le laissa en plan et reprit sa marche. Elle vit un homme penché au-dessus de l'étal d'un étameur et reconnut les grosses fesses du prétentieux Goldere. Elle sourit, et, au passage, elle fit en sorte d'effleurer l'élégant haut-de-chausses de Goldere avec sa jonchée. L'homme se redressa tel un ressort.

— Ah! Oh! hurla-t-il.

La servante s'arrêta.

— Pardon, dit-elle, le souffle court, c'est que je suis si pressée!

Et avec un sourire jusqu'aux oreilles, elle poursuivit son chemin jusqu'au logis Swinbrooke.

Agnes lui ouvrit la porte. Thomasina commença par raconter les commérages que, d'après elle, la fille de cuisine était en droit de connaître; après quoi toutes deux débarrassèrent la vieille jonchée de la cuisine et balayèrent le plancher avant de disposer la nouvelle qu'elles parsemèrent de menthe et de thym.

Pendant ce temps, Thomasina se demandait avec anxiété où était Kathryn. L'Irlandais ne lui inspirait aucune confiance, et elle craignait que sa maîtresse ne se laisse entraîner à trop travailler pour la mission qui lui avait été confiée. La servante n'écoutait donc que d'une oreille le bavardage d'Agnes jusqu'au moment où celle-ci se tut subitement et laissa échapper le balai qu'elle tenait à la main.

— Oh, mon Dieu! s'exclama-t-elle. Oh, je suis désolée, j'ai oublié de te le dire, Thomasina, une missive est arrivée pour Maîtresse Kathryn.

Elle courut jusqu'au petit bureau de Kathryn et en revint avec un morceau de parchemin sale et graisseux, mais scellé néanmoins par un cachet de cire rouge. Thomasina, qui s'était essuyé les mains sur sa blouse, lui arracha presque le pli.

— Je m'en occupe, dit-elle rudement.

Elle sortit en trombe de la cuisine pour grimper quatre à quatre l'escalier jusqu'à sa chambre. Là, elle referma soigneusement la porte sur elle et s'assit sur le lit à colonnes recouvert d'une couverture matelassée, présent de son père pour sa première nuit de noces.

— Ah, tu en as vu et entendu, toi, murmura Thomasina à l'adresse de la vaste couche.

En parlant ainsi, elle riait et pleurait à demi, aussi s'essuya-t-elle les yeux. Cela lui arrivait toujours quand elle s'asseyait sur le lit et que lui revenaient les souvenirs du passé.

Elle examina ensuite attentivement le parchemin. Quelque chose n'allait pas avec sa maîtresse, et chaque fois qu'arrivait une de ces mystérieuses missives, c'était pire. Thomasina caressa du doigt le cachet de cire. Qu'est-ce qui allait de travers ? Quelque chose en rapport avec Alexander Wyville, cette misérable crapule qu'avait épousée Kathryn ? Thomasina avait été si heureuse lorsqu'il était parti à la guerre un soir plus tôt que prévu ! Le souvenir de ce fameux jour lui revint en mémoire. Elle avait conduit Kathryn passer la nuit chez Joscelyn, un parent du docteur Swinbrooke. A leur retour, ce dernier avait seulement annoncé qu'Alexander était parti ; il avait empaqueté ses effets, pris l'argent dans son coffre, ainsi que l'épée, le bouclier et la lance qu'il avait achetés, et s'en était allé rejoindre les troupes que Faunte avait levées et rassemblées dans les champs, près de l'église Saint-Dunstan, à côté de Westcliff. De ce jour Kathryn n'avait plus été la même. Quant à son père, il avait sombré peu à peu dans un très profond abattement.

Pinçant les lèvres, Thomasina inspira profondément par le nez, puis elle rompit le cachet de cire et déplia le parchemin. L'écriture gribouillée ne la surprit pas, elle l'avait déjà vue sur un précédent message, mais la méchanceté de la missive lui tira une grimace : « Où est ton mari, Alexander Wyville ? Tuer est un crime, et on pend les criminels. »

Thomasina examina la potence grossièrement dessinée et la femme aux longs cheveux qui y était pendue. Au-dessous, l'auteur avait encore écrit : « Mais le silence est d'or, et tu peux laisser trois pièces d'or sur la tombe du brave Théodore, au fond du cimetière de Sainte-Mildred, aujourd'hui, entre la quatrième et la cinquième heure. »

La servante froissa en boule la lettre avant de redescendre hâtivement à la cuisine. Là, elle consulta la bougie des heures : sa flamme avait déjà entamé le quatrième cercle. Thomasina jeta la méchante lettre au feu et la regarda se consumer.

— Agnes ! cria-t-elle. Agnes, arrive tout de suite !

La jeune fille de cuisine fut aussitôt devant elle, son petit visage maigre tout tendu par l'excitation qui imprégnait la maison depuis peu : Maîtresse Kathryn sortait tout le temps, un Irlandais débauché venait souper, des lettres mystérieuses arrivaient, et à présent Thomasina était rouge et agitée. La servante saisit Agnes par l'épaule.

— Dis-moi, ma fille, tu aimes les fruits confits ?

Comme Agnes hochait la tête, Thomasina reprit :

— En voudrais-tu une écuelle pleine ?

De nouveau Agnes hocha la tête, et Thomasina indiqua la dépense d'un geste théâtral.

— Ils sont là, et tu peux les manger tous, à une condition : tu ne parleras pas à Maîtresse Swinbrooke de cette missive. Tu m'as comprise ?

Agnes fit le signe de la croix avant de jurer qu'elle mourrait plutôt que de rompre sa promesse. Thomasina, après lui avoir encore serré l'épaule, se hâta hors de la cuisine, tandis que, tel un moineau, Agnes filait vers la dépense et la récompense de son silence.

Thomasina descendit rapidement Ottemelle Lane. Elle écarta d'un geste Mollyns le meunier qui voulait l'arrêter, et Goldere fut pareillement repoussé ; quant au pauvre Rawnose, il n'eut pas le temps d'ouvrir la bouche que déjà la servante avait passé son chemin pour bifurquer dans Hethenman Lane. Elle dépassa l'hôpital. Au-dessus d'elle se dressait le château de Cantorbéry avec ses grilles en fer forgé, ses tourelles crénelées et ses hautes tours. A sa gauche, l'église Sainte-Mildred, sur sa petite hauteur dominant la rivière Stour, pointait au ciel sa haute flèche élégante.

Bien qu'Ottemelle Lane se situât à la limite de la paroisse Sainte-Marguerite, la famille de Kathryn avait toujours fréquenté Sainte-Mildred. Le vieux père Matthews, un saint homme, qui en était le curé, avait officié aux deux derniers mariages de Thomasina. Aujourd'hui, il n'avait plus la force de tenir tête à la puissante veuve Gumple qui, avec ses commères, voulait faire de l'église son domaine réservé.

Ah, pourvu que Thomasina arrive à temps ! La personne qui envoyait ces missives à Maîtresse Kathryn s'attarderait sans doute dans le cimetière, et Thomasina avait bien l'intention de la trouver. Elle franchit donc le porche de ce que les gens appelaient le Champ du Repos.

Après un signe de la croix, la servante récita le *Requiem* pour la paix de ses parents, ses frères et ses sœurs, ses maris, bien sûr, et ses enfants mort-nés. Tous étaient enterrés ici. En priant, les bonnes joues rouges de Thomasina avaient pâli. La servante leva les yeux vers le mur en pierre grise de l'église pour compter les vitraux du transept nord. Arrivée au sixième, elle abaissa son regard, et là, dans l'herbe trop haute, elle les vit, les petites croix en pierre que le temps et les intempéries avaient patinées.

— Oh, mes petits ! murmura-t-elle.

Non, mieux valait ne pas penser à eux, sinon Thomasina s'effondrerait en pleurant, et il lui fallait toutes ses forces. Elle détourna les yeux pour les porter entre les gros ifs dont les branches retombaient presque jusqu'à l'herbe folle et aux buissons.

— Si le bâtard arrive, marmonna-t-elle, il ne m'échappera pas !

Elle tendit l'oreille, mais l'on n'entendait que le pépiement des oiseaux et les sauterelles qui crissaient. Sous le soleil brûlant, de très beaux papillons voletaient au-dessus des fleurs sauvages, et Thomasina pensa à l'âme de ses petits enfants. Ils étaient peut-être revenus sous l'apparence de ces papillons ? Prenant une inspiration, elle suivit le sentier du cimetière pour gagner le coin le plus éloigné où se trouvait le tombeau du brave Théodore. La grosse tombe en marbre abîmé et fendillé par le temps passait, dans la paroisse, pour le lieu de rendez-vous des jeunes amoureux. Ah, comme elle était chargée de souvenirs ! Thomasina elle-même, voilà bien, bien longtemps, y avait rencontré le père Cuthbert. N'étant alors que novice, il n'avait pas encore été ordonné par l'Église, et tous deux, jeunes et innocents, s'étaient tenus là, près du vieil if, sous les étoiles qui scintillaient comme des joyaux dans le ciel de velours.

S'essuyant les yeux, Thomasina s'approcha de l'arbre. Au cours d'une ancienne tempête, un éclair, de sa langue de feu, en avait fendu le tronc en deux. Tapie derrière lui, la servante observa le sentier menant à la tombe du brave Théodore.

Elle demeura là une bonne demi-heure, partagée entre son désir de surprendre le maître chanteur et la torture qu'infligeaient à son âme les souvenirs doux-amers que ce lieu éveillait. Des oiseaux virevoltaient en chantant au-dessus des tombes. Un pauvre chat de gouttière éclopé se faufilait dans l'herbe haute, à la recherche de quelque mulot ou campagnol. Arriva un jeune couple qui s'allongea dans l'herbe chaude pour rouler et se tordre en des étreintes passionnées. Puis, quand Thomasina toussota, ils se relevèrent pour détaler tels des lapins. Hormis eux, personne ne parut.

Enfin, la servante entendit s'ouvrir la porte latérale de l'église qui livra passage à la veuve Gumple. Celle-ci était si ridicule dans sa robe jaune et sa coiffe en forme de haute corne que Thomasina dut faire un effort pour ne pas rire. La veuve au visage revêche et gras promena un regard furieux sur le cimetière, comme si elle suspectait quelqu'un de s'y tenir caché. Après quoi, elle rentra dans l'église dont elle claqua la porte. Thomasina soupira. Le maître chanteur n'était pas venu. D'un pas las, elle reprit le chemin de la maison.

Dans la cour de l'*Auberge Fastolf*, juste à l'extérieur de Westgate, Thopas, l'assassin, assis sur un banc, se chauffait au soleil de cette fin d'après-midi, tout en observant la foule des nouveaux pèlerins venus en ville. Il abaissa encore son capuchon sur son visage tandis qu'il inspectait avidement ce nouvel arrivage de possibles victimes. Un sentiment de puissance courut dans ses veines, fort comme le vin. Il avait pouvoir de vie et de mort. Il exécuterait la sentence contre le tombeau de Becket et la ville, pour venger la mort de sa mère. Il se cala sur son siège, les mains refermées sur son gobelet de cuir rempli de bière, puis, les yeux mi-clos, il écouta le martèlement des sabots, le fracas des charrettes sur les pavés, les vociférations des palefreniers et les cris des clients demandant qu'on les serve. L'air tiède sentait fort le crottin de cheval auquel se mêlaient des effluves plus alléchants venus de la grande cuisine de l'hôtellerie. Un vieillard boiteux gagna la porte, sautillant comme une grenouille. Une religieuse, élégante avec sa guimpe lacée de ruban rose, souleva sa jupe et ses épais jupons blancs, tout en plissant son petit nez à cause des odeurs de l'auberge. Elle parlait avec l'accent français à une sœur qui trottinait à ses côtés. Thopas, qui la détaillait, nota l'air arrogant, les beaux vêtements et les manières courtoises et raffinées. La règle du Christ et le vœu de pauvreté n'étaient guère apparents chez cette nonne. Ferait-elle la prochaine victime ? Pourquoi pas ? C'est alors qu'une voix forte retentit, braillant :

— Écartez-vous ! Écartez-vous ! Laissez passer John-atte-Southgate, seigneur grand huissier à la cour de l'archidiacre de l'évêque de Londres !

Sur son banc, Thopas se poussa pour mieux observer l'huissier. Un vrai fils de Satan ! Il avait le cheveu noir en bataille, la panse rebondie, le menton proéminent et pas rasé, de grosses joues rubicondes et les petits yeux furtifs d'une truie en colère. Thopas abaissa son regard sur les belles bottes de cuir espagnol que portait l'homme, remonta jusqu'à la coûteuse ceinture qui entourait son gros ventre, sous le long manteau doublé de fourrure d'écureuil. Puis ses yeux se posèrent sur les lourdes fontes de selle, remplies d'assignations et d'appels à comparution. Un vautour à forme humaine, songea Thopas, un laquais de l'Église chargé de convoquer les gens devant la cour de l'archidiacre après avoir déterré leurs péchés : ainsi celui qui ne payait pas sa dîme, le prêtre qui avait une bonne amie, le curé absent de son logis... Les hommes comme Southgate étaient payés par l'Église pour délivrer des assignations, mais ils se laissaient acheter par ceux qui en avaient les moyens.

John-atte-Southgate, la nouvelle proie de Thopas, jeta les rênes de sa monture à un palefrenier, puis, balançant ses fontes de selle sur son bras, entra dans l'*Auberge Fastolf* en homme pleinement conscient de sa puissance. Il vit l'élégante nonne se détourner avec modestie, et le prêtre ignorant venu de Somerset reculer précipitamment au fond de la salle obscure, telle une souris affolée. Southgate sourit. L'année avait été bonne, et c'est à juste titre qu'il venait en remercier le sanctuaire. Et puis, qui sait, il trouverait peut-être à faire, parmi les nombreux pèlerins. Un représentant du clergé venu ici avec une belle amie ? Ou même cette nonne ? Était-elle en droit de quitter son couvent ? Avec un sourire mauvais, Southgate rugit qu'on lui apporte du vin, et le meilleur de la maison, inconscient que quelqu'un avait réclamé son âme.

A son retour à Ottemelle Lane, Kathryn trouva Thomasina occupée à éplucher les comptes de la maisonnée. Elle avait les joues un peu rouges et refusait de regarder sa maîtresse si bien que celle-ci se demanda si elle boudait encore à cause de Colum. Agnes apporta une cruche de bière coupée d'eau ainsi que des tranches de pain blanc disposées sur une planche. Kathryn prit place au bout de la table pour grignoter son pain tandis que Thomasina, toujours penchée sur ses comptes, grommelait et marmonnait pour elle-même.

— Qu'y a-t-il, Thomasina ?

La servante leva ses yeux bruns tout brillants d'excitation.

— Rien, rien.

— Allons, Thomasina, je te connais trop !

Posant sa plume d'oie, la servante fusilla des yeux Agnes qui, depuis le fond de la cuisine, lui lançait de furtifs regards.

— Tout va bien, reprit Thomasina, nous avons même fait un peu de profit. Nous en ferons davantage quand le sieur Luberon nous enverra copie du contrat et le premier versement de votre salaire. Et, moi aussi, je vous connais depuis longtemps, Maîtresse. Je vous connaissais déjà avant que votre mère ne meure, ajouta-t-elle pour détourner la conversation.

— Comment était ma mère, Thomasina ?

La servante soupira. Kathryn lui posait souvent la question, et elle y répondait toujours de la même façon.

— Vous n'étiez qu'un bébé, ma jolie, mais vous l'auriez adorée. Par sa haute taille et son élégance, elle vous ressemblait beaucoup. Elle avait des cheveux sombres comme la nuit et des yeux bons et très doux. Aucun homme n'aima femme plus passionnément que votre père n'aima votre mère, et il ne s'est jamais remarié. Jamais !

Thomasina se pencha de nouveau sur ses comptes tandis que Kathryn se demandait pour la énième fois si sa servante, avec son étonnant appétit de passion, avait été amoureuse de son père.

Thomasina demanda abruptement :

— Il vous plaît ?

— Tu parles de l'Irlandais ?

La servante leva rapidement les yeux et sa maîtresse haussa les épaules, écartant la planche de pain.

— C'est un homme singulier, dit-elle.

Thomasina, ravie du petit tour qu'elle venait de jouer à Kathryn, rectifia :

— Je ne parlais pas de l'Irlandais, mais de Chaddedon.

Le visage ténébreux et railleur du médecin s'imposa à l'esprit de Kathryn qui rougit et se leva.

— Il faut que je te dise, Thomasina, l'Irlandais va s'installer ici.

Sur quoi, ignorant les imprécations de sa servante, elle courut se réfugier dans son cabinet d'écriture.

A la cuisine, Agnes joignait maintenant ses lamentations à celles de Thomasina pour déplorer les dangers qu'il y avait à accueillir un Irlandais coupeur de gorges. Kathryn se mit à rire doucement, car la voix de sa servante vibrait d'excitation.

La pensée de Chaddedon lui revint, mais elle secoua la tête. Elle avait d'autres préoccupations, pour l'instant. Parmi les livres conservés par son père, elle chercha *Rosa Anglica*, de Gaddesden, et le sortit. La femme de Buckler ne tarderait pas à revenir, et pour ne pas être prise au dépourvu, Kathryn voulait savoir ce que disait ce maître sur la grossesse. Assise à sa table, elle feuilletait les pages jaunissantes de l'ouvrage quand on frappa à la porte.

Elle entendit Thomasina accueillir la visiteuse, et les rejoignit dans le couloir. La jeune femme avançait à contrecœur vers la cuisine. Elle portait les mêmes vêtements que le matin, mais Kathryn remarqua que son voile dissimulait davantage son visage.

Une fois dans la cuisine, Kathryn fit asseoir sa visiteuse et commença par l'observer. Puis, se penchant en avant, elle souleva délicatement le voile, et vit alors le vilain bleu, juste sous l'œil droit.

— Vous ne l'aviez pas ce matin!

Mathilda Buckler détourna les yeux.

— J'ai glissé et je suis tombée, bredouilla-t-elle.

— Ce n'est pas vrai, la reprit Kathryn, votre mari vous a frappée.

Elle ordonna à Thomasina, debout derrière Mathilda :

— Va me chercher de la viande crue, épongée et bien aplatie.

La servante courut à la dépense et en revint avec un morceau de gigot de chevreuil pendu là en attendant qu'on le sale et le mette à fumer.

— Maintenez-le en place sur votre œil, intima Kathryn à Mathilda. Dieu seul sait pourquoi, mais ainsi votre bleu s'atténuera. En rentrant chez vous, rincez-le souvent avec de l'eau tiède où auront macéré des pétales de rose, et à laquelle vous mélangerez de la décoction de noisetier dont je vais vous remettre un petit flacon. Et surtout, gardez l'ecchymose très propre, en particulier après que vous aurez appliqué le morceau de viande. Vous m'avez comprise?

Mathilda hocha la tête.

— Votre mari vous a frappée, n'est-ce pas?

Hochant de nouveau la tête, Mathilda dit alors :

— Je me sens ridicule avec ce morceau de viande.

163

— Votre bleu est encore plus ridicule. Appliquez la viande dessus un moment. Et maintenant, dites-moi pourquoi votre mari vous bat.

— Il dit que je suis stérile.

— Est-ce vrai ?

— Je ne sais pas ! s'écria Mathilda. Je suis son épouse depuis un an, Maîtresse, et j'ai tout essayé.

— Avez-vous des sœurs ?

— Oui, quatre.

— Sont-elles mariées et mères ?

— Oui, oui, elles le sont, mais mon mari me méprise, et sa famille aussi.

Mathilda écarta le morceau de viande de son œil.

— Oh, Maîtresse, que puis-je faire ? Je suis bonne épouse et, au lit, j'essaie de contenter mon mari.

— Vous aime-t-il ?

Mathilda détourna les yeux.

— Il veut un héritier.

— Votre mari accomplit-il l'acte sexuel ?

Cette fois, Mathilda rougit.

— Ce... ce n'est pas sa faute, murmura-t-elle, il boit trop et parfois le...

— Le coït, c'est-à-dire l'union, n'est pas consommée, acheva Kathryn à sa place.

Tout en dévisageant la jeune femme, elle tâchait de dissimuler la pitié que celle-ci lui inspirait. C'est que des cas semblables se présentaient si souvent ! Un mari ivrogne, souffrant de ce que le père de Kathryn avait coutume d'appeler « la langueur du meunier », impuissant mais qui battait sa femme comme un dément. Aucun examen médical ne pourrait assurer que Mathilda n'était pas stérile, mais Kathryn nota les seins généreux, la taille fine et les hanches larges.

— Vous aurez de nombreux enfants, lui promit-elle.

— Oh, Maîtresse, avez-vous une potion que je puisse prendre ? Ou alors donner à mon...

La voix de la jeune femme se brisa.

— Vous voudriez donner un philtre à votre mari ? Dame Mathilda, je vous en conjure, ne touchez jamais à ces charmes-là. Ils peuvent faire davantage de mal que de bien. Plus d'une femme a joué sa vie devant un tribunal pour avoir, sans le vouloir, empoisonné son mari.

Mathilda ouvrit de grands yeux.

— Il n'existe donc rien ?

Kathryn lui effleura doucement la joue de son doigt.

— Je suis médecin, Dame Mathilda, et je ne mens pas. C'est votre mari qui devrait changer, être moins prompt à remplir sa coupe et montrer davantage de patience quand il est ivre.

Kathryn jeta un regard affligé à Thomasina qui se contenta de hausser les épaules. S'adressant de nouveau à Mathilda, elle lui dit, pressante :

— Revenez me voir dans quelques jours. J'aurai eu le temps de réfléchir.

Thomasina partit chercher la décoction. Kathryn refusa que Mathilda la paie, et celle-ci s'en alla. Quand la porte se fut refermée sur elle, Kathryn prit à témoin sa servante :

— Que veux-tu que je fasse ? Nous vivons dans un monde fait pour les hommes, et Mathilda l'apprendra vite.

— Vous ne pouvez donc rien pour elle ? demanda Thomasina.

— Que suggères-tu ? riposta vivement Kathryn. Tu voudrais que j'aille parler à John Buckler ? Il battra sa femme encore davantage ! Que Dieu le maudisse !

Kathryn retourna dans son cabinet d'écriture où elle s'assit, les yeux fixés sur le mur. Elle était toujours très contrariée quand Colum arriva, une fonte de selle en travers de chaque épaule, et une sacoche sur le bras. Il avança dans la cuisine, et, voyant son visage légèrement congestionné, Kathryn se demanda s'il avait bu. Il jeta son chargement sur la table, envoya de la main un baiser à Thomasina et à Agnes, et ouvrit une de ses besaces.

— J'ai plusieurs choses pour vous, Maîtresse Swinbrooke, annonça-t-il.

Il lui tendait un petit rouleau de parchemin aux bords dentelés.

— Votre contrat, d'abord.

Il lui présenta ensuite une petite bourse ventrue.

— Et voilà votre premier salaire.

Enfin il sortit d'une fonte de selle un gros volume recouvert de cuir de veau.

— C'est également pour vous, l'archevêque vous le prête. Prenez-en grand soin, je me suis porté garant pour vous.

Kathryn prit l'ouvrage et ouvrit le fermoir de métal. Sur la première page, un moine copiste mort depuis longtemps avait gravé en lettres d'or : *Les Œuvres de Sir Geoffrey Chaucer*. Kathryn lissa la page de ses doigts, disant :

— J'y ferai très attention. Thomasina, sers du vin à notre visiteur, veux-tu ?

La servante sortit en hâte de la pièce en jetant un regard noir à Colum, et elle reparut tout aussi vite, marmonnant dans sa barbe. On eût dit qu'elle ne supportait pas de laisser sa maîtresse seule avec l'Irlandais. Elle tendit à ce dernier une coupe de vin en un geste si brutal que le liquide lui éclaboussa les mains. Colum se contenta de sourire pour la remercier.

Sans attendre, Kathryn retourna dans son cabinet d'écriture où elle rangea dans un coffre fermé par une barre de fer le livre, le contrat et la bourse. Puis elle revint à la cuisine.

— Nous apportez-vous des nouvelles, Maître Murtagh ?

Elle avait remarqué son regard brillant et son teint empourpré.

— Non, mais Holbech se révèle un bon chef de travaux. Il a commandé du bois et des pierres, et les réparations devraient bientôt commencer à Kingsmead.

— Vos hommes sont-ils installés là-bas ?

— Oh non, pas encore ! Ils sont toujours cantonnés avec les autres troupes près de la Stour.

Colum vacillait légèrement, aussi Kathryn décréta sèchement :

— Dans ce cas, dites donc à Holbech de boire un peu moins, et le conseil vaut aussi pour vous, Maître l'Irlandais !

Elle prit la coupe des mains de Murtagh.

— Vous êtes sous mon toit, et vous avez bu assez de vin. Voulez-vous un peu d'eau ?

L'Irlandais fit la grimace, mais il était secrètement content que Kathryn lui témoigne autant d'attention et d'intérêt. Il accepta volontiers le pichet d'eau de pluie bien fraîche que lui apporta Agnes, et comme celle-ci le regardait, ébahie, il lui fit un clin d'œil, ce qui la renvoya vite dans l'office.

— J'ai tout de même une nouvelle, Maîtresse Kathryn, dit-il. Vous, moi et la belle Thomasina sommes invités à souper ce soir près de Queningate par notre assemblée de médecins. Cotterell y sera, de même Newington, en tant que beau-père de Darryl.

Les yeux de Colum se réduisirent à deux fentes et il poursuivit :

— Ils promettent de répondre à toutes nos questions concernant les meurtres, mais je pense que Chaddedon est l'instigateur de cette invitation. Je crois qu'il a un faible pour vous, acheva-t-il avec un brin de malice.

— Cela ne vous regarde pas ! rétorqua Kathryn, s'efforçant de ne pas montrer sa gêne. A quelle heure devrons-nous nous rendre là-bas ?

— Vers neuf heures.

— Dans ce cas, Irlandais, je vous suggère d'aller vous laver et vous raser, et de prendre possession de vos nouveaux quartiers.

Sur ces mots, Kathryn se dirigea vers la cheminée pour y attiser furieusement les braises, tandis que Thomasina, le nez en l'air, conduisait à sa chambre un Irlandais tout réjoui.

Chapitre VIII

Kathryn s'affaira un moment dans la cuisine avant de sortir avec Agnes et Thomasina s'assurer que le nasturce poussait bien dans le jardin d'herbes aromatiques.

— C'est une plante qui enrichit la terre et empêche les mauvaises herbes de tout envahir, expliqua-t-elle.

Elle suivit le sentier qui courait entre les carrés de plantes, vérifia la coriandre, la menthe, le thym et le persil, puis la mortelle digitale et la belladone, plus nocive encore. Cela fait, elle regagna la maison pour recevoir les patients qui, jusqu'au soir, frapperaient à sa porte, pour être soignés ou lui demander des remèdes. Clara, la fille de Beeton le brasseur, vint chercher du vin de cerise pour la goutte de son père. Clement, le savetier, avait besoin d'un cataplasme aux herbes pour l'entaille qu'il s'était faite au poignet. Paulina, la marchande de volailles, que Thomasina soupçonnait *in petto* d'arrondir ses fins de mois en recevant de jeunes messieurs, se plaignait de « démangeaisons dans ses parties les plus intimes ». Elle dut suivre Kathryn dans sa chambre pour que celle-ci lui applique une pommade aux herbes. Enfin Rawnose se présenta, accompagnant

Tim, le rétameur. Ce dernier s'était fait piquer par une abeille, et son bras enflé, devenu rouge, le faisait souffrir. Kathryn le massa doucement avec du jus de plantain, en même temps que celui qui se voulait le héraut d'Ottemelle Lane débitait son lot de nouvelles.

— La guilde des pèlerins de Jérusalem a autorisé ses membres à veiller leurs morts la nuit à condition qu'ils s'abstiennent de faire surgir des apparitions et de se livrer à d'autres indécences. Petronella de Maidstone a été jugée et condamnée parce qu'elle faisait des mélanges de poudre d'araignée, de vers noir et d'une herbe, le mil... mil...

— Millefeuille, peut-être ? interrogea gentiment Kathryn.

— C'est cela, oui, Maîtresse. Avec ses mixtures, elle faisait apparaître des démons à têtes de femmes, et cornus comme des chèvres.

Rawnose poursuivait son bavardage, mais Kathryn ne l'écoutait plus, songeant à l'invitation à souper que lui avait transmise Colum. Ainsi elle allait revoir Chaddedon. Comment se vêtirait-elle pour la circonstance ? Pendant ce temps, Thomasina s'agitait en faisant claquer ses semelles dans la cuisine, tel un chevalier dans sa cotte de mailles, envoyant Agnes pour un oui pour un non dans la chambre de celui qu'elle appelait « ce grimacier d'Irlandais », afin de lui porter des pots remplis d'eau, ou un vase de nuit, ou encore des couvertures et des coussins.

Enfin Rawnose et son compagnon moins disert s'en furent. Kathryn se lava les mains. Elle aurait bien voulu se retirer dans son cabinet d'écriture pour consulter le livre de Chaucer, mais la bougie des heures avait déjà dévoré plusieurs cercles, aussi aida-t-elle Thomasina à monter des seaux d'eau bouillante pour remplir le baquet serti de fer, installé dans un coin de sa chambre, sous une pièce de laine. Quand il fut plein, les deux femmes jetèrent dans l'eau des pétales de rose et de la lavande, puis Kathryn se déshabilla rapidement et se lava avec du savon castillan et une éponge très dure que son père avait achetée à Londres. Ensuite elle choisit une robe en satin bleu foncé dont les poignets et le haut col étaient rebrodés de satin doré, s'habilla sans perdre de temps et descendit à la cuisine.

Thomasina avait toujours tenu à coiffer Kathryn. Ce rituel, qui remontait au temps où sa maîtresse était une enfant, s'accomplissait devant la cheminée. La servante expédia Agnes dehors, sous prétexte de quelque commission, et sortit le peigne et la brosse à manche d'argent. Puis elle défit les tresses de sa maîtresse, laissant ses cheveux retomber dans son dos comme un pan de soie noire scintillante.

Sur les tempes apparaissaient quelques fils d'argent qui ne lui échappèrent pas et Thomasina maugréa doucement dans sa barbe. Puis elle entreprit de peigner avec soin les longs cheveux, tendant l'oreille pour s'assurer qu'Agnes était bien partie. Car Thomasina était fermement décidée à profiter de l'occasion pour parler à sa maîtresse des missives anonymes. Kathryn d'ailleurs s'était déjà à demi retournée et lui souriait :

— Allons, Thomasina, dis ce que tu as à me dire !

Aussitôt la servante raconta comment elle avait été en possession de la lettre qu'elle avait ouverte pour en lire l'ignoble contenu, avant de la jeter au feu. Elle expliqua ensuite son inutile visite au cimetière de Sainte-Mildred.

— J'ai mal agi, Maîtresse, conclut-elle sans ambages, tout en redoublant de vigueur pour brosser les cheveux de Kathryn, mais je vous connais depuis que vous étiez petite fille ! Aussi dites-moi la vérité : qu'est-il arrivé la nuit où Alexander est parti ?

Tout d'abord, Kathryn se contenta de fixer les flammes dans l'âtre. Les bons soins de Thomasina et le mouvement de la brosse dans ses cheveux la berçaient, et, en même temps, voilà longtemps qu'elle ne s'était sentie si vivante. Elle avait vécu dans le mensonge, or la présence de l'Irlandais, l'affaire des empoisonnements et le sentiment d'avoir une responsabilité dans son éclaircissement, l'admiration de Chaddedon enfin, toutes ces raisons l'avaient tirée de sa torpeur pour la ramener à la réalité. Elle prit la main de la servante et la serra doucement.

— Tu n'as rien fait de mal, Thomasina, et je vais tout te raconter. Alexander Wyville était un homme de bonne famille et de belle apparence. Comme il était enfant unique, il fut aussi l'unique héritier de sa mère, qui mourut un an avant notre mariage.

Kathryn sourit à la servante par-dessus son épaule.

— Mais tu en sais autant que moi sur lui, Thomasina. Il était donc apothicaire et me fit la cour, avec la bénédiction de mon père. Te souviens-tu de ces nuits que nous passions alors dans cette cuisine, à tirer des plans pour ouvrir une boutique où nous vendrions des herbes et des épices ?

Thomasina se contenta de hocher la tête. C'était le moment de se taire, bien que depuis le début elle ait nourri des doutes. Oh, rien de grave, mais on murmurait à l'époque qu'Alexander se rendait moins souvent à l'église de Sainte-Mildred qu'à la taverne qui se trouvait juste en face.

Kathryn haussa les épaules et reprit :

— Tu connais la suite. J'ai épousé Alexander. Je

voulais l'aimer, porter ses enfants, mais il y avait deux hommes en lui. Un apothicaire ambitieux, et un ivrogne qui battait sa femme.

Elle posa une main sur celle que Thomasina avait placée sur son épaule.

— Je savais que tu savais, mon père savait aussi, mais nous prétendions tous qu'il n'en était rien. Comment imaginer qu'un homme aussi jeune ait nourri tant de haine en lui ? Il était envieux de mon père. Puis la guerre éclata une nouvelle fois, et Alexander y vit sa chance : il serait soldat dans les armées du roi, et se gagnerait ainsi les faveurs royales en tant qu'apothicaire. Il annonça donc son intention de rejoindre les forces de Faunte rassemblées à l'extérieur de Westgate. Mon père lui donna son accord. Quant à moi, je ne désirais qu'une chose : qu'il parte. Et voilà qu'un après-midi Père vint me voir. Il était pâle, et ses yeux, au regard curieusement dur, brillaient de larmes contenues.

Kathryn se mordit les lèvres.

— Il me dit qu'il voulait la mort d'Alexander. Quand je lui demandai pourquoi, il marmonna que mon mari n'était qu'un vaurien sans foi ni loi, doublé d'une brute.

Kathryn haussa les épaules.

— Moi, j'étais trop fatiguée, et trop surprise, pour mesurer la portée de ce qu'il me disait. C'est alors qu'il a insisté pour que tu me conduises pour la nuit chez son parent Joscelyn. Tu t'en souviens, n'est-ce pas ?

Elle se tourna pour lancer un regard vif à Thomasina qui hocha la tête.

— A notre retour, j'ai trouvé mon père très silencieux. Il affichait un visage livide, il semblait préoccupé et m'a annoncé qu'Alexander était parti la veille au soir.

Kathryn libéra la main de la servante.

— Cela n'avait pas vraiment d'importance pour moi. Puis Père est tombé malade, et le matin de sa mort il a demandé à me voir seule.

Thomasina ne disait mot; elle se rappelait avoir abandonné le docteur Swinbrooke pour aller en courant prévenir Kathryn dans sa chambre que le râle de la mort s'entendait dans la gorge de son père et qu'il voulait la voir en tête-à-tête.

Kathryn se leva et, soulevant le bas de sa robe, avança jusqu'à la porte ouvrant sur le jardin.

— C'est alors que mon père m'a avoué comment il avait tué Alexander, souffla-t-elle.

— Votre père l'a tué?

Kathryn pivota, les traits tirés, ses yeux, deux puits sombres de souffrance.

— Oui, il l'a assassiné. Il a juré devant Dieu qu'Alexander avait mérité son sort, et que lui-même avait confessé son crime au père Cuthbert.

Thomasina s'assit. La frayeur qui l'envahissait faisait battre son cœur si fort qu'elle dut porter les mains à son ventre.

— Pour l'amour du Ciel, Maîtresse, dites-moi où est le corps? Et ces missives? Disent-elles vrai?

— Oui, au dire de mon père. Vois-tu, ce fameux soir où nous étions absentes, Alexander s'était installé sous la tonnelle, près du portillon à claire-voie. Père lui apporta dans un grand hanap du vin auquel il avait mélangé une forte infusion de valériane. Le breuvage empoisonné aurait dû plonger Alexander dans un sommeil dont il ne se serait jamais éveillé. Père l'abandonna à son ivresse et sortit pour arpenter les rues jusqu'à ce que le poison ait accompli son œuvre.

Kathryn frotta ses paumes moites l'une contre l'autre.

— Cependant, à son retour, Père trouva la coupe dans l'herbe, et Alexander avait disparu. Or Père savait que mon mari affectionnait un coin, derrière l'église Sainte-Mildred, en surplomb de la Stour, où poussent de grands saules. Il s'y rendait toujours pour se désenivrer quand il avait bu plus que de raison.

De nouveau Thomasina hocha la tête.

— Aussi ce soir-là, mon père se rendit au bord de la rivière juste avant le coucher du soleil. Trop tard. Alexander avait glissé ou était tombé dans la rivière, ne laissant que son manteau sur la berge.

Kathryn avait les larmes aux yeux.

— Voilà toute l'histoire.

Thomasina respira à pleins poumons, puis expira à fond en regardant une tache qui maculait le devant de sa robe. L'histoire que venait de lui raconter sa maîtresse se tenait. Son père avait passionnément aimé Kathryn, et s'il ne s'en était pas beaucoup ouvert à Thomasina, celle-ci savait qu'il en était venu à haïr son gendre pour sa cruauté et ses habitudes d'ivrogne. Ce jeune propre-à-rien se rendait sans cesse dans son coin favori, au bord de la rivière. En vérité, en ces temps-là, Thomasina l'avait même soupçonné d'y rencontrer quelqu'un, et le docteur Swinbrooke avait peut-être conçu les mêmes doutes.

— Ainsi donc Alexander a disparu, mais quelqu'un doit avoir connaissance du secret. Mais qui, pourquoi et comment?

Les deux femmes sursautèrent en même temps que la porte de la cuisine s'ouvrait. Arborant un justaucorps de couleur brune, une chemise ouverte d'un blanc immaculé et un haut-de-chausses en velours vert, Colum s'avança dans la pièce et referma doucement la porte. Il jeta sa cape brun-roux sur un tabouret, et Kathryn, malgré sa surprise, remarqua combien il avait soigné son apparence : il s'était rasé et avait même mis un peu d'ordre dans ses cheveux broussailleux. Thomasina bondit comme un chat.

— Ces Irlandais ! siffla-t-elle. On ne peut pas leur faire confiance ! Ce sont tous des misérables !

Colum la fixa, secoua la tête et s'inclina courtoisement devant Kathryn.

— Mes excuses, Maîtresse Swinbrooke.

Il souleva l'une de ses bottes en cuir souple et expliqua :

— Elles ne font pas de bruit, et, depuis tout jeune, je marche aussi doucement qu'un fantôme.

Il s'approcha, prit la main glacée de Kathryn et l'effleura de ses lèvres.

— Je le jure devant Dieu, Maîtresse, je n'avais pas l'intention d'écouter aux portes, mais celle-ci était mal fermée.

Il abandonna la main de Kathryn et recula pour s'adresser aux deux femmes :

— Toutefois, quelle importance ? J'apprends donc qu'un salaud a eu ce qu'il méritait, et que maintenant quelqu'un vous menace pour vous soutirer de l'argent.

Il haussa les épaules.

— Je m'en doutais. Nous avons tous nos secrets.

Il fixa durement Thomasina.

— Je vous l'ai déjà dit, désormais ce qui afflige votre maîtresse m'afflige aussi. Elle est maintenant au service du roi, et, heureusement, je puis l'aider.

Il eut un geste de la main, et Kathryn aperçut l'éclat scintillant d'une amulette dorée à son poignet.

— Il n'y a rien là de très inhabituel, poursuivit-il.

Tous les jours, des hommes disparaissent. Si toutes les femmes abandonnées se réunissaient, elles formeraient une armée.

Colum baissa les yeux et déplaça quelques brins de paille du bout de sa botte.

— Asseyez-vous, Maîtresse, et vous, Thomasina, allez nous chercher du vin fortement coupé d'eau, car nous n'avons pas encore mangé.

Kathryn obéit, indiquant d'un signe de tête à Thomasina de s'exécuter, parce que l'Irlandais semblait bien disposé à son égard. Il s'éclaircit la gorge avant de reprendre la parole :

— Je ne pense pas, Maîtresse, que votre père ait commis un meurtre.

— Que dites-vous ?

Colum secoua obstinément la tête.

— Votre mari a dû survivre et raconter à quelqu'un ce qui lui était arrivé. Car certainement vous n'en avez rien dit à personne, et votre père non plus, hormis à son confesseur.

L'Irlandais ferma les yeux pour mieux se rappeler les soldats cantonnés près de la Stour, et la liste des réclamations dressée par Holbech.

— A-t-on jamais retrouvé le corps de votre mari ? demanda-t-il au bout d'un moment.

— Évidemment non, et mon père et moi pouvions difficilement demander que l'on effectue des recherches.

— Néanmoins on a retrouvé son manteau, n'est-ce pas ?

Kathryn en convint et ajouta :

— Je me suis renseignée auprès des sergents chargés de rassembler les troupes. Je leur ai demandé si un homme du nom de Wyville s'était présenté à eux, mais ils m'ont répondu que non.

Colum pianota sur le rebord de la table.

— Si l'on suit la rivière vers le sud, que trouve-t-on, Maîtresse ?

— Des moulins, des digues pour retenir l'eau et faire de l'élevage de carpes, des ponts.

Kathryn se tut et leva les yeux, souriant.

— Bien sûr, je comprends, dit-elle dans un souffle, et toi, Thomasina, tu saisis aussi ? Mon père était médecin de la ville. Durant les mois qui suivirent la disparition d'Alexander, il consulta avec soin les registres des gens décédés, pour voir si l'on avait repêché de la rivière le corps d'un inconnu. Il ne trouva rien, et bien que cela lui parût singulier, il n'en fit pas état parce qu'il se sentait coupable.

Kathryn passa un doigt sur la broderie dorée au col de sa robe.

— Vous avez raison, Irlandais, le courant de la Stour est rapide; l'un des moulins ou des barrages aurait dû retenir le corps d'Alexander. Mais alors la valériane ?

Colum haussa les épaules.

— C'est vous, le médecin, Maîtresse. A-t-il bu tout le breuvage ou n'en a-t-il absorbé que quelques gorgées ? A-t-il gardé le liquide ou l'a-t-il vomi ? Laissez-moi en tout cas vous affirmer une chose, Maîtresse Swinbrooke : votre mari ne s'est pas noyé, et vous pourriez bien ne pas être veuve.

Kathryn fut glacée, brusquement.

— Alexander pourrait revenir, murmura-t-elle dans un souffle.

Elle abaissa les yeux sur la table, honteuse des mensonges dont elle n'avait cessé de se nourrir. Avant que son père lui ait avoué avoir empoisonné son mari, elle-même s'était efforcée de croire qu'Alexander avait peut-être eu un accident, qu'il s'était noyé ou tout simplement avait fui pour ne plus revenir. Quoi qu'il fût arrivé, elle s'était persuadée, pour se rassurer, que son mari ne reparaîtrait pas et elle n'avait jamais voulu affronter la possibilité qu'il le fît. Saisissant la main de Thomasina, elle éclata d'un rire bref, plein d'amertume.

— Alexander est peut-être toujours à Cantorbéry. Et s'il était le meurtrier des pèlerins ?

Elle était tellement bouleversée, à présent, que Thomasina dut dégager sa main en même temps qu'une idée commençait à germer dans son esprit. La servante regarda Colum avec un sourire rayonnant et déclara :

— Écoutez, Maîtresse, sans doute pour la première fois de sa vie, l'Irlandais a parlé juste. Votre père n'était pas un assassin. Wyville est probablement parti faire fortune, et s'il revient, vous pourrez demander que votre mariage soit annulé par le tribunal ecclésiastique. Mais je doute qu'il reparaisse.

Elle chercha le regard de Kathryn.

— Ne voyez-vous pas, Maîtresse ? Celui qui vous fait chanter sait qu'Alexander ne reviendra pas, sinon il ne vous adresserait pas ces ignobles missives.

Colum en convint, et, en dépit de l'état de choc où elle se trouvait, Kathryn se prit à sourire en voyant sa servante s'allier avec lui dans une entente plus singulière que celle que nouèrent jadis Hérode et Ponce Pilate.

L'arrivée d'Agnes dans la cuisine mit fin à la conversation. Colum sortit dans le jardin tandis que Thomasina énumérait ses instructions à la fille de cuisine. Assise à la table, Kathryn réfléchissait à ce qu'elle avait appris. Affronter la vérité sur la disparition d'Alexander et la colère meurtrière que son père avait nourrie contre lui apportait une forme de paix. Et le maître chanteur ? Kathryn le chassa de ses pensées ; il se lasserait ou se démasquerait en se montrant tel qu'il était : un criminel que l'on n'avait pas à redouter.

Enfin, Thomasina, qui bavardait comme une pie, convainquit sa maîtresse de regagner sa chambre. Là, Kathryn acheva de se préparer, enfila ses bas et ses bottes en souple cuir brun, puis colora légèrement son visage. Ensuite, on ferma bien les portes, une Agnes déjà tout ensommeillée s'entendit répéter les consignes habituelles, et Kathryn, Colum et Thomasina sortirent dans Ottemelle Lane. Ils remontèrent St Margaret's Street, traversèrent Mercery pour gagner Burgate noyé dans l'ombre des hautes tourelles, tours et pignons de la cathédrale. Cantorbéry était presque désert. Hormis les vigiles nocturnes, seuls rôdaient dans les rues quelques chasseurs de rats à demi soûls et autres rustres.

Colum, un bras passé sous celui de Thomasina, taquinait gentiment la servante.

— C'est une heure bien tardive pour souper, dit-il. Il est vrai que les médecins ne sont pas comme nous, ajouta-t-il avec un regard malicieux à Kathryn qui marchait paisiblement à côté de lui, ils ont le temps et peuvent attendre pour se nourrir des fruits de leur prospérité.

Thomasina continua sur le même ton en indiquant l'amulette en or au poignet de l'Irlandais :

— Notre prospérité au moins est honnêtement gagnée, Maître Murtagh, et pas en pillant les autres.

L'Irlandais se mit à rire, de fort bonne humeur, maintenant, tandis que Thomasina donnait libre cours à sa langue acérée.

Ils trouvèrent le collège sans difficulté : la grande

bâtisse en bois s'élevait sur quatre étages dans Queningate Lane, où elle jouissait d'une belle vue sur les jardins de la cathédrale et ceux de l'abbaye de Saint-Augustin. Il s'agissait en fait de trois corps de bâtiment réunis en un, où l'on pénétrait par un haut portique que fermaient des battants de bois. Kathryn avait entendu dire que des collèges semblables existaient à Londres et à Paris. Les médecins y mettaient en commun leurs ressources et leur expérience afin d'obtenir davantage de profit et de mieux contrôler leur métier. Cantorbéry heureusement comptait suffisamment de monde avec ses habitants et les milliers de pèlerins pour que Kathryn et son père n'aient jamais eu à s'élever contre ce genre de pratique.

Thomasina leva des yeux pleins d'envie sur les fenêtres à meneaux et les colombages fraîchement repeints de noir, entre les pans de plâtre d'un blanc éblouissant. Comme elle, Colum admirait le bâtiment.

— Dieu soit loué ! murmura-t-il. On ne trouverait pas pareille bâtisse dans tout Dublin. Le roi dit vrai quand il assure que ses marchands sont des princes et qu'il veut être l'un d'entre eux.

Sur ces mots, il frappa à la petite poterne qu'un portier ouvrit presque aussitôt. L'homme les conduisit dans une cour qu'éclairaient brillamment des torches de poix fixées aux murs par de gros crochets en fer, et qui crépitaient en brûlant. Sur cette cour, vaste comme celle d'une bonne taverne, s'ouvraient des dépendances, des écuries et des réserves, ainsi qu'une grande cuisine surmontée d'un toit en forme de cône qu'une longue galerie reliait au corps de logis. Un haut mur de brique rouge s'élevait derrière, et même de là où elle se tenait, Kathryn percevait des bruits et des cris d'enfants qui jouaient.

— C'est là que se trouve sans doute leur jardin, murmura Thomasina. Un vrai jardin, Maîtresse ! Pourquoi des gens vivant ici commettraient-ils des meurtres sanglants ?

— Allez donc à Londres, intervint Colum d'un ton railleur. Les palais sont remplis d'assassins !

La conversation n'alla pas plus loin, brusquement interrompue par Chaddedon et Darryl qui venaient d'apparaître. Tous deux s'étaient apprêtés avec soin et portaient des chemises blanches à haut col, nouées autour du cou par une fine chaîne d'or, et des tuniques matelassées sans manches, garnies de coûteuse laine de mouton pour protéger de l'air frais de la nuit. Darryl s'inclina cérémonieusement devant ses hôtes sans prononcer un mot. Chaddedon, en revanche, ne dissimula pas son plaisir à revoir Kathryn. Il embrassa chaleureusement Thomasina sur les deux joues, serra la main de Colum, bien que celui-ci fût sur la réserve, et baisa galamment le bout des doigts de Kathryn, qui rougit. Le regard de Chaddedon était gentiment moqueur, comme s'il se plaisait à la taquiner. Puis, reculant d'un pas, il étendit les mains et déclara :

— Soyez les bienvenus dans notre modeste maison. Mais venez donc, les autres attendent.

A la suite de Chaddedon, les trois invités pénétrèrent dans le bâtiment et suivirent un long couloir lambrissé, qui menait dans une salle spacieuse, percée de fenêtres garnies de losanges de verre coloré sertis de plomb. Un feu brûlait dans la grande cheminée à hotte ; des torches et des bougies donnaient vie à la pièce, leur lueur projetant des ombres mouvantes sur les tapisseries et tentures suspendues aux murs. L'opulence ici était de bon goût : tapis de laine au sol, sièges capitonnés à hauts dossiers, coffres et armoires munis de serrures, plaques héraldiques au-dessus de la cheminée. A une extrémité de la salle, on avait dressé pour le souper une grande table de chêne sous un petit dais. Des chandeliers en argent jetaient sur les gobelets de verre, les assiettes et les carafes des lueurs miroitantes. Un serviteur prit les manteaux des invités pendant que Kathryn promenait autour d'elle un regard ébloui. Ah, si son père avait vécu plus vieux, lui aussi aurait pu récolter semblables fruits de son labeur!

— Les autres nous attendent, répéta Chaddedon, entraînant ses hôtes vers la petite assemblée assise auprès de la cheminée, et qui maintenant se levait.

Straunge, tout maigre, semblait désapprobateur. Newington, vêtu avec sobriété, soigneusement peigné, affichait un mince sourire, ses yeux furtifs surveillant tout. Il salua Kathryn. Quant à Cotterell, il chancelait dangereusement sur ses jambes, avait le regard vague et ne cessait d'humecter ses lèvres épaisses; il avait déjà beaucoup trop bu. Sa femme se tenait à côté de lui, petite et menue, son joli visage, bien qu'un peu aigu, encadré de cheveux de lin. Kathryn lui trouva une ressemblance avec une poupée qu'elle avait eue, autrefois. Entre Matthew Darryl et Newington avait pris place Marisa, la fille du magistrat. Elle ressemblait à son père avec son visage étroit, ses lèvres minces et ses yeux très mobiles.

Les deux femmes en tout cas ne firent aucun effort pour mettre à l'aise Kathryn et ceux qui l'accompagnaient. On apporta des sièges, puis l'on servit du vin blanc, et la conversation roula à bâtons rompus sur le temps, les pèlerins et les nouvelles de la cour du roi, à Londres. On s'interrogea aussi sur Faunte et d'autres rebelles. Où étaient-ils cachés?

Puis Straunge décrivit le nouveau vitrail commandé par le roi Édouard pour la cathédrale. Enfin, Chaddedon se leva et se tint debout, le dos au feu. Il sourit à Kathryn et annonça :

— La tradition veut que le troisième jeudi de chaque mois, nous conviions des hôtes et tenions un banquet.

Il indiqua le jardin d'un geste léger et ajouta :

— Les enfants ce jour-là sont libres de jouer dehors bien après la tombée de la nuit.

Kathryn lui rendit son sourire, mais les autres ne firent aucun commentaire ; ils savaient que cette soirée était différente des autres, et la bonne humeur de Chaddedon échouait à les dérider. Ce dernier s'adressa ensuite à Colum :

— Soyez le bienvenu ici, Maître Murtagh, parce que vous accompagnez la belle Maîtresse Swinbrooke, et aussi parce que vous êtes le commissaire du roi à Cantorbéry.

Chaddedon toussota et reprit :

— Nous savons que vous avez des questions à nous poser. Or nous pensons que ce soir est la meilleure occasion de le faire, puisque nous sommes réunis afin d'achever la préparation de notre représentation du grand mystère pour l'église de la Sainte-Croix. C'est du moins mon avis.

Il toussota de nouveau et lança un rapide regard à Darryl qui murmura quelques mots à sa femme. Celle-ci se leva, imitée par l'épouse de Cotterell, et toutes deux se retirèrent sans attendre. Darryl les accompagna jusqu'à la porte, demanda aux serviteurs de sortir aussi, puis referma soigneusement derrière eux.

Le magistrat Newington se leva et vint se placer

au coin de foyer, un bras posé sur le manteau de la cheminée. Il but quelques gorgées de vin avant de porter son regard sur Colum.

— Posez vos questions, Maître Murtagh.

Sans se lever, Colum détailla les médecins rassemblés devant lui. Ils étaient tous riches et puissants, et auraient pu l'acheter, lui et tout ce qu'il possédait, avec une miette de leur fortune. L'Irlandais sentait la présence de Kathryn à ses côtés, et celle de Thomasina, qui n'avait pas fait mine de sortir avec les deux autres femmes et les serviteurs, un peu plus tôt. La domestique soutenait à présent sans ciller le regard furieux du magistrat dont les yeux disaient clairement qu'il aurait préféré voir la servante de Kathryn ailleurs. Colum tapota son gobelet de vin du bout des doigts.

— Ce fut aujourd'hui une longue journée, commença-t-il, et vous savez tous pourquoi je dois vous interroger. Des meurtres ont eu lieu, et nous pensons que l'assassin est médecin.

Il tendit la main et reprit précipitamment :

— Je sais, je sais, le coupable pourrait exercer un autre métier, mais comme n'importe quel juge devant un tribunal — il appuya sur ce mot —, je dois d'abord m'intéresser à ce qui est le plus vraisemblable. Maître Cotterell, vous avez été appelé auprès d'une des victimes, n'est-ce pas ?

L'interpellé se contenta de hausser les épaules et vida son gobelet de vin d'un trait. Colum prit une profonde inspiration, s'efforçant de dissimuler son irritation.

— Hormis ce détail, il n'y a pratiquement pas de lien entre vous tous ici présents et les victimes, concéda-t-il, et donc attachons-nous seulement à un fait. Hier, vers midi, un marchand du nom de Spurrier a été assassiné dans la cathédrale. Aussi dites-moi tous où vous étiez pendant ce temps.

Colum se cala plus confortablement sur son siège.

— J'aurais pu interroger chacun de vous seul à seul, mais je crois préférable que vous répondiez tous en présence des autres. Maître Cotterell, commençons par vous.

Le gros médecin, dont la face rubiconde luisait à la lueur des bougies, fit claquer ses lèvres avec un bruit désagréable.

— Monsieur ? insista Colum.

— Je visitais des malades, répondit enfin Cotterell.

— Où ?

Le médecin eut un sourire nerveux.

— A l'hospice de Saint-Thomas, puis dans une maison privée près de Saint-Alphège.

— Pouvez-vous le prouver ?

— Oui, je le puis.

— Alors de qui s'agit-il ?

Cette fois, Cotterell regarda Kathryn.

— Je n'ai pas à répondre à cette question en public.

Aussitôt Colum se dressa, portant la main à la dague qui pendait de sa large ceinture de cuir.

— Oh si, monsieur, vous allez répondre !

Cotterell suppliait maintenant des yeux Kathryn. Il s'exclama, manifestant la mauvaise humeur d'un petit garçon :

— On a autorisé Brantam à ne pas donner publiquement la raison qui l'innocentait ! Il a quitté la salle, ce matin, et depuis nous ne l'avons plus revu.

Kathryn intervint alors :

— Maître Cotterell a raison, dit-elle doucement, lançant un regard rapide à Murtagh. A mon sens, il n'est pas utile de dévoiler des secrets. Si Maître Cotterell désire me parler en privé et qu'il apparaît ensuite qu'il a menti, c'est que nous aurons peut-être trouvé notre assassin.

— Ce n'est pas moi qui ai empoisonné ces pèlerins ! lança Cotterell avec hargne.

— Pour l'amour du Ciel ! s'exclama alors Darryl, fort agacé. Moi, le premier, je n'ai pas envie d'entendre les petits secrets de Maître Cotterell. Qu'on le laisse donc répondre en privé !

Chapitre IX

La situation tournait à l'aigre. Kathryn, s'en rendant compte, se leva.

— Voulez-vous me suivre, Maître Cotterell ?

Sans plus de cérémonie, elle l'entraîna au fond de la salle, où ses collègues ne l'entendraient pas.

Cotterell, qui avait le regard un peu vague, chancelait dangereusement en marchant.

— Que machinait Brantam ? bredouilla-t-il, la bouche pâteuse.

— Cela, monsieur, ne vous regarde pas, mentit Kathryn, qui fit mine de retourner auprès des autres.

Mais Cotterell lui saisit mollement la manche.

— Brantam est une crapule, siffla-t-il, une canaille qui couche avec ma femme !

Il jeta un coup d'œil par-dessus son épaule à ses collègues, puis reporta son regard sur Kathryn.

— C'est un jeune homme, Robert Chirke. Il possède une maison près de l'église Saint-Alphège. Je lui rendais visite.

Cotterell détourna nerveusement les yeux.

— Je n'ai rien à dire de plus, marmonna-t-il.

— Combien de temps êtes-vous resté avec lui ?

— De midi à deux ou trois heures.

— Voilà une bien longue visite à un patient, murmura sèchement Kathryn.

— Pensez-en ce que vous voulez, chuchota Cotterell. Mais je ne vois pas pourquoi les autres devraient être au courant de cette visite.

— Moi non plus, rétorqua Kathryn, néanmoins soyez prudent, Maître Cotterell, la loi est sévère pour ces hommes qui aiment d'autres hommes, dans... dans le sens biblique du terme, dirons-nous.

Cotterell la fixa sous ses lourdes paupières.

— Et quelle est la loi pour les épouses qui commettent l'adultère ?

Il se mit à rire.

— Ah, le joli couple que nous formons ! Une femme infidèle et un sodomite.

Il entrouvrit la bouche comme s'il cherchait son souffle et se défendit :

— Oh, que m'importent ces damnés prêtres et leurs sermons sur l'Enfer après la mort ! Ma vie est déjà un enfer.

Avec un geste vague de la main, il acheva :

— De toute façon, qu'est-ce que ça peut fiche ?

Il se détourna et regagna son siège, la démarche toujours chancelante. Kathryn le suivit, fit un signe de tête à Colum, qui s'adressa aux autres médecins :

— Je vous écoute, messieurs.

Chaddedon se leva.

— Je puis parler au nom de nous tous, déclara-t-il. Hier après-midi, nous avons reçu des patients, puis nous nous sommes rendus à l'église de la Sainte-Croix pour la préparation de notre mystère.

— Vous avez donc fait des allées et venues entre la maison et l'église ? demanda Kathryn.

— Absolument, rétorqua Straunge avec irritation, et il y eut forcément des moments où chacun de nous fut seul. Nous vivons comme tout le monde, poursuivit-il. Moi, je me suis rendu au marché de Burgate pour y acheter du drap. Maître Darryl a rencontré une connaissance à l'*Auberge du Lion Rouge*; quant à Chaddedon, il fut le premier à partir pour l'église de la Sainte-Croix.

Newington intervint :

— Je suis passé ici hier après-midi, je me porte garant de ce qui vient d'être dit.

Le magistrat sourit.

— Marisa est ma fille unique, et ses enfants sont maintenant ma famille.

Étendant les mains devant lui, il sourit timidement à son gendre.

— Matthew, ici présent, sait que je viens pour une autre raison : ce collège est l'un de mes placements les plus importants, et je me suis porté caution quand il fallut acheter la bâtisse.

Newington toussota nerveusement.

— Qui me reprocherait de passer m'assurer que mon bien prospère ?

Des rires étouffés accueillirent ces dernières paroles, et Kathryn sentit combien les médecins appréciaient le généreux soutien du magistrat.

Colum reprit la parole, et sa voix était dure.

— Donc aucun d'entre vous ne peut me rendre compte précisément de ses occupations, hier après-midi ? L'un ou l'autre a fort bien pu passer une cape pour se joindre à la foule, puis administrer le poison avant de disparaître.

Ce fut Chaddedon qui répondit :

— En effet, Maître Murtagh, tout est possible. Nous en avons parlé. N'importe lequel d'entre nous pouvait se glisser dehors à l'insu des autres et commettre cet horrible forfait, puis en prévoir un autre. Mais, par tous les saints du Ciel, monsieur, je dis et je répète qu'il se trouve d'autres gens à Cantorbéry qui auraient pu agir de même.

— J'en conviens, admit Newington sans l'ombre d'une hésitation. J'ai moi-même, avec Luberon, établi la liste où vous figurez, messieurs, mais nous aurions pu y ajouter d'autres noms. Pourtant...

Les paroles du magistrat se précipitèrent, parce qu'il avait surpris le regard de mise en garde de Colum :

— Pourtant, je ne vois pas qui cela pourrait être. J'ai soigneusement examiné la liste de Luberon, et ceux qui ne sont pas mentionnés sur notre liste de suspects sont trop vieux, infirmes, ou encore ils ont quitté la ville.

Tambourinant doucement du poing contre la cheminée, le magistrat sourit.

— Dans le même temps, comment porter le blâme sur Maître Murtagh ou Maîtresse Swinbrooke ? Ces assassinats sont maintenant de notoriété publique. Les hostelleries et les tavernes enregistrent déjà une baisse de leur commerce, et Luberon m'a assuré que les hommes élus au nouveau parlement du roi présenteront une pétition pour se plaindre des forfaits horribles commis dans cette ville.

— Avez-vous expliqué à mes collègues ce que nous avons découvert cet après-midi ? lui demanda Kathryn.

Newington secoua la tête.

— Ce n'était pas à moi de le faire, Maîtresse.

— De quoi s'agit-il ? demanda aussitôt Darryl. Vous avez des indices ?

Croisant les mains, Kathryn observa attentivement les médecins qui lui faisaient face et annonça :

— Le meurtrier choisit ses victimes selon leur profession. Cela en soi constituait un mystère jusqu'à ce que nous ayons compris que le poète Chaucer, dans le prologue de ses *Contes de Cantorbéry*, énumère les mêmes professions.

— Quelle est cette absurdité ? s'exclama Darryl.

— Je crois avoir été claire, Maître Darryl. Connaissez-vous l'œuvre du poète Chaucer ?

Darryl secoua la tête et regarda son beau-père.

— Non, je ne le connais pas. Et vous, Père ?

— Seul son nom m'est familier.

— Maître Cotterell ? demanda Colum.

Le médecin croisa les jambes et hocha la tête.

— Oui. Je possède même une copie des *Contes de Cantorbéry*.

— Nous aussi, intervint Chaddedon. L'auriez-vous oublié, Matthew ?

Chaddedon se tourna vers Straunge :

— Vous êtes témoin, Edmund, à la dernière Saint-Michel, nous avons feuilleté ce livre dans notre propre bibliothèque.

— Eh bien, je ne l'ai pas lu ! s'obstina Darryl.

Chaddedon haussa les épaules.

— Allons, Matthew, ce n'est pas ce que je dis. On nous a posé une question et j'y réponds. Nous avons une copie des *Contes de Cantorbéry* dans notre bibliothèque, au premier étage, Straunge et moi avons lu ce livre.

— Depuis quand est-ce un crime d'avoir lu l'œuvre d'un poète ? protesta Cotterell d'une voix chevrotante. Chaucer est très connu, beaucoup l'ont lu, d'autres pas. Connaître sa poésie n'est pas la preuve que l'on est coupable de meurtre, tout de même !

Kathryn haussa les épaules.

— J'en conviens, évidemment. Je posais une simple question.

— En avez-vous d'autres semblables ? demanda Darryl.

Ce fut Colum qui répondit :

— Oui, et c'est moi qui les poserai. Nous sommes en présence d'un assassin qui empoisonne des pèlerins venus visiter le sanctuaire du bienheureux Thomas. D'après Maîtresse Swinbrooke, le meurtrier nourrit de la rancune contre ce sanctuaire. Peut-être s'y est-il rendu pour demander une guérison et a-t-il été amèrement déçu. Serait-ce le cas de l'un d'entre vous ?

Darryl bondit sur ses pieds, furieux, et, après avoir regardé la bougie des heures, s'écria :

— Dieu du Ciel ! Nous n'allons pas passer toute la nuit à ergoter sur des questions stupides. J'ai faim, moi ! Il est l'heure de souper.

— Si stupides soient-elles, répliqua Kathryn, nos questions attendent vos réponses.

Newington intervint.

— Asseyez-vous, Matthew ! ordonna-t-il. Je crois pouvoir répondra à cette dernière question au nom de tous, sauf en celui de Maître Cotterell.

Le magistrat resserra les pans de sa robe autour de lui avant de poursuivre :

— J'ai perdu ma femme, la mère de Marisa, il y a huit ans. L'année suivante, une épidémie de mal de la sueur a tué les deux parents de Maître Straunge.

— Moi aussi, j'ai subi des deuils, intervint précipitamment Chaddedon. Mon épouse, qui ne s'est jamais remise de ses couches, après la naissance de notre fille unique, est décédée trois ans plus tard ; huit mois après, ma propre mère mourait.

Kathryn ferma les yeux. Il lui semblait qu'elle se

mêlait maintenant de choses qui ne la concernaient pas.

— Maître Cotterell, vous n'avez pas répondu à ma question, fit observer Colum, rompant le silence qui s'était établi.

Le gros médecin soutint le regard de l'Irlandais, ses yeux brillants de larmes contenues.

— Naguère, quand survenait la peste, elle emportait toujours les vieux, dit-il enfin. Je suis comme mes confrères. J'ai perdu ma mère et sa sœur lors d'une épidémie. Un jour, les deux femmes se rendirent au marché ensemble ; le lendemain, couchées sur leur lit de mort, elles rendaient l'âme.

Il se leva et s'en fut remplir sa coupe de vin.

— J'ai dit ce que j'avais à dire, conclut-il.

Tout le monde lui fit écho, et Kathryn lança un rapide regard à Colum : inutile d'interroger davantage leurs hôtes, au risque de les indisposer à leur endroit, lui signifiait-elle tacitement. Se levant aussitôt, Colum étendit les mains devant lui et déclara :

— Eh bien, notre tâche est terminée. Pardonnez-nous si nous avons heurté certains d'entre vous, ce n'était pas intentionnel.

Il huma les savoureuses odeurs qui parvenaient de l'entrée et reprit :

— Vous avez raison, Maître Darryl, moi aussi, j'ai faim. Mon estomac crie famine.

Tout le monde se leva. Cependant, bien que chacun approuvât ce qu'avait dit Colum, Kathryn sentait l'hostilité générale. Darryl prit la tête de la petite troupe pour l'entraîner hors de la salle dans un passage conduisant au jardin. Celui-ci était magnifique, éclairé par des torches et de grosses bougies en cire d'abeille dont les flammes étaient protégées par des calottes de métal. Leur lumière baignait une grande étendue d'herbe tondue qui descendait jusqu'à des plates-bandes surélevées garnies de fleurs et de plantes médicinales. Le parfum des roses et d'autres fleurs odorantes embaumait.

L'épouse de Cotterell et celle de Darryl bavardaient tranquillement sur un banc de bois, surveillant en même temps trois enfants qui se poursuivaient dans les allées pavées entre les parterres.

— Vous avez terminé vos affaires ? demanda la femme de Cotterell avec un sourire malicieux.

— Autant que faire se peut, rétorqua Newington.

— Les serviteurs peuvent servir, annonça Darryl. Marisa, dites aux servantes de coucher les enfants.

Kathryn, qui voulait se soustraire à l'hostilité de ses confrères, tendit sa coupe de vin à Colum et demanda :

— A qui sont-ils ?

— Les deux garçons sont mes fils, répondit Darryl, et Chaddedon est le père de Marie, la petite fille.

— Je vais m'entretenir un moment avec eux, reprit Kathryn. Je les ferai rentrer.

Elle traversa vivement l'étendue d'herbe, remuant son cou et ses épaules pour les soulager, après la tension de la séance, un peu plus tôt.

La voyant approcher, les enfants avaient cessé de jouer pour la dévisager. Kathryn s'accroupit au bout d'une allée. La petite fille, presque encore un bébé, était adorable avec ses boucles blondes et son joli petit visage. Quant aux garçons, bruns tous les deux, ils fixaient la nouvelle venue avec un air buté, serrant dans leurs menottes de petites épées de bois.

— Il est l'heure de rentrer, dit doucement Kathryn.

— Qui es-tu ? demanda l'un des garçonnets.

— Je m'appelle Kathryn. Kathryn Swinbrooke.

— Et tu es docteur ?
— Oui, c'est ce que je suis.

Kathryn tendit la main à la petite fille qui la saisit et lui sourit, toute timide.

— Et toi, tu es Marie ?

L'enfant hocha la tête.

Le garçonnet reprit la parole.

— Grand-père nous a parlé de toi. Il dit que tu es un bon docteur, mais que tu poses des questions sottes.

Kathryn sourit.

— C'est peut-être vrai.

— Grand-père parle souvent avec nous, reprit le petit garçon. C'est pas comme les autres.

Il porta un regard venimeux sur l'assemblée d'adultes, au bout du jardin.

— Il faut que vous rentriez, répéta Kathryn.

— On n'a pas fini notre jeu.

— A quoi jouiez-vous donc ?

L'enfant tapota sa poitrine.

— Moi, je suis Arcite, et lui — il indiqua son frère —, c'est Palamon, et elle, c'est la princesse Emelye.

Kathryn prit la petite fille par la main en disant :

— Eh bien, demain est un autre jour, et même les soldats dorment la nuit.

Elle indiqua Colum, là-bas avec les autres, et ajouta :

— Demandez-le-lui : il est soldat du roi.

Tout excités, les garçons traversèrent le pré en courant, vifs comme des lévriers. Ils se ruèrent sur Colum qu'ils assiégèrent de questions jusqu'à ce que Darryl déclare que cela suffisait. Une servante les emmena, pendant que les adultes étaient conduits à table.

Le dîner se révéla un véritable festin : exquise venaison cuite dans du vin rouge relevé de jus de citron et de poivre noir ; poulet poché farci de raisin ; puis une salade composée de persil, sauge, petits oignons frais, ail et romarin. Suivirent pour le dessert des petits pains faits d'une pâte sucrée au miel, enrichie avec des œufs, qui furent servis avec du vin aux épices et des poires cuites dans un sirop très doux.

Les serviteurs remplissaient inlassablement les coupes de vin, et Colum en but beaucoup, mais Kathryn ne s'en autorisa qu'un gobelet qu'elle avala par petites gorgées, tout en le faisant remplir d'eau, quand son niveau baissait.

Cotterell ne tarda pas à s'assoupir. Le repas avait commencé dans une atmosphère plutôt compassée et contrainte, mais le vin abolit vite les distances entre les convives, et bientôt Colum subit un feu de questions sur la guerre récente, la politique de la cour, le roi et ses frères. Il y répondit avec cordialité, expliqua dans le détail le déroulement de la campagne qui avait été conduite dans l'ouest du pays, parla des exécutions sommaires des généraux lancastriens, ainsi que de la détermination du roi à exterminer à jamais la maison de Lancastre, racines et rejets pareillement. Il narra aussi d'amusantes anecdotes sur la vie de soldat, et comment elle offrait des contrastes saisissants, comparée aux douceurs et délicatesses de la cour. Tout en parlant, cependant, il gardait un œil circonspect sur Kathryn, et les efforts que faisait Chaddedon pour nouer une conversation en aparté avec elle ne lui échappaient pas.

Enfin, s'apercevant qu'il était presque le seul à parler, l'Irlandais demanda à brûle-pourpoint si tous les convives réunis autour de la table étaient nés à

Cantorbéry et y avaient été élevés. Newington s'empressa de répondre, très disert :

— Ce n'est pas mon cas, mais les autres, si. Quant à moi, je suis né dans cette ville, mais ayant été orphelin très jeune, je fus envoyé à Londres apprendre l'art et la manière du commerce de drap. Je suis revenu à Cantorbéry il y a vingt ans avec ma femme et notre petite Marisa.

Le magistrat regarda Kathryn.

— J'ai fait ma fortune à Londres et ici, poursuivit-il. Désormais je ne partirai plus. Cantorbéry est la ville la plus magnifique d'Europe.

Un murmure général d'approbation accueillit ces dernières paroles, et quand le silence revint, Newington conclut avec force :

— Voilà pourquoi ces terribles meurtres doivent cesser.

Chaddedon, comprenant que cette remarque risquait de semer le trouble autour de la table, se tourna vers Kathryn.

— Aimeriez-vous visiter notre bibliothèque, dont nous parlions tout à l'heure? proposa-t-il.

La lueur amusée dans ses yeux n'échappa pas à Kathryn.

— Vous devriez accepter, poursuivit-il. Maître Straunge ici présent et moi avons réuni de nombreux ouvrages que les moines de Cantorbéry eux-mêmes pourraient nous envier.

Kathryn accepta donc l'invitation et fut plutôt soulagée quand Colum, qui avait entendu la proposition, déclara brusquement qu'il se joindrait à eux. Thomasina en fit autant, elle qui s'était tenue étrangement muette, toute à ses pensées, durant la soirée.

C'est ainsi que, dès le repas terminé, Chaddedon escorté d'un Colum à la démarche mal assurée quitta la salle. Kathryn et Thomasina suivaient.

Dans le couloir, Kathryn tira sa servante par la manche et lui chuchota :

— Tu as été bien silencieuse. Quelque chose ne va pas ? Tu ne te sens pas bien ?

Thomasina pinça les lèvres.

— Si, si, mais dites-moi, Maîtresse, ce sont de drôles de gens, n'est-ce pas ? Moi, j'ai beaucoup réfléchi.

— A quoi ?

— Oh, à tout et à rien.

— Allons, Thomasina, dis-moi la vérité.

— Méfiez-vous ! siffla doucement la servante. Chaddedon vous couve d'un regard brûlant, et je crois que l'Irlandais est jaloux.

Kathryn se mit à rire doucement et glissa son bras sous celui de Thomasina.

— Ce n'est peut-être pas si mal.

La servante la gratifia d'un regard sévère, mais elle était heureuse : le visage de sa maîtresse avait recouvré son éclat, et ses yeux scintillaient. Thomasina observa d'un air sombre l'Irlandais qui, devant elles, gravissait l'escalier en bois de sa démarche légèrement titubante. Il riait. Peut-être n'était-il pas si mauvais, après tout ? Et si le Seigneur Dieu l'avait envoyé pour apporter du changement ? Thomasina ne l'aurait pas moins à l'œil, tout comme ce coquin de Chaddedon.

La bibliothèque où les conduisit ce dernier était richement aménagée et comptait beaucoup d'ouvrages. Le médecin alluma les bougies d'un candélabre, au centre d'une table en bois, ainsi que des torches fixées haut sur les murs, à bonne distance des étagères. Un tapis recouvrait le sol, et les fenêtres étaient garnies de verre coloré. A une extrémité de la pièce se trouvait une alcôve avec un siège, et des tables étaient alignées le long d'un mur couvert de tapisserie. Un autre mur disparaissait entièrement derrière des étagères remplies de livres, de tailles différentes, certains attachés par une chaîne à la planche qui les soutenait, d'autres simplement empilés. Kathryn n'en avait jamais vu autant réunis depuis le jour où son père l'avait emmenée à Oxford, dans la bibliothèque du duc Humphrey. Elle frappa dans ses mains, s'exclamant avec stupéfaction :

— Tous ces ouvrages sont à vous ?

Ravi de l'effet produit, Chaddedon répondit :

— Pas exactement, non. Straunge les collectionne. Il s'intéresse surtout aux textes de médecine. Ainsi nous avons une copie de *Tractatus de Matricibus*, de Garnerius.

Chaddedon choisit sur une étagère un ouvrage doté d'une couverture en cuir richement décoré, qu'il posa sur la table.

— Voici notre ouvrage le plus précieux.

Kathryn feuilleta avec le respect qui convenait un ouvrage que son père avait longtemps rêvé de posséder : *Chirurgia*, de Gérard de Crémone. Elle en avait vu un exemplaire à Oxford, et son père, à ses côtés, lui avait montré les illustrations de femmes médecins qu'il contenait. Assaillie par le flot des souvenirs, Kathryn chercha l'un de ces dessins, puis passa un doigt caressant sur ses contours finement tracés.

— Connaissez-vous ce livre ? demanda son hôte.

— Bien sûr, oui. C'était l'ouvrage préféré de mon père.

— C'était un bon médecin ?

— Il avait étudié la médecine à Salerne et à Padoue.

— Vous a-t-il transmis son savoir ?

— Assurément. Il passa aussi quelques mois dans le Hainaut, où il observa comment l'on éduquait les jeunes filles. Puis quand il quitta Londres avec ma mère pour Cantorbéry, il chargea un prêtre de m'instruire. L'homme, qui était âgé, vivait à l'hospice des Prêtres Indigents, et avait étudié à Oxford jusqu'à ce que l'on découvre qu'il était un adepte des doctrines de Wycliffe.

Pendant qu'elle parlait, Kathryn sentait le regard jaloux que Colum posait sur elle et Chaddedon. Il s'approcha d'eux et intervint brutalement pour demander au médecin :

— Vous disiez posséder une copie du poème de Chaucer ?

— C'est exact, oui.

Peu après, Chaddedon posait sur la table un ouvrage assez semblable à celui que Colum avait apporté à Ottemelle Lane. L'Irlandais se rapprocha de Kathryn comme celle-ci commençait à feuilleter le livre. Elle n'était pas la première à le faire : les pages écornées en témoignaient. Cependant, rien n'indiquait que l'assassin eût consulté l'ouvrage pour choisir ses victimes. Kathryn tourna encore quelques pages avant de le refermer avec un soupir.

— Aucun indice, murmura-t-elle.

Elle promena un regard appréciateur sur la pièce et dit :

— Comme j'aimerais venir ici ! Peut-être quand cette affaire sera terminée ?

— Vous nous feriez un grand honneur, Maîtresse Swinbrooke, assura Chaddedon.

Il éteignit alors quelques bougies avant de reprendre :

— Et pour finir, puis-je vous montrer où nous rangeons nos potions ?

Ils redescendirent les escaliers, passèrent devant la grande salle où les autres bavardaient tranquillement, pour se rendre jusqu'à une vaste pièce, à l'arrière de la bâtisse. Chaddedon en ouvrit la porte avec une clé suspendue à sa ceinture, et alluma précautionneusement les lampes à huile. Ils pénétrèrent alors dans une salle carrée dont les quatre murs étaient couverts d'étagères soutenant des pots et des bocaux étiquetés avec un morceau de parchemin accroché à leur col.

Avant que Chaddedon ait pu s'adresser à Kathryn, Colum demanda brusquement :

— Qui va à la bibliothèque ?

Chaddedon haussa les épaules et plissa les yeux en regardant l'Irlandais, comme si sa présence l'importunait.

— Nous y allons tous, naturellement ! s'exclama-t-il.

— Et qui a accès à cette pièce où nous nous trouvons en ce moment ?

— Chacun de nous en possède une clé, et il y en a une également dans le grand trousseau de la maison.

Sur ces mots, Chaddedon s'approcha des étagères pour tapoter les pots et bocaux comme s'il se fût agi de vieux amis.

— Nous avons du gingembre, du sureau moulu, de l'aubépine, de la ciguë, de la jusquiame, de la belladone, de la valériane, de la digitale, bref, tout ce qu'il faut pour empoisonner la ville entière.

— L'un d'entre vous aurait-il remarqué quelque chose d'anormal ? demanda Kathryn, indiquant la table avec ses bols, ses cornues, ses mortiers, ses pilons et ses balances.

— Que voulez-vous dire ?

— Personne n'a noté que manquait une potion, ou qu'une quantité de l'une ou l'autre avait disparu ?

— Non, nous n'avons rien observé de semblable.

— Moi, si.

C'était Straunge qui avait parlé. Il venait d'apparaître sur le seuil de la porte, et à la lumière vacillante des lampes à huile, son visage hâve paraissait plus jaune encore. Il avança dans la pièce.

— Je suis entré ici il y a une semaine à peu près, et j'ai trouvé de la poudre blanche répandue sur le sol. Bien évidemment je portais des gants.

Souriant à Kathryn, il expliqua :

— Certaines de ces substances égrugées m'inspirent un profond respect mêlé de crainte, et j'estime que la peau ne doit jamais être en contact avec elles. Quoi qu'il en soit, poursuivit-il vivement, j'ai ramassé cette poudre trouvée par terre, mais ce n'était que de la farine. De la farine de froment que pourtant nous ne gardons pas ici.

— C'est la première fois que j'entends cette histoire, fit observer Chaddedon.

Straunge haussa les sourcils.

— Sur le moment, je n'y ai pas accordé d'importance, mais aujourd'hui que nous sommes soupçonnés de ces meurtres, je pense à tout ce qui a pu arriver d'insolite.

Pourquoi Straunge avait-il raconté cette histoire ? Kathryn ne comprenait pas. Elle promena son regard sur les étagères, partagée entre l'envie et l'admiration pour ce que détenaient ces médecins.

— Où avez-vous acheté toutes ces substances ? demanda-t-elle.

— Nous cultivons certaines plantes, expliqua Chaddedon, nous en achetons d'autres auprès des marchands d'épices, à Londres, ou c'est notre propre guilde de Cantorbéry qui nous les procure. Pourquoi cette question ?

— Mon herboristerie n'est qu'une échoppe, une pièce exiguë sur le devant de ma maison d'Ottemelle Lane. J'ai toujours rêvé de posséder des réserves comme les vôtres.

— Il faudrait que la guilde vous y autorise.

— Comme disait mon père, rétorqua Kathryn avec un clin d'œil malicieux, dans la vie, tout est possible.

Ils sortirent de l'herboristerie pour rejoindre les autres. On proposa encore du vin, mais Thomasina commençait à s'agiter, Kathryn l'avait remarqué, tout comme elle avait noté avec une certaine inquiétude le regard ensommeillé de Colum. Elle annonça donc que tous trois allaient partir. La femme de Darryl et celle de Cotterell leur firent des adieux sans chaleur : clairement, elles n'avaient aucune envie de revoir Kathryn. Darryl essaya de réveiller Cotterell : en vain, si bien que seuls Chaddedon et Newington raccompagnèrent leurs hôtes jusqu'à la porte. Là, Kathryn comprit par la façon appuyée dont il lui serra la main combien le médecin avait apprécié la soirée avec elle.

Tous trois reprirent Queningate Lane en sens inverse, Thomasina et Kathryn bras dessus, bras dessous, tandis que Colum qui sifflotait dans sa barbe marchait devant, esquissant de temps en temps un pas de danse. Le bon vin qu'il avait bu en abondance le rendait d'humeur joyeuse.

Deux vigiles de nuit l'abordèrent, lui ordonnant de faire moins de bruit. Il se contenta de leur rire au nez et poursuivit sa marche.

Ils passèrent ensuite l'église Saint-Paul, longèrent l'ancienne enceinte de la ville jusqu'à un passage voûté partiellement démoli et débouchèrent enfin dans St Margaret's Street. De temps en temps surgissait un mendiant suppliant qu'on lui fît l'aumône ; dans l'ombre d'un porche, ils surprirent une putain avec son client, et ils croisèrent ce bouffon de chasseur de rats qui hantait les rues comme un dément, portant sur l'épaule un long pieu d'où pendaient les rats et les souris qu'il venait d'éventrer. Quelque part, un chien hurlait à la lune tandis que des chats se bagarraient autour de tas d'immondices puantes.

Perdue dans ses pensées, Kathryn s'efforçait de ne pas entendre Colum qui chantait plutôt bruyamment des refrains sur les belles femmes de Dublin. Ils venaient de dépasser la *Taverne de la Couronne*, fermée et bien barricadée pour la nuit, quand trois bandits surgirent d'une allée de traverse. Ils laissèrent passer Colum pour s'attaquer aux femmes, proies plus faciles. L'un d'eux saisit Kathryn par la manche de sa robe, tandis que ses deux compères s'efforçaient de ramener les bras de Thomasina derrière son dos. La servante se débattit avec la fureur d'une jument en colère, flanquant de méchants coups de pied dans les tibias de ses agresseurs. Kathryn luttait aussi contre son assaillant, griffait sa capuche de cuir enfoncée bas sur son visage, bien que le regard excité et l'haleine putride de l'homme la terrifiassent. C'est alors que le bandit fut projeté en arrière. Kathryn ne saurait jamais exactement ce qui était arrivé, mais Colum tira l'homme à lui, et l'éventra de sa longue dague pointue. Ensuite l'Irlandais recula, laissant le coquin se contorsionner en hurlant sur le sol. Ses deux complices s'en approchèrent avec méfiance. A la lueur de la lanterne accrochée au pilier, devant la taverne, Kathryn vit que Colum était armé d'une longue dague et d'un petit poignard qu'il avait tiré de sa botte. Les bandits, qui étaient armés de piques de fer et de petits couteaux tranchants, avaient dû juger peu dangereux cet homme qu'ils avaient cru sans épée, et qui de surcroît semblait ivre. Comme ils avançaient, Colum recula. L'un des détrousseurs bondit en avant, visant avec sa pique en fer le bas-ventre de l'Irlandais, tandis que sa lame cherchait son visage. Colum esquiva, écarta la pique, puis, en un mouvement rapide comme l'éclair, il plongea sa dague dans le cou de l'homme. Le sang jaillit aussitôt. Le troisième bandit en avait assez vu ; abandonnant ses armes, il fila dans l'allée de traverse sans demander son reste.

Kathryn fixa du regard les deux voleurs affalés par terre. Celui dont la gorge avait été transpercée était déjà mort, mais l'autre se roulait sur le sol, tenant son ventre d'où le sang jaillissait pour former de grosses flaques à côté de lui.

— Ne devrions-nous pas... hasarda Kathryn.

— Bien sûr, répliqua Colum qui s'agenouilla à côté de l'homme.

Et sans laisser à Kathryn le temps d'intervenir, il trancha la gorge du blessé d'une oreille à l'autre.

Bien que Kathryn fût habituée à la vue du sang et aux conséquences de la violence, le détachement froid de Murtagh lui noua l'estomac en même temps que ses jambes se dérobaient sous elle. Elle s'accrocha à Thomasina qui écarquillait encore des yeux affolés et n'avait pas recouvré son souffle. Et les deux femmes, sourdes aux cris de Colum, reprirent hâtivement leur chemin.

Devant la maison d'Ottemelle Lane, Kathryn saisit fébrilement un petit trousseau de clés maintenu à sa taille par une cordelière en soie et ouvrit la porte pour s'engouffrer à l'intérieur. Elle obligea Thomasina à s'asseoir, ranima le feu, puis alla chercher trois grands gobelets de vin dans la dépense. Un moment après, Colum à son tour pénétrait dans la cuisine. Kathryn le rejoignit pour lui tendre un des gobelets avant d'en présenter un à Thomasina. Celle-ci s'était remise. Elle avala le breuvage tout en surveillant par-dessus son épaule l'Irlandais qui s'était affalé contre la table. Il s'adressa à Kathryn :

— Que vouliez-vous que je fasse ? demanda-t-il. Ces bandits étaient des soldats du camp, en tout cas ils en avaient l'allure.

Il posa son verre sur la table en un geste très brutal et s'avança pour se placer bien en face de son hôtesse.

— Regardez-moi, femme ! ordonna-t-il.

Kathryn soutint froidement ses yeux.

— Je vous regarde, Irlandais.

— Ces hommes étaient des crapules, reprit Colum. Ils n'auraient pas hésité à me tuer, puis ils vous auraient violées et éventrées toutes les deux.

— C'est que vous tuez avec tant de maîtrise !

Colum rapprocha son visage de celui de Kathryn :

— Comprenez, madame, qu'ils voulaient me tuer. L'un a pris mon coup dans la gorge, l'autre dans le ventre. Personne, ni vous, ni Chaddedon ou les autres, ne pouvait rien pour lui. Il lui aurait fallu des heures pour mourir, des heures durant lesquelles il aurait hurlé pour qu'on lui donne un peu d'eau.

— L'Irlandais dit vrai, approuva Thomasina. Ces coquins étaient nés crapules, et ils sont morts comme telles. A votre avis, que voulaient-ils de nous, Maîtresse ? Nous demander l'heure qu'il était ?

Colum sourit et tapota l'épaule de la servante qui se dégagea vivement.

— Bas les pattes, Irlandais ! Je ne suis pas Hélène de Troie, et le serais-je, vous n'êtes pas Pâris, loin s'en faut !

Hurlant de rire, Colum reprit son gobelet de vin et se dirigea vers la porte de la cuisine.

— Irlandais ! s'écria alors Kathryn.

— Oui, Maîtresse ?

— Pardonnez-moi. Je vous remercie de ce que vous avez fait. Mais vous étiez si froid, si détaché !

Colum s'avança vers Kathryn.

— Je suis un homme de violence, Maîtresse, dit-il. Je me bats depuis ma naissance, et j'en vis. Ce que j'ai fait, je ne l'ai pas fait par plaisir, mais parce qu'il fallait le faire.

— Et que s'est-il passé dans la venelle, près de la *Taverne des Échiquiers*, quand vous avez entendu cette voix irlandaise ? Vous avez un secret, Colum. Quel est-il ?

Le visage de Colum s'allongea.

— Oh, cela n'a rien de bien mystérieux. Voilà longtemps, je m'étais acoquiné avec une bande de rebelles, dans la campagne, autour de Dublin. Nous nous étions surnommés les Chiens d'Ulster.

Colum eut un rire plein de dérision.

— Jeunes comme nous l'étions, rien ne nous faisait peur, et nous avions soif de sang anglais. Et voilà qu'un jour un traître me donna, et l'on me prit pour m'envoyer aux galères. Le père du roi qui règne maintenant, le duc d'York, seigneur lieutenant d'Irlande, eut pitié de moi, et je fus gracié. Hélas, si j'ai, moi, oublié mon passé, lui ne m'a pas oublié, et les Chiens d'Ulster me considèrent comme un traître.

L'Irlandais fixa le vin dans son gobelet.

— Ils ont mis ma tête à prix : quiconque me

prendra recevra un sac d'or. Or quelqu'un voudra un jour cet argent, Maîtresse, ce n'est qu'une question de temps. Bien sûr, il faut encore réussir à m'attraper.

Avec un soupir, Kathryn, d'un geste, invita son hôte à s'asseoir.

— Pardonnez-moi, répéta-t-elle avant d'avaler une gorgée de son verre. Maintenant la soirée est gâchée.

Elle lança un rapide regard à Thomasina.

— Toi, je ne t'ai jamais vue aussi silencieuse.

Indiquant l'Irlandais d'un signe du menton, la servante rétorqua :

— Quand il est là, je garde l'œil sur mon sac et je n'ouvre pas la bouche.

— En revanche, vous ouvrez vos oreilles, la taquina Colum. Bien, résumons ensemble ce que nous avons appris ce soir, voulez-vous ?

Il énuméra, comptant sur ses doigts :

— Premièrement, les Cotterell forment un couple bien singulier. Lui m'apparaît comme un homme qui aime les hommes, et elle semble n'avoir pas froid aux yeux. Deuxièmement, Chaddedon est charmant.

Colum fit un clin d'œil à Thomasina.

— Troisièmement, Straunge et Darryl sont deux drôles d'oiseaux. Quant à Newington, il est assez énigmatique. Bref, nous étions les hôtes de ces gens, mais nous ne les avons pas appréciés. Quoi d'autre ?

— Je crois que le meurtrier se trouvait dans le collège, déclara Kathryn. Certes, je n'en ai pas la preuve, seulement des soupçons. Ils ont une copie des *Contes* de Chaucer, mais c'est l'épisode raconté par Straunge qui m'intrigue. Pourquoi y avait-il de la farine répandue sur le sol de l'herboristerie ?

— Autre chose ? demanda encore Colum.

Kathryn secoua la tête avec lassitude.

— A chaque jour suffit sa peine. Thomasina, Maître Murtagh, je vous souhaite le bonsoir.

Sur quoi, abandonnant l'Irlandais et sa servante à eux-mêmes, Kathryn se retira dans son cabinet d'écriture avec son gobelet de vin. Elle alluma les chandelles, et comme elle refermait la porte de la petite pièce, elle entendit Thomasina échanger quelques bonnes plaisanteries avec Colum. Puis le bruit des tabourets lui indiqua que tous les deux se retiraient.

Kathryn, assise à sa table, fixait le mur en face d'elle, revoyant en esprit des scènes et des images de la soirée. La sollicitude de Chaddedon, la riche bibliothèque, le regard sans aménité des deux femmes, Straunge debout à l'entrée de l'herboristerie racontant son étrange anecdote. Enfin les détrousseurs qui avaient surgi de l'obscurité, et Colum qui en avait froidement occis deux.

En soupirant, Kathryn prit l'exemplaire des *Contes de Cantorbéry* de Chaucer, et l'ouvrit pour le feuilleter. Le poème commençait par le Prologue, dans lequel le poète dépeignait par petites touches nuancées la personnalité et le métier de chacun des pèlerins. Suivaient les histoires racontées par ceux-ci.

Sentant le froid la gagner, Kathryn s'enveloppa plus étroitement dans sa cape et retourna à la cuisine avec le livre. Là, elle alluma des bougies puis ranima les braises dans le foyer. Cela fait, elle s'assit, le livre sur les genoux, et parcourut les contes que cette joyeuse bande de pèlerins racontait en se rendant à Cantorbéry.

Peu à peu ses paupières se faisaient lourdes, mais brusquement un vers du « Conte du Chevalier » attira son attention : « Deux jeunes chevaliers ensemble tombés à terre... »

Elle lut attentivement les lignes qui suivaient avant de refermer le livre, puis s'appuya au dossier de son siège. Elle détenait maintenant la preuve qu'elle avait cherchée, et n'avait plus de doute : elle s'était bel et bien trouvée en présence de l'assassin, le tueur de pèlerins.

Chapitre X

Bien qu'elle se fût couchée très tard, Kathryn avait eu l'intention de se lever tôt. Or, l'aube commençait à peine à poindre qu'avec toute la maisonnée elle fut éveillée par quelqu'un qui tambourinait bruyamment à la porte. Maugréant contre le vacarme, Kathryn s'emmitoufla dans une cape, chaussa des sandales à lanières de cuir, et descendit à la hâte pendant que Thomasina, qui était allée ouvrir, faisait entrer le visiteur. Colum, à moitié habillé, et tout ensommeillé lui aussi, apparut dans l'escalier juste derrière Kathryn.

— Que se passe-t-il ? demanda-t-il.

La personne qui venait d'entrer repoussa le capuchon qui dissimulait son visage.

— Par tous les saints du Ciel, Luberon ! s'exclama Colum. Qu'est-ce qui arrive ?

Le clerc lui tendit un morceau de parchemin graisseux. Murtagh le lut avant de le passer à Kathryn.

— Le meurtrier a encore frappé, n'est-ce pas ?

Luberon hocha la tête pendant que Kathryn déchiffrait l'écriture maladroite :

Un huissier faisait route, vers Cantorbéry,
Maintenant en enfer son âme pourrit.

— Un huissier a été tué? interrogea aussitôt Kathryn.

Luberon hocha la tête :

— John-atte-Southgate a été empoisonné à l'*Auberge Fastolf*, près de Westgate.

Il frotta son menton mal rasé.

— Il faut que vous veniez tout de suite. Il y a deux victimes : l'huissier et la catin qui se trouvait avec lui.

Luberon s'effondra sur un tabouret.

— Ce brave huissier, comme beaucoup de ses semblables, savait jouir des plaisirs de la vie. D'après l'aubergiste, une femme vêtue d'un grand manteau avec un capuchon s'est présentée à la taverne bien après le couvre-feu, demandant Southgate. Le tavernier a deviné qu'il s'agissait d'une putain, alors il n'a pas élevé d'objection : qui oserait contrarier un huissier?

Le clerc passa la langue sur ses lèvres sèches.

— Il semble qu'ils aient passé un bon moment, poursuivit-il, mais la catin avait apporté une gourde scellée contenant du vin empoisonné. Tous deux en ont bu, et ils sont maintenant raides morts.

— Qui a découvert les corps?

— Une servante. Sur ordre de l'archevêque, j'avais exigé que tous les aubergistes de la ville m'alertent si quelque mort violente survenait dans leur établissement. Cette nuit, j'ai donc été brutalement réveillé par un garçon d'écurie venu m'apporter la nouvelle et je me suis précipité ici sans attendre.

— Vous voulez que nous vous accompagnions à l'auberge? demanda l'Irlandais.

Luberon se remit debout.

— Assurément! Je ne suis pas venu parler de la pluie et du beau temps!

Jurant dans sa barbe, Colum frappa du poing sur la table.

— C'est que j'ai à faire à Kingsmead! Il n'y a personne au manoir, et il faut que j'aille avec mes joyeux lurons me procurer auprès des fermes environnantes de l'avoine, du son, de la paille et du foin pour les chevaux du roi! Ceux-ci ne tarderont pas à arriver à Cantorbéry, et il serait prudent d'acheter de quoi les nourrir sans attendre.

— Si le mystère de ces assassinats n'est pas éclairci, grommela Luberon, Sa Très Gracieuse Majesté vous demandera des comptes autrement sérieux que s'il manque de l'avoine et du son pour les chevaux. Allez vous habiller!

— Et vous, allez au diable! bougonna Colum.

Kathryn prit alors la parole.

— Nous n'avons pas le choix, Colum, il faut y aller.

Elle remonta dans sa chambre se vêtir à la hâte. Puis, quand Thomasina l'eut rejointe, elle lui expliqua rapidement ce qu'il convenait de faire si des patients se présentaient :

— Soigne les plaies bénignes et les ecchymoses, mais s'il s'agit de blessures plus sérieuses, tu m'en parleras à mon retour. Et occupe-toi du jardin de simples. Il a fait très chaud, et les plates-bandes ont besoin d'eau. Hé, Thomasina, tu m'écoutes? ajouta-t-elle avec un coup de coude à la servante.

Le visage joufflu de celle-ci s'épanouit en un sourire.

— Oh, vous pouvez partir tranquille, Maîtresse, dit-elle, tout ira bien ici. Agnes et moi y veillerons. Surtout quand la maison sera enfin débarrassée de cette encombrante soldatesque.

Un moment après, Kathryn rejoignait Colum et Luberon au rez-de-chaussée. Elle s'en fut d'abord à l'office prendre trois petites miches de pain et en tendit une à chacun de ses compagnons.

— Voilà de quoi déjeuner, dit-elle.

Tous trois quittèrent donc la maison en mangeant leur pain. Colum partit à la hâte à la taverne du coin de la rue, où il avait laissé son cheval. Il y resta un assez long moment. Pendant ce temps, Luberon, qui avait détaché d'un piquet proche sa triste rosse à l'œil morose, ne cessait de jurer et de s'impatienter.

L'Irlandais revint enfin, tirant non seulement sa monture mais une brave jument pour Kathryn. Il lui en tendit les rênes.

— Je vous l'offre, dit-il en souriant. Elle est placide, gentille, et d'humeur toujours égale. Comme Thomasina !

Et pour couper court aux remerciements de Kathryn, il ajouta qu'il s'agissait d'un acompte pour son hospitalité. Puis joignant les mains pour former un étrier, il l'aida à se mettre en selle. Bientôt, tous deux, derrière Luberon, quittaient Ottemelle Lane pour suivre Hethenman Lane. Ils prirent ensuite King's Bridge, à gauche, longèrent St Peter's Gate, puis les Frères Mendiants et descendirent enfin la rue principale jusqu'à Westgate.

Chemin faisant, Colum conta à Luberon le souper de la veille, avec les médecins. Mais, en l'écoutant, le clerc prit une mine si chagrine pour n'avoir pas été convié que l'Irlandais finit par se taire, préférant le laisser seul à ses pensées moroses.

Les rues étaient encore calmes, hormis quelques joyeux viveurs qui rentraient chez eux en chantant et plaisantant, prenant garde d'éviter les vigiles. Colum les regardait, honteux au souvenir de son propre comportement, et il lança un clin d'œil d'excuse à Kathryn. Ils passèrent devant un faussaire que l'on avait mis au pilori, à l'entrée de Black Griffin Alley, et croisèrent deux étameurs poussant leur charrette à bras vers Buttermarket. Quelques vigiles ensommeillés, s'appuyant sur leurs bâtons, se dirigeaient vers les hautes tours et les tourelles crénelées de Westgate. Kathryn les étudia et immobilisa brusquement sa monture. Luberon se tourna vers elle, la foudroyant du regard, et fit pivoter son cheval.

— Que se passe-t-il, Maîtresse ? Rêvez-vous éveillée ? Oubliez-vous qu'il nous faut examiner un cadavre et pourchasser un assassin ?

— Oh, du calme ! grommela Colum. Kathryn, qu'y a-t-il ?

Elle indiqua Westgate.

— Les vigiles veillent que les portes de la ville soient bien fermées après le couvre-feu, n'est-ce pas ?

Luberon hocha la tête.

— Pourtant la catin s'est présentée à l'*Auberge Fastolf* après le couvre-feu. Qui donc l'a laissée entrer ?

— Certainement pas les vigiles, rétorqua aussitôt Colum. Ce sont des soldats du roi.

Kathryn flatta doucement l'encolure de sa monture pour la remettre en chemin.

— Dans ce cas, conclut-elle, notre jeune dame de la nuit est entrée par une poterne. Or seuls les médecins en détiennent les clés.

— Nous voilà donc revenus à notre point de départ, rétorqua Luberon. Un médecin, certes, mais lequel ?

Ils franchirent Westgate où Colum s'arrêta pour

interroger le capitaine des gardes. L'homme, qui était de mauvaise humeur, secoua la tête, indiquant les portes solidement entravées par des barres de fer.

— Je les ai fermées moi-même, hier soir, et personne, surtout pas une catin, ne s'est montré dans les parages.

Les trois cavaliers, Colum en tête, s'engagèrent ensuite sous le passage voûté très bas qui débouchait sur la chaussée d'où l'on voyait l'enseigne criarde de l'*Auberge Fastolf* que le vent agitait doucement. Kathryn tendit le cou pour soulager sa nuque crispée. En cette saison estivale, l'odeur sucrée de l'herbe grasse montait des riches prairies que traversait la chaussée, et Kathryn réalisa soudain qu'elle était très peu sortie de Cantorbéry depuis la mort de son père.

Il régnait à l'*Auberge Fastolf* un calme singulier. Dans la grande cour pavée, point de palefreniers, ni de chevaux ou autres bêtes de somme. Seuls quelques soldats à l'uniforme sale et déchiré étaient affalés contre le mur. Ils reconnurent Colum, qui leur lança une ou deux plaisanteries, puis un sergent au visage mâchuré de crasse, et maigre comme un fil de fer, sortit en titubant d'une des dépendances, une outre de vin à la main.

— On a interdit à ces idiots de sortir, bafouilla-t-il avec un regard mauvais à Colum. Enfin, en tout cas jusqu'à ce que ceux qui sont chargés de l'enquête en aient terminé.

L'Irlandais sauta de sa monture, imité par Kathryn et Luberon, et remit les brides des trois chevaux au sergent en ordonnant :

— Occupe-t'en.

Suivi de Luberon et de Kathryn, il traversa la cour et pénétra dans la salle de la taverne où régnait une forte odeur de moisi.

L'aubergiste, arborant un tablier de cuir maculé de taches, arriva aussitôt, et fit à Colum une petite révérence obséquieuse comme s'il voyait en lui le roi en personne. Par-dessus son épaule, Kathryn aperçut les visages inquiets des souillons, marmitons et serviteurs.

Luberon s'avança.

— Où est le corps ? demanda-t-il.

Le tavernier pointa un doigt sale au plafond noirci par la fumée.

— Dans la chambre tout en haut. Je le jure devant Dieu, nous n'avons touché à rien.

Luberon prit la tête du petit groupe pour grimper l'étroit escalier branlant. Arrivé sur le palier du second étage, il s'arrêta et cria à l'aubergiste resté en bas :

— Cet escalier est diablement dangereux ! Fais-le réparer sinon je t'envoie les goûteurs de bière !

Puis, posant sur Colum un regard furieux, il grommela :

— Plus rien ne va, dans ce pays. Ces saletés de guerre ont ruiné le commerce honnête.

Il saisit par l'épaule un garçon de cuisine maigrelet qui cherchait à redescendre en douce.

— Conduis-nous à la chambre où se trouve le corps ! ordonna-t-il.

Hochant la tête, le jeune garçon les précéda.

Il régnait une telle puanteur que Kathryn dut se boucher le nez. Le plâtre des murs s'écaillait, les portes des chambres fermaient mal, et l'on avait remplacé par des morceaux de parchemin les verres cassés aux fenêtres.

Ils arrivèrent enfin au dernier étage de la bâtisse. Le garçon de cuisine les conduisit le long d'un étroit couloir jusqu'à une porte que Luberon ouvrit.

La chambre évoquait une boîte blanchie à la chaux. Elle n'était en tout cas guère plus vaste, et sur ses murs apparaissaient des traînées sales. Au sol, la paille desséchée et durcie n'avait sans doute pas été changée depuis des années, et Kathryn fit la grimace en y voyant des crottes de chien. Des tentures en lambeaux entouraient le grand lit à colonnes complètement défoncé. Luberon les écarta, et Kathryn chancela à la vue des deux cadavres qui gisaient là.

Nu comme au premier jour de sa vie, l'huissier était étendu d'un côté, la chair flasque de ses hanches et de sa panse maintenant d'une vilaine couleur blanchâtre tandis que son visage replet avait le teint violacé et l'expression grimaçante d'un pendu. Il était affalé, bouche béante, yeux grands ouverts. A côté de lui gisait la catin, maigre et toute en os. Elle avait le visage enfoui dans les draps sales, et sa perruque rousse avait glissé de travers. L'une de ses mains reposait sur la large poitrine de l'huissier, comme si, même dans la mort, elle avait voulu le cajoler.

Colum retourna le corps de la femme. Les seins flétris eurent un pauvre rebond, et les bras s'écartèrent comme les ailes d'un oiseau sans vie. Kathryn s'approcha pour examiner le visage peinturé, les dents jaunes entre les lèvres couleur carmin. La peau avait le même ton violacé que le visage de l'huissier.

— Par tous les diables, maugréa Colum, ce n'est pas un joli spectacle !

— La mort ne l'est jamais, rétorqua Kathryn.

Entendant alors un bruit de haut-le-cœur, elle se détourna : dans un coin de la pièce, Luberon, se tenant au mur, vomissait en hoquetant.

— Votre présence dans cette chambre n'est pas nécessaire, Maître clerc, lui dit-elle à mi-voix.

Et, après avoir considéré les traces rougeâtres qui apparaissaient sur les deux corps, elle ajouta :

— Je crains qu'il n'y ait eu, dans ce qu'ils ont bu, assez de poison pour tuer tous les occupants de l'auberge.

Kathryn leur ferma les yeux et fit glisser le corps de la catin sur le côté. Elle saisit le vilain pichet qui gisait entre les deux cadavres. Son contenu, en se répandant sur le lit, avait souillé les draps crasseux.

Kathryn contourna le lit et trouva les gobelets d'étain que le couple avait jetés par terre, quand les affres de l'agonie l'avaient surpris. Ils étaient vides tous les deux. Kathryn les renifla soigneusement et regarda Colum.

— Ne buvez jamais du mauvais vin, dit-elle, on ne sait pas ce qui peut s'y cacher.

Elle prit le pichet et le jeta contre le mur où il se fracassa. Puis, s'agenouillant, elle tria les débris de poterie et ramassa le fond du pot.

— Pourquoi avez-vous fait cela ? demanda Colum, accroupi à côté d'elle.

Kathryn saisit un peu de paille sur le sol et s'en servit pour gratter le fragment qu'elle avait récupéré.

— Vous remarquez les traces du vin, dit-elle à son compagnon, mais voyez-vous ce dépôt, semblable à la vase d'un étang ?

— Il peut venir du vin, non ? demanda Colum.

Kathryn secoua la tête :

— Non. Il est d'un grain trop fin, et ressemble plutôt à un dépôt de poudre. Celui que laisse le vin évoque davantage des grains de sable.

— Alors qu'est-ce donc ?

— Je n'en suis pas encore sûre, mais je pense à quelque chose.

Elle se redressa et se rinça les mains dans une

cuvette d'eau. Elle les sécha ensuite avec méfiance à une serviette sale, puis sortit, suivie de Colum.

Dans le couloir, Luberon, pâle et défait, les attendait.

— Vous pouvez faire enlever les corps, lui dit Kathryn. Les deux infortunés ont été assassinés, et nous n'en apprendrons pas davantage ici, j'en ai peur.

Ils redescendirent au rez-de-chaussée, où l'aubergiste, pas très rassuré, leur expliqua que l'huissier était arrivé la veille et avait passé une bonne partie de son temps dans la salle de la taverne. La putain l'avait rejoint tard dans la nuit.

— Se connaissaient-ils ? demanda vivement Kathryn.

— Non. La femme est entrée, a regardé l'assistance avant de demander si un huissier se trouvait ici. Elle est alors allée le trouver.

— Et le vin ? s'enquit à son tour Colum.

— L'huissier a bu celui qui nous lui servions, mais la catin avait apporté son pichet, dont le col était scellé. Comme je ne voulais pas avoir d'ennuis, je les ai laissés seuls.

L'aubergiste se détourna pour se racler la gorge et cracher sur le sol. Puis il reprit :

— Vous savez comment sont ces envoyés officiels. Si vous les gênez dans leurs plaisirs, vous les aurez sur le dos votre vie durant. A présent, puis-je vaquer à mes besognes ?

Luberon lui dit que oui et, suivi de Kathryn et de l'Irlandais, il sortit dans la cour. Le sergent y était toujours avec leurs chevaux. Kathryn prit une profonde inspiration : après la puanteur de la taverne, même le tas de fumier, dans le coin de la cour, sentait bon.

— Pensez-vous que ces deux meurtres soient l'œuvre de notre assassin ? demanda Luberon.

— J'en suis persuadée, répondit aussitôt Kathryn. Qui plus est, c'est encore un médecin qui a tué.

— Comment en êtes-vous si sûre ?

— Le tavernier a précisé que la femme était arrivée tard. Le capitaine des vigiles ne l'a pas vue se présenter à Westgate, donc elle n'a pu sortir de la ville que par l'une des poternes. Or tous nos amis médecins en détiennent les clés.

Colum aida Kathryn à se remettre en selle, puis il lui demanda en souriant :

— Avez-vous déduit autre chose, ô médecin perspicace entre tous ?

Kathryn ajusta ses rênes et choisit d'ignorer l'ironie.

— Pour moi, la catin fut engagée par un médecin qui l'a grassement payée. Il lui a remis un pichet de vin empoisonné et lui a fait franchir l'une des poternes avec ordre d'aller divertir l'huissier.

D'un signe du menton, Kathryn indiqua la taverne par-dessus son épaule.

— Notre digne aubergiste, quoi qu'il en dise, a fouillé les poches des deux victimes pour s'approprier l'argent qu'il y a trouvé.

S'adressant à Luberon, elle lui demanda :

— Qui a découvert les corps ?

— Une souillon en faisant sa ronde du matin.

— Certains clients ont-ils reconnu la catin ?

Luberon haussa les épaules et Colum lui suggéra immédiatement :

— Si vous posiez la question à l'aubergiste ?

Le clerc sauta de sa monture pour regagner la taverne en roulant des épaules d'un air important. Il reparut quelques minutes plus tard, en se grattant le crâne.

— Ils ne peuvent pas en jurer, mais à leur avis, il s'agit de Peg de Bullpaunch Alley, l'une de ces venelles putrides du quartier de Westgate, près de l'église Saint-Pierre.

Kathryn ferma les yeux en étouffant un soupir.

— L'antichambre de l'Enfer, murmura-t-elle à l'adresse de Colum. Ce quartier est un dédale de ruelles et de passages sordides où l'on peut s'offrir une putain pour un sou.

Se tournant vers Luberon, elle lui demanda :

— Savez-vous si l'un des médecins de notre liste exerce sa pratique par là-bas ?

Pour la première fois de la matinée, Luberon sourit.

— Pas un, mais trois, précisa-t-il, grâce à une œuvre de charité, comme souvent : en l'occurrence, un legs que fit un notable à l'église Saint-Pierre permet de rétribuer les médecins qui soignent les malades et les infirmes du quartier.

Luberon se remit en selle, mais son air préoccupé n'échappa pas à Colum.

— Vous voulez dire autre chose, Maître Luberon ?

Le clerc toussota nerveusement.

— Je n'habite pas Westgate, déclara-t-il sur la défensive, mais entre autres tâches qui m'incombent, je suis marguillier de l'église Saint-Pierre. Voilà comment je suis au courant du legs et de l'œuvre de bienfaisance. Le père Raoul, le prêtre de la paroisse, loue souvent le travail que font les médecins dans ce quartier.

Palefreniers et garçons d'écurie commençaient à s'agiter dans la cour, et le cheval de Kathryn devenait nerveux. Elle s'efforça de le calmer et demanda :

— Quels médecins travaillent pour cette œuvre ?

— Au début, il n'y en avait qu'un, qui habitait le quartier, mais cela n'a pas duré longtemps, et très vite la paroisse s'est adressée au collège. Darryl, Straunge et Chaddedon ont donc été requis.

— Cela exclut donc Cotterell, fit observer Colum.

Le clerc secoua la tête et éperonna sa monture.

— Pas du tout, non, murmura-t-il.

Colum attendit que tous trois aient repris le chemin de Westgate, puis, après un clin d'œil à Kathryn, il poussa son cheval pour rattraper Luberon.

— Vous allez dire autre chose, Maître clerc?

Luberon retint son cheval et jeta des regards inquiets alentour comme si des gens tapis derrière les haies risquaient de surprendre ce qu'il allait révéler. Il se tourna alors vers Kathryn et passa la langue sur ses lèvres sèches.

— Le gros médecin... Eh bien, c'est un homme singulier avec des goûts particuliers, chuchota-t-il.

Il baissa les yeux pour ôter un fil accroché à son manteau.

— Et il peut satisfaire ses goûts dans le quartier de Westgate? interrogea Kathryn.

Luberon hocha la tête.

— Et vous, Maître clerc, demanda Colum, étiez-vous à Westgate, hier?

— Bien sûr, je m'y trouvais, répondit vivement le petit homme. Je vous l'ai dit, je suis marguillier de l'église Saint-Pierre. Mais les autres pouvaient y être aussi.

— Pourquoi?

Luberon indiqua la flèche d'une église que l'on voyait dépasser au-dessus des murs de la ville.

— C'est l'église de la Sainte-Croix, là-bas, expliqua-t-il. Or je sais que nos médecins s'y sont rendus hier avec la guilde de la Messe de Jésus pour préparer leur mystère.

Colum, qui avait suivi des yeux la direction indiquée, regarda le ciel.

— La journée promet d'être belle, dit-il soudain, et du travail m'attend.

Il échangea un rapide coup d'œil avec Kathryn.

— Si nous allions demander à nos amis médecins où ils étaient hier?

— Nous ne serions certainement pas les bienvenus, répliqua Kathryn, en resserrant les rênes de sa monture. Quant à moi, j'ai de la besogne à Ottemelle Lane.

Luberon, que sa révélation sur Cotterell embarrassait toujours, se contenta de hausser les épaules tout en pressant son cheval.

— Inutile de nous rendre au collège, lança-t-il par-dessus son épaule. J'ai faim, Maîtresse Swinbrooke, et nos médecins doivent se réunir tout à l'heure à l'église de la Sainte-Croix. Pourquoi ne pas déjeuner puis aller les attendre là-bas?

Colum et Kathryn en tombèrent d'accord. Aussi, après être entrés dans la ville par Westgate, ils s'arrêtèrent dans une taverne près des murs d'enceinte, où ils déjeunèrent de galettes d'avoine avec de la bière coupée d'eau. Bientôt la corne municipale annonçant l'ouverture du marché retentit, dominant les autres bruits. Les trois cavaliers reprirent leurs montures pour traverser St Dunstan's Lane et descendre jusqu'à l'église de la Sainte-Croix.

Le cimetière et le jardin de l'église que longeait Horsemill Lane étaient le théâtre d'une activité fébrile : charpentiers et peintres entraient et sortaient par la haute porte que surmontait un Christ-Juge en pierre. Un bedeau plein d'assurance voulut intercepter Colum, qui l'écarta d'un geste pour pénétrer dans l'église.

On avait débarrassé la nef sombre de ses bancs et chaises maintenant empilés très haut dans les transepts, et tout au bout, sous le grand vitrail qui éclairait l'autel, une gigantesque scène avait été dressée contre le jubé. Une armée de charpentiers se bousculaient autour de l'édifice, chargés de cadres de bois qu'ils avaient confectionnés, tandis qu'une équipe de peintres travaillaient à une énorme toile qui constituerait le décor du mystère.

Pareille activité de ruche fit sourire Kathryn. Enfant, son père l'avait souvent emmenée assister au mystère de la Croix. Ils arrivaient tôt à l'église afin d'être au premier rang, le docteur Swinbrooke s'accroupissait, le dos à un pilier, et Kathryn s'asseyait sur ses genoux. Dès lors, bouche bée, elle regardait les acteurs mimer l'histoire de la rédemption depuis la chute d'Adam jusqu'à la poignante agonie du Christ. Sur la scène immense, la Bible prenait vie : Abraham brandissant son couteau, prêt à sacrifier son fils Isaac, et qu'arrêtait au tout dernier moment un ange aux cheveux d'or, vêtu d'une longue robe blanche ; Noé et sa famille réfugiés dans l'arche pour survivre au Déluge ; la tour de Babel, et bien d'autres histoires. La représentation durait des heures, pourtant Kathryn rentrait chez elle déçue qu'elle fût déjà finie.

Colum la ramena au présent en la prenant par le coude pour lui montrer un petit groupe d'hommes, de l'autre côté, près d'une porte latérale.

— Voilà ceux que nous cherchions, murmura-t-il.

Il descendit la nef d'un pas décidé, Kathryn et Luberon courant presque derrière lui.

Les entendant approcher, les médecins se tournèrent. Habillés de robes de futaine sombre très ordinaires, et couvertes de poussière, de sciure et d'éclats de bois, ils discutaient avec le chef charpentier. Revoir si vite Kathryn, Colum et Luberon ne parut pas les enchanter, au contraire.

— Puis-je vous parler ? demanda Colum de but en blanc.

Chaddedon esquissa l'ombre d'un sourire, tandis que Straunge soupirait bruyamment. Quant à Cotterell, qui était à peine présentable après sa nuit de beuverie, il posait un regard vague sur les nouveaux venus. Chaddedon murmura quelques mots au chef charpentier qui s'éclipsa, puis il se frotta les mains, demandant :

— Qu'est-ce qui vous amène, Maître Murtagh ?

Ce fut Luberon qui répondit :

— Un autre meurtre.

— Par tous les saints du Ciel ! marmonna Straunge.

— Oh oui, renchérit Kathryn, les saints ne peuvent rester indifférents à ces assassinats, pas plus que le roi, sans parler de Monseigneur l'archevêque.

— Sa Grandeur est fort contrariée, ajouta Luberon, et les bourgeois élus au grand parlement du roi, à Westminster, vont déposer des pétitions pour le préjudice que ces horribles meurtres font subir au commerce de notre ville.

— Ce n'est guère l'endroit pour discuter de cela, répliqua Chaddedon.

Il entraîna tout le monde hors de l'église. Ils empruntèrent à gauche le petit chemin qui traversait le cimetière et s'arrêtèrent bientôt à l'ombre de gros ifs aux troncs curieusement noueux. Les oiseaux dans les branches s'envolèrent bruyamment tandis que, plantés en demi-cercle, les médecins marmonnaient et grognaient, fort mécontents. Colum, qui avait glissé les pouces dans sa ceinture, semblait lui aussi d'humeur hargneuse. Kathryn le comprenait, il n'aimait pas ces bourgeois gros et gras, exigeants et gâtés, qui avaient le temps d'organiser un mystère à l'église mais se souciaient peu des meurtres horribles perpétrés dans leur ville. Il les aurait sans doute admonestés, mais Kathryn intervint avec tact :

— Deux nouveaux meurtres ont été commis, à l'*Auberge Fastolf*, annonça-t-elle.

Elle en expliqua ensuite par le détail les circontances, et vit ses auditeurs blêmir. Même Cotterell, dont le visage était congestionné, pâlit. Elle conclut froidement :

— Vous en conviendrez tous, le meurtrier ne peut être qu'un médecin disposant de poison et aussi d'une clé des poternes de la ville.

— Ce qui ne signifie pas qu'il soit l'un de nous, riposta Straunge du tac au tac.

— Je vois où veut en venir Maîtresse Swinbrooke, intervint Chaddedon.

Avec un regard sournois à Cotterell, il poursuivit :

— Maître Geoffrey peut avoir des visites à faire auprès de patients de Westgate, mais nous aussi. Grâce à un legs, l'église Saint-Pierre paie les médecins qui soignent les pauvres de cette paroisse.

Chaddedon défia Murtagh du regard avant de reprendre :

— Je m'y suis rendu moi-même hier. J'ai vu deux enfants malades dans une maison non loin de Bullpaunch Alley.

— Et moi, j'étais là-bas hier matin, annonça à son tour Straunge.

Colum interrogea du regard Darryl qui répondit aussitôt :

— Hier, j'ai passé la plus grande partie de la journée ici. Mais avant que vous ne le laissiez entendre, Irlandais, permettez-moi d'exprimer ce que vous pensez : l'église de la Sainte-Croix n'est qu'à une courte distance de Westgate, et oui, j'aurais pu me glisser inaperçu dans le dédale des ruelles, payer une catin et lui donner un cruchon de vin empoisonné. Mais je ne l'ai pas fait.

Chaddedon reprit la parole :

— Tout le monde connaissait Peg, une souillon méchante et avaricieuse qui ne manquait pas une occasion de nous jeter des insultes, à moi et à mes collègues.

Cotterell intervint, sur un ton vindicatif, avec un regard appuyé à Luberon :

— Je ferai observer que beaucoup d'autres gens ont pu se rendre à Westgate, hier.

Le clerc sursauta, furieux.

— J'ai déjà expliqué que j'étais marguillier de l'église Saint-Pierre ! s'exclama-t-il.

Colum, que la situation amusait, s'était mis à rire.

— Du calme, messieurs, voyons ! Nous sommes seulement venus vous questionner, pas vous accuser.

— Ah non ! s'écria Darryl. Les deux reviennent au même, Irlandais. Nous sommes innocents, ajouta-t-il après avoir promené son regard sur ses collègues. A moins que vous ne donniez de bonnes raisons, je ne veux plus être interrogé.

Il rassembla les pans de sa robe et s'apprêtait à s'éloigner quand Newington apparut. Le magistrat, frais et dispos, traversa le cimetière d'un pas pressé pour les rejoindre. Il inclina la tête devant Luberon.

— Bonjour, Maître clerc. J'ai entendu la nouvelle du dernier meurtre ! Eh bien, Maître Murtagh, nous voilà dans de bien sales draps ! Bien sales, en vérité.

— Êtes-vous le magistrat élu de ce quartier ? demanda Colum d'un ton accusateur.

Newington recula d'un pas.

— Quel quartier ?

— Westgate. La putain qui a été assassinée en venait.

Renversant la tête en arrière, Newington éclata d'un rire franc.

— Dieu nous protège, Irlandais, je ne mettrais jamais les pieds dans un quartier pareil. Le mien est celui où habite mon gendre. J'y suis né. Non, non, dit le magistrat après avoir pris une profonde inspiration, s'il ne tenait qu'à moi, je ferais brûler Westgate.

Kathryn regarda Colum.

— Je ne vois guère ce que nous pouvons faire de plus, dit-elle, et Maître Darryl a raison : faute de preuve, nos questions ne riment pas à grand-chose. Messieurs, je vous dis adieu.

Puis, avant que Colum ne l'arrête, elle traversa le cimetière en direction de la porte principale de l'église.

— Vous vous êtes montrée trop complaisante avec eux.

La voix l'immobilisa net et Kathryn se retourna. Colum, qui l'avait rattrapée, la fusillait du regard. Elle s'adossa au mur de l'église. Deux jeunes garçons passèrent chargés de costumes, robes, châles, d'ailes pour un ange ainsi que d'une lune argentée et d'un soleil doré.

— Que faire ? soupira Kathryn. Ce meurtrier a trop d'avantages sur nous.

— Nous pourrions aller à Westgate.

C'était Luberon qui avait parlé de sa voix aiguë. Il soufflait et haletait pour avoir couru.

— Nous mènerions l'enquête là-bas.

— Certes, murmura Kathryn comme si elle se parlait à elle-même. Et nous pourrions aussi le faire à l'église Saint-Pierre. Pourtant quelque chose me gêne et...

Elle n'acheva pas sa phrase. En vérité, elle irait à Westgate, mais ne voulait éveiller la méfiance de personne.

Colum resserra sa ceinture.

— A chaque jour suffit sa peine, récita-t-il.

Il fit un clin d'œil à Luberon.

— Eh oui, Maître clerc, je connais les Saintes Écritures. Maîtresse Kathryn, d'autres devoirs m'attendent.

— Comme nous tous, rétorqua-t-elle.

Colum fit la grimace et sortit de l'église pour se fondre dans la foule qui se bousculait dehors. Kathryn le regarda disparaître, puis reporta son attention sur Luberon.

— Eh bien, Maître clerc, si nous tentions notre chance du côté de Westgate ?

Luberon leva les yeux vers le soleil maintenant haut dans le ciel.

— Vous n'irez pas là-bas toute seule, Maîtresse, je vous accompagne, mais je veux d'abord voir John.

— Qui ça ?

— Newington, John Newington. Il faut que je parle de cette affaire avec lui. Pouvez-vous m'attendre ?

Kathryn acquiesça et sortit sans hâte. Dehors, avec le beau temps, les gens se pressaient nombreux dans Horsemill Lane. Ils se bousculaient autour des étals dressés sous les avancées des toits des maisons. Ces éventaires proposaient surtout des articles en étoffe : coussins en tartan vert bordés de soie, robes rouges aux manches damassées, tentures colorées, soyeux ciels de lit, courtepointes, draps et napperons. Kathryn regardait ce déballage de marchandise en gardant une main sur son sac car elle avait aperçu Tête de Rat, un petit garnement aux cheveux sales qui vivait avec sa mère dans une impasse, non loin d'Ottemelle Lane. Doté de doigts plus agiles que ceux de la meilleure des couturières, Tête de Rat avait une réputation de voleur à la tire qui se confirmait davantage tous les jours.

Luberon resterait un moment à discuter avec Newington, aussi Kathryn avança-t-elle dans la rue, s'arrêtant devant d'autres étals qui offraient des bols, des assiettes, des chapelets, des perles d'ambre, des godets en étain. Du bruit dans son dos attira son attention : elle se retourna pour voir un petit attroupement devant la vieille croix du marché, où un vendeur de reliques avait dressé son éventaire. L'homme avait une tête d'oiseau avec un grand nez recourbé en forme de bec, et de gros yeux protubérants. Son maigre cou rappela à Kathryn celui d'un méchant poulet dans une cour de ferme.

— Braves bourgeois, criait l'homme, je puis vous montrer la crête du coq qui chantait dans la basse-cour de Pilate, un éclat de bois de l'arche de Noé, et regardez, une plume d'un ange de Dieu !

— Dis plutôt qu'elle vient de l'oie que tu as mangée hier pour ton dîner ! hurla quelqu'un.

Le marchand de reliques, faisant contre mauvaise fortune bon cœur, se mit à rire. Kathryn sourit, se rappelant *Les Contes de Cantorbéry* de Chaucer, et ce qu'elle avait découvert la veille au soir. Se frayant un chemin dans la foule, elle fit alors demi-tour pour regagner le jardin de l'église où elle s'assit sur un banc de pierre, à côté de la grande porte. Elle avait rencontré le meurtrier, elle le savait, mais comment le prouver ? Et comment l'empêcher de tuer encore ?

Elle observait un enfant qui jouait dans la rue quand la voix de Luberon retentit.

— Maîtresse !

L'instant d'après, le clerc était devant elle, son visage rougeaud tout couvert de sueur.

— Nous avons encore tant à faire, Maîtresse !

— Eh oui, Maître Luberon, aussi mieux vaut ne pas attendre davantage.

Chapitre XI

Kathryn et Luberon franchirent de nouveau Westgate pour emprunter Pound Lane. Les rues se faisaient plus étroites, les allées plus enchevêtrées, sales et obscures. Quant aux maisons, avec leur revêtement en plâtre d'un gris lépreux qui s'écaillait sous l'effet de l'humidité, elles avaient connu des jours meilleurs. Au coin des rues, des mendiants rusés, racoleurs, et autres gens sans travail formaient des groupes peu rassurants. Kathryn savait que certains de ces individus, à mine patibulaire, n'auraient pas hésité à l'aborder sans Luberon qui cheminait à côté d'elle. Le clerc était peut-être plein d'arrogance, mais il n'en avait pas moins le courage d'un coq de combat. Il bombait son torse maigrichon et avait entrouvert son manteau pour laisser voir la longue dague coincée dans sa ceinture.

— Ces gens sont en guerre avec la loi, murmura-t-il, promenant son regard alentour.

Ils s'enfoncèrent dans les taudis. Certaines venelles étaient si sombres que l'on avait suspendu à des crochets, à la porte des masures, des lanternes éclairées. Luberon expliqua à Kathryn que quelques-unes de ces maisons possédaient des caves à vin où les ivrognes pouvaient se reposer la nuit.

— Il s'y trouve des cordes tendues d'un mur à l'autre, si bien que les soûlards dorment assis, le torse soutenu par ces cordes. Au matin, le tenancier descend pour les éveiller sans ménagement en décrochant les cordes.

Tandis que Luberon parlait, ils étaient enfin arrivés à Bullpaunch Alley. La *Taverne du Château du Rat* se dressait à l'angle de la rue. Devant, de pauvres enfants miséreux, guère plus gras que des squelettes vivants, dansaient au son d'un pipeau de roseau. Kathryn chercha quelques piécettes dans son sac.

— Non, surtout pas de charité, Maîtresse, chuchota Luberon. La vue de votre argent aiguisera leur appétit.

Il entraîna Kathryn plus avant dans l'allée. Des femmes au visage sale et graisseux, debout derrière leurs petits étals, vendaient de la viande de rat, de furet et de pigeon ainsi que des dépouilles de chat. Luberon s'arrêta auprès de l'une d'elles pour lui poser une question. La femme lui répondit par un chapelet de jurons avant de lui indiquer du geste une maison plus bas dans la rue. Le clerc, suivi de Kathryn, poursuivit jusqu'à celle-ci et frappa à sa porte vétuste.

Une vieille sorcière semblable à un horrible oiseau de nuit ouvrit. D'affreux cheveux gris emmêlés lui retombaient jusqu'aux épaules, encadrant son visage creusé, jauni, aux lèvres minces et exsangues. Elle examina ses visiteurs de ses yeux vieux de mille ans.

— Hé! hé! un homme et sa bonne amie.

Elle regarda sournoisement Kathryn.

— C'est la première fois que je te vois. Tu as l'air du genre sévère! As-tu une cravache?

Luberon resta sans voix, et son visage avait pris un ton terreux. Quant à Kathryn, elle détaillait cette mégère qui la prenait pour la maîtresse du clerc. Elle finit par éclater de rire, et la vieille sorcière, comprenant sa bévue, voulut refermer la porte. Mais Luberon, reprenant ses esprits, repoussa le vantail sur ses gonds.

— Pauvre chienne stupide ! rugit-il. Ne vois-tu pas que je suis un représentant de la ville ?

La vieille harpie, l'air apeuré, recula dans l'ombre et ébaucha un sourire engageant.

— Qu'y a-t-il ? geignit-elle. Que voulez-vous ?

Luberon et Kathryn pénétrèrent dans le couloir humide. Kathryn riait toujours sous cape, mais l'indignation de Luberon n'avait pas faibli, et il poussait maintenant la mégère dans le passage jusqu'à ce qu'elle se trouve adossée à une porte.

— Tu ne nous invites donc pas à entrer ? grinça-t-il.

La vieille allait refuser quand Luberon porta la main à sa dague. Alors elle chercha fébrilement la poignée de la porte, ouvrit et fit signe aux visiteurs d'entrer.

La pièce où ils se trouvaient les surprit par son opulence, sinon sa richesse, bien que tout y fût noir rehaussé d'or : les tentures aux murs, les tapis de laine sur le sol, le haut manteau sculpté de la cheminée. Même les tables, les chaises, les coffres et les tabourets avaient été peints en noir brillant où se reflétait l'éclat du feu dans l'âtre. Enfin, de part et d'autre de la cheminée, deux lampes à huile projetaient sur le mur une faible lumière tremblotante.

A la demande de Luberon, la vieille femme alluma rapidement des bougies de cire noire. Kathryn abaissa alors les yeux sur le sol et cessa de sourire. Les tapis portaient d'étranges signes, croix inversées, étoiles à cinq branches, tandis que sur le mur du fond un artiste avait représenté un squelette grimaçant, les bras en croix.

— Eh bien, eh bien, murmura Luberon en promenant son regard autour de lui, qu'est-ce que je vois ici ? Serions-nous en présence d'une experte en magie noire ? Une sorcière ?

Il donna une chiquenaude à la mégère.

— Ou es-tu simplement la gardienne grassement payée de chair fraîche et parfumée ?

— Le logis était ainsi quand je l'ai acheté, geignit la vieille.

— Oh, qu'importe ! s'exclama Luberon avec irritation. Nous ne sommes pas venus inspecter ton maudit logement, mais nous renseigner sur une de tes clientes qui occupe un galetas ici, je crois.

En parlant, il avait pointé un doigt au plafond.

— Laquelle ? demanda la mégère.

— Peg.

— Peg. La Moutarde vous voulez dire ? ricana la vieille. C'est une chaude, pour sûr !

Kathryn regarda la femme avec dégoût. Elle se rendait compte maintenant qu'il faisait froid dans la pièce et qu'il y régnait une odeur ignoblement douceâtre dont s'imprégnaient sa gorge et ses narines.

— Peg a été assassinée, annonça-t-elle sans préambule

La mine de la vieille s'allongea.

— Et alors ?

Luberon avança vers l'âtre où il saisit un tison avec les pincettes.

— Alors, si tu ne nous dis pas qui est venu hier la chercher, je laisse tomber ce tison sur ton tapis, et nous regarderons brûler ta fichue maison.

— Vous n'oseriez pas !

Luberon jeta le tison dans l'âtre.

— Tu as raison, non, je ne le ferais pas, mais je pourrais amener des soldats pour fouiller ton logis. Dieu sait ce qu'ils pourraient trouver.

— Que voulez-vous savoir ?

La vieille mégère s'était rapprochée, et Kathryn fronça le nez, tant elle sentait mauvais.

— Un client est venu voir Peg hier, dit Kathryn, Sais-tu qui c'est ?

— Et ne nous mens pas ! intervint Luberon.

La vieille découvrit ses gencives édentées.

— Pourquoi le ferais-je ? Il n'y a pas grand-chose à dire. Hier après-midi, Peg a reçu un visiteur quand elle se reposait après son travail. Il lui a parlé un petit moment puis s'en est allé. Après, elle semblait contente, mais n'a pas dit qui était l'homme ni ce qu'il voulait.

La mégère glissa un regard sournois à Kathryn.

— Vous savez comment va le monde, Maîtresse, nous avons beaucoup de visiteurs, ici.

— Que s'est-il passé ensuite ? insista Kathryn.

— Peg est sortie tard dans la soirée.

La vieille haussa les épaules.

— Peg était une garce mal embouchée, et elle n'a eu sans doute que ce qu'elle méritait.

— As-tu vu son visiteur de l'après-midi ? demanda Kathryn.

— Oh, non ! Il était encapuchonné comme un moine. Si c'est ainsi qu'ils aiment venir, moi, je m'en moque.

La vieille fixa attentivement Kathryn.

— Vous êtes très jolie, Maîtresse, dit-elle.

— Partons ! grommela Luberon, tirant Kathryn par la manche. Ce logis sent plus mauvais qu'un égout !

— Peg logeait ici ? interrogea Kathryn.

La mégère hocha la tête, et, grimaçant un sourire, déclara :

— Elle n'a rien laissé dans sa chambre, je m'en suis assurée. Quand une fille rentre en retard, je vais toujours faire un tour dans sa chambre.

— Pour cela, je te fais confiance, railla Luberon.

Il demanda à Kathryn de l'attendre et poussa la vieille femme dans le petit escalier délabré. Il redescendit plus vite que Kathryn ne l'aurait cru, l'air dégoûté.

— Une porcherie, murmura-t-il, que Peg partageait avec d'autres, avec pour toute possession un gobelet cabossé et des dessous criards ! Peg la Moutarde est morte sans le sou !

Ils quittèrent l'horrible logis de Bullpaunch Alley et, à travers le dédale des ruelles, parvinrent à St Peter's Lane. Alors seulement Kathryn reprit la parole :

— Eh bien, Maître clerc, quelles sont vos conclusions après notre visite à cette sorcière ?

Ici, quel contraste avec le quartier sordide qu'ils venaient de quitter ! La rue qui descendait à l'église était plus large, plus propre, et les maisons apparaissaient mieux tenues. Luberon, après les avoir considérées un instant, murmura :

— Je ne saurais dire. Nous n'avons pas appris grand-chose.

— Je ne suis pas de cet avis, répliqua vivement Kathryn. Nous savons maintenant que notre assassin s'est présenté chez la mégère tôt, hier après-midi, qu'il a payé pour les services de Peg et lui a ordonné de le retrouver à une heure précise à l'une des poternes de la ville.

Kathryn sortit un mouchoir de sa manche pour

s'en éponger le front où la sueur commençait à perler.

— Cependant, j'en conviens, cela ne nous apprend rien de nouveau. N'importe lequel de nos médecins a pu sortir à la dérobée de l'église de la Sainte-Croix et faire tout cela avant de rentrer chez lui.

Kathryn examina la tour crénelée de Saint-Pierre, se remémorant ce qu'elle avait lu dans *Les Contes de Cantorbéry* de Chaucer, ainsi que les idées qui lui étaient venues quand elle attendait Luberon devant l'église de la Sainte-Croix. Ah, si seulement Colum était là! Kathryn serra le poing. Bon sang! L'Irlandais était tout de même le commissaire du roi! Elle aussi avait d'autres tâches qui l'attendaient! La pensée de son mari lui vint tout à coup : elle le revoyait avec son long visage au teint pâle, que la fureur défigurait quand il avait bu plusieurs coupes de vin. Kathryn ferma les yeux. Non, elle ne devait pas penser à lui, ni envisager les éventualités que soulevait sa mystérieuse disparition.

— Maîtresse!

Kathryn ouvrit les paupières pour fixer Luberon.

— Maîtresse Swinbrooke, désirez-vous vous rendre à l'église Saint-Pierre?

— Pensez-vous que le prêtre nous aidera?

— Tout dépend des questions que vous voulez poser.

Kathryn grimaça un sourire.

— Eh bien, venez avec moi, ainsi vous le saurez.

Ils trouvèrent le père Raoul fort occupé à désherber un vaste carré de jardin qui séparait l'église de la maison où il habitait. C'était un homme trapu et râblé, avec une large face de paysan, et des cheveux bruns ébouriffés comme s'il ne les avait pas coiffés depuis un mois. L'homme cependant semblait gai et amical, et il accueillit Luberon avec chaleur. Il fut en revanche plutôt timide avec Kathryn.

Lâchant sa binette, il essuya ses mains pleines de terre à sa soutane en s'exclamant :

— Je suis content de me reposer un peu ! Allons chez moi, voulez-vous ?

Il conduisit ses hôtes dans la cuisine, une pièce nue, au sol en terre battue, avec des murs blanchis à la chaux, et quelques meubles seulement. Après les avoir invités à s'asseoir devant une petite table à tréteaux, il leur servit des cruchons de bière fraîche au goût piquant et doux.

Il fit claquer ses lèvres et demanda :

— Eh bien, que puis-je pour vous ?

Luberon, qui, déjà dans le jardin, avait commencé à parler des meurtres, acheva son exposé succinct de la situation, puis il toussa, interrogeant Kathryn du regard. Celle-ci prit la parole :

— Connaissez-vous Peg de Bullpaunch Alley, mon père ?

Le père Raoul sourit :

— Pas au sens biblique du terme, non. Peg était une femme redoutable. Que Dieu lui donne le repos éternel !

— Depuis combien d'années officiez-vous dans cette paroisse, mon père ?

— Quinze ans, à peu près. Pourquoi ?

— Vous avez reçu, ou plutôt, l'église a reçu un legs permettant de payer des médecins qui viennent soigner les pauvres et les nécessiteux de la paroisse, n'est-ce pas ?

Le père Raoul haussa les épaules.

— Cela n'a rien d'exceptionnel. Bien des églises de ce royaume reçoivent des legs ou des donations.

Cet argent est déposé auprès de banquiers, et la paroisse retire ce dont elle a besoin. Les comptes sont minutieusement examinés et vérifiés par des gens très compétents comme Maître Luberon.

— Qui a donné ce legs à l'église Saint-Pierre ?

Avec un soupir, le prêtre se leva pour aller à un très gros coffre, contre le mur du fond de la cuisine. Là, il prit un trousseau de clés suspendu à sa ceinture et ouvrit les trois serrures qui fermaient le meuble. Après avoir fouillé à l'intérieur, il en sortit un grand livre recouvert de cuir dans lequel se trouvaient des feuilles en parchemin jauni et sali par les ans. Tout en marmonnant dans sa barbe, le père Raoul examina ces pages, et finit par s'arrêter et pointer le doigt sur l'une d'elles. Alors, retournant auprès de ses visiteurs, il montra la page à Kathryn.

— Ce legs a été fait voilà dix-huit ans, et la somme est fort généreuse : trois cents livres sterling. Mais comme beaucoup de donations semblables, il est anonyme.

— Avez-vous une idée de l'identité du donateur ?

— Non, et je crains que les banquiers eux-mêmes l'ignorent.

Le père Raoul haussa les épaules et referma le registre. Kathryn ravala sa déception, puis demanda :

— Les noms de Darryl, Cotterell, Straunge et Chaddedon vous sont-ils familiers ?

— Eh bien, j'ai vu Cotterell dans les allées et les venelles autour de la *Taverne du Château du Rat*. Il y rôde en cachette pour s'y procurer ses plaisirs contre de l'argent.

Le prêtre avait parlé avec un mépris non dissimulé. Kathryn insista :

— Et les autres ?

Le père Raoul indiqua Luberon de la main :

— Notre bon clerc le sait très bien, ils s'occupent des pauvres de notre paroisse, et font du bon travail, comme d'autres d'ailleurs, marchands, tailleurs, boutiquiers, bourgeois. Ces médecins rendent visite aux malades et font ce qu'ils peuvent pour eux, ce qui souvent n'est pas grand-chose. Et puis, tous les trois mois, ils nous adressent leur note.

— Et Newington ? demanda Kathryn. Connaissez-vous John Newington, le magistrat ?

Le père Raoul pinça les lèvres en secouant la tête.

— Je le connais de nom, sans l'avoir jamais rencontré. Il ne s'occupe pas du tout de ce quartier de la ville.

Kathryn posa les mains sur ses genoux. Rien, rien, songeait-elle, n'aboutissait à quelque chose. Chacune de ses pistes débouchait sur une impasse. Elle dut rester cinq bonnes minutes perdue dans ses pensées tandis que Luberon et le père Raoul discutaient des affaires de la paroisse. Enfin l'ecclésiastique s'adressa de nouveau à sa visiteuse :

— Désiriez-vous savoir autre chose, Maîtresse Swinbrooke ?

Kathryn jeta un regard agacé au registre.

— Votre paroisse est bien celle du quartier, n'est-ce pas ?

— Bien sûr.

— Mon père, durant l'année qui vient de s'écouler, s'est-il produit quelque chose qui vous ait paru inhabituel ou étrange ?

— Quoi, par exemple ?

Kathryn ferma les yeux afin de se concentrer sur l'assassin : il avait un motif qui le poussait à tuer, il haïssait le sanctuaire. Il disposait de moyens et de ressources qui lui permettaient de courir la ville sans se faire remarquer. Kathryn se remémora « Le conte du Chevalier », dans le poème de Chaucer.

— Quoi, par exemple, Maîtresse Swinbrooke? répéta le prêtre, un peu agacé.

— Un décès, peut-être... ou des funérailles?

S'appuyant contre le dossier de son siège, le père Raoul se mit à rire.

— Avec le mal de la sueur, les décès et funérailles n'ont pas manqué!

Kathryn se pencha en avant.

— Je le sais. Je pense à une mort ou un enterrement pas tout à fait conforme aux habitudes de la paroisse et qui aurait attiré votre attention.

En parlant, elle scrutait le visage du prêtre.

— Je veux dire, une mort inattendue, ou dont la cause n'aurait pas été claire? Ou un enterrement enveloppé de mystère?

Le père Raoul secoua la tête.

— Vous avez vu ma paroisse, Maîtresse Swinbrooke. Quand mes ouailles vont reposer au jardin de Dieu, leur corps est recouvert d'un drap, et on le dépose dans une fosse creusée dans la terre. Je le bénis ensuite, et chante une messe, puis...

Le prêtre se tut brusquement et il murmura, hésitant :

— Mais...

— Mais? Mon père?

— Je pense à un enterrement qui a eu lieu au mois de mars dernier, juste avant la fête de la Vierge. Christina Oldstrom, une vieille femme, était la défunte. De son vivant, elle avait exercé le métier de couturière et habitait une venelle à côté de Pound Lane.

Le prêtre tapota ses lèvres.

— Christina était une femme singulière. On la

disait issue de bonne famille, mais elle avait eu la vie dure, et vivait repliée sur elle-même.

— Avait-elle de la famille?

— Pas à ma connaissance, et cela aussi était étrange.

Le père Raoul étendit les mains devant lui.

— Oh, elle était pieuse et dévote, aussi une ou deux fois je suis allé lui rendre visite chez elle. Or, si sa maison était délabrée d'apparence, à l'intérieur, Christina y avait toutes ses aises. Du bois et du charbon pour se chauffer en hiver, un bon lit, une dépense remplie de nourriture, et de quoi boire en abondance. En outre, elle ne manquait jamais de payer sa dîme. Et puis, l'hiver dernier, elle tomba malade, maigrit beaucoup, et je demandai à ces médecins dont vous parliez d'aller la voir. Hélas, en vain. Une tumeur affreuse croissait en elle et dévorait sa chair.

— Qui lui rendait visite, à part les médecins? demanda vivement Luberon.

— Personne. J'ai toujours pensé que quelqu'un le faisait, mais elle ne parlait jamais de son passé, bien qu'elle vécût dans l'aisance, bien mieux qu'une simple couturière.

Le père Raoul haussa les épaules.

— Après tout, c'était son affaire, et je ne lui ai jamais posé de questions. Quoi qu'il en soit, elle finit par mourir, laissant un testament où il était dit qu'il fallait vendre son logis et tout ce qu'il contenait pour en distribuer le produit aux pauvres.

Le prêtre regarda Luberon.

— Vous devez vous en souvenir, Maître clerc, puisque vous vous êtes occupé de ce don. Il n'est pas rare que les veuves et les femmes non mariées fassent de semblables legs.

Le père Raoul pianota sur la table.

— Mais ce qui m'a surpris, c'est que, quand on a amené son cadavre dans l'église, j'ai reçu des pièces d'argent ainsi qu'une lettre me demandant d'enterrer Christina dans un cercueil en bois de pin, de faire chanter trois messes pour le repos de son âme, et de commander une belle croix pour mettre sur sa tombe, au cimetière.

— Avez-vous toujours cette lettre, mon père? demanda Kathryn.

— Bien sûr que non! interrompit sèchement Luberon. Les pièces d'argent ont servi à payer les messes chantées, à acheter le cercueil, et à demander au charpentier de confectionner une croix.

Évitant le regard de Kathryn, le clerc toussota pour s'éclaircir la voix.

— Il y a tant de femmes comme Christina : seules au monde, pauvres, abandonnées et malades.

— Vous la connaissiez?

— Non, évidemment.

— Si vous voulez me suivre, proposa le père Raoul, je vais vous montrer sa tombe.

Ils sortirent dans le soleil et le prêtre les conduisit derrière l'église, dans le grand cimetière fort bien entretenu. Ils suivirent les sentiers qui serpentaient entre les tombes jusqu'à ce que le prêtre s'immobilise devant l'une d'elles. La terre était maintenant damée, et les fleurs dont on avait orné la tombe pourrissaient. Mais la croix, bien qu'un peu détériorée par les intempéries, tenait bien en place. Se penchant, Kathryn déchiffra l'inscription : « Christina Oldstrom. *Requiescat in Pace.* »

Kathryn porta son regard sur le prêtre.

— Personne n'est venu réclamer le corps de cette femme? Ou se présenter comme parent?

Le père Raoul secoua la tête.

— Et ce mystérieux donateur ?

— Allons, Maîtresse Swinbrooke, ces dons anonymes sont très fréquents. Je me souviens seulement de la bourse qui contenait les pièces d'argent. J'ai rempli mon devoir et j'ai rapporté ce qui s'était passé au conseil de la paroisse.

— Savez-vous autre chose sur Christina Oldstrom, mon père ?

— Non, je vous ai tout dit. Elle était couturière et devait avoir une soixantaine d'années.

— Elle avait certainement eu une autre vie, insista Kathryn. Avait-elle été mariée ? Avait-elle eu des enfants ?

Le père Raoul prit une profonde inspiration, leva les yeux pour observer un instant les hirondelles qui tournoyaient dans le ciel bleu.

— Je ne devrais pas le faire, murmura-t-il enfin, mais si vous le voulez, vous pouvez consulter les registres de la paroisse. Y sont consignés les naissances, les décès et les mariages.

Luberon s'agitait, clairement mal à l'aise.

— Est-ce bien nécessaire, Maîtresse ? demanda-t-il. En vérité, que cherchez-vous exactement ?

— Je ne le sais pas, répondit Kathryn, mais vous pouvez m'aider, Maître clerc.

Luberon le fit de mauvaise grâce tandis que le père Raoul au contraire se montrait très coopératif, et Kathryn put ainsi feuilleter les vieux registres poussiéreux, ainsi que des rouleaux de parchemin jaunis et salis par les ans. Pendant une heure elle en vérifia toutes les entrées, cherchant le nom de Christina Oldstrom. Au bout de ce temps, Luberon ne put contenir davantage son irritation, et prétextant que d'autres besognes l'attendaient, il quitta le logis du prêtre. Le père Raoul retourna désherber son jardin, revenant de temps en temps auprès de Kathryn pour lui proposer de l'eau ou un peu plus de bière.

Plongée dans ses recherches, déchiffrant avec difficulté les différentes écritures qui avaient appartenu aux prêtres successifs de la paroisse, Kathryn ne levait même pas les yeux, se contentant de secouer la tête. Enfin, elle découvrit le nom de Christina Oldstrom porté dans la colonne des baptêmes, à la date de 1410, sous le règne d'Henri IV. Elle allait passer à la page suivante quand de nouveau le nom attira son regard. Il était écrit : « *Filius natus Christina Oldstrom* », un fils est né à Christina Oldstrom.

Kathryn lut et relut la mention, en mémorisa la date, puis elle passa rapidement aux pages suivantes. Mais le registre ne contenait plus rien qui l'intéressât. Elle le referma donc, se leva et sortit dans le jardin.

Le père Raoul l'appela.

— Vous avez terminé, Maîtresse Swinbrooke ?
— Oui, oui, lança Kathryn, la tête ailleurs.
— Quelque chose ne va pas, Maîtresse ?
— Non. Je dois acheter des friandises.

Et, sous le regard intrigué du prêtre, Kathryn gagna le porche donnant sur la rue.

Thomasina aussi avait eu une matinée fort occupée. Quelques patients s'étaient présentés : un petit garçon qui s'était ébouillanté la main ; Beeton, le brasseur que sa goutte faisait souffrir ; un jeune homme qui voulait de l'huile de clou de girofle parce qu'il avait mal aux dents. Thomasina s'occupa d'eux, puis rangea la table de la cuisine et donna ses ordres à Agnes. Après quoi, prenant sa cape, elle sortit, et d'un pas décidé remonta Ottemelle Lane pour prendre Hethenman Lane et gagner l'église Sainte-Mildred. Elle pénétra sous la voûte sombre et fraîche, et s'immobilisa près des fonts baptismaux, à côté de la porte. En haut de la nef, des membres du conseil de la paroisse s'activaient pour préparer l'autel en vue de la fête du Précieux Sang. Certains astiquaient le jubé, d'autres nettoyaient les chandeliers, d'autres encore portaient des tentures et des coussins. Thomasina les observa un moment. Elle avait repéré la personne qu'elle cherchait mais attendit que tous ces gens imbus de leur importance repartent chez eux.

De fait, au bout d'un moment, ils redescendirent la nef, se lançant des adieux sonores. Joscelyn, le parent de Kathryn, avait pris la tête du petit groupe. Il était flanqué de son épouse, maigre et revêche, que Thomasina tenait pour la pire des mégères. Quand il vit la servante, Joscelyn vint à elle en grattant son crâne chauve comme si cette rencontre l'embarrassait. Ses yeux larmoyants se plissèrent en un sourire hypocrite.

— Thomasina ! Comment se porte Maîtresse Kathryn ?

— Pour ce que cela vous préoccupe, elle pourrait bien être morte ! rétorqua sèchement Thomasina.

Le sourire hypocrite reparut.

— Va-t-elle ouvrir sa boutique d'herbes et d'épices ?

La cupidité dans le regard de Joscelyn n'échappa pas à Thomasina.

— Bien sûr, mentit-elle, elle compte le faire très bientôt.

Joscelyn prit un air chagrin qui la combla.

— Certes, Maître Joscelyn, ajouta-t-elle malicieusement, le commerce de ma maîtresse risque de nuire au vôtre.

Joscelyn, qui était marchand d'épices, redressa la tête comme un canard en colère.

— Elle n'a pourtant pas obtenu de licence de la guilde, lança-t-il avec défi. Sans licence, elle n'a pas le droit d'ouvrir ce commerce.

Et secouant la tête, il rejoignit sa femme pour sortir dignement de l'église.

Dans son dos, Thomasina lui tira la langue, puis remonta la nef pour gagner le chœur. Il n'y restait qu'une personne qui se tenait le dos à la nef, en haut des escaliers de l'autel.

— Sommes-nous seules, veuve Gumple? murmura Thomasina.

La Gumple pivota, sa grosse face blanchâtre assez ridicule sous sa coiffe trop compliquée. Thomasina avança à pas lents jusqu'à elle.

— Sommes-nous seules? répéta-t-elle.

La veuve passa une langue fébrile sur ses lèvres.

— Bien sûr, Thomasina, ils sont tous partis et le curé est allé porté le viatique à un de ses paroissiens malades.

— Parfait.

La servante indiqua la porte de la sacristie.

— Ce que j'ai à vous dire exige que nous soyons absolument seules.

— Oh, ne sois pas sotte! s'exclama la Gumple, recouvrant son aplomb. Qu'as-tu donc à me dire?

Thomasina se redressa de toute sa hauteur et pointa un doigt accusateur sur la veuve.

— Maîtresse Gumple, déclara-t-elle, et sa voix forte résonnait sous les voûtes comme le carillon d'une cloche. Maîtresse Gumple, devant Dieu et devant les hommes, je vous accuse de chantage.

La Gumple ouvrit grande la bouche.

— Que veux-tu dire? murmura-t-elle.

— Rien de plus que ce que j'ai dit, rétorqua Thomasina.

Détournant les yeux, la Gumple souleva le bas de sa robe et descendit les marches avec précaution.

— Il est peut-être préférable que nous parlions, admit-elle d'une voix sifflante.

A peine avait-elle atteint la dernière marche que Thomasina la saisit brutalement par le bras pour l'entraîner à travers le chœur jusqu'à la porte entrouverte de la sacristie. Elle poussa la méchante veuve à l'intérieur et entra à son tour, tel un molosse prêt à donner la mort. La Gumple, adossée au mur, roulait des yeux affolés, à présent, et sa guimpe avait glissé sur son front.

— Asseyez-vous! lui ordonna Thomasina, tirant un tabouret devant elle.

La veuve obéit. La servante la dominait de toute sa hauteur, avançant un poing vengeur vers son gros nez empâté.

— Je ne vous aime pas, veuve Gumple! tonnat-elle. Vous n'êtes qu'une hypocrite qui passe son temps dans cette église à chercher toutes les occasions de se faire valoir, mais c'est votre affaire. Tout comme votre penchant pour les hommes jeunes, que vous payez pour les faveurs qu'ils vous accordent.

Terrifiée par la furie qui la dominait, la Gumple soutenait le regard de Thomasina, ses yeux comme deux baies de cassis.

— Des hommes jeunes, reprit Thomasina, comme Alexander Wyville, par exemple. Je me doute que vous le connaissiez avant qu'il n'épouse ma maîtresse, et Dieu seul sait si vous avez continué à le fréquenter après qu'il a reçu le saint sacrement du mariage.

La Gumple ouvrit la bouche et la referma.

— Inutile de me le dire, gronda Thomasina, votre vie vous appartient, mais que savez-vous de la disparition d'Alexander Wyville ? Et pourquoi avez-vous envoyé cette missive à ma maîtresse, demandant qu'on laisse des pièces d'or sur une tombe du cimetière ?

— Je n'ai rien envoyé, protesta la veuve d'une voix chevrotante.

— Si, mais ma maîtresse ne l'a jamais reçue. C'est moi qui ai intercepté votre lettre. Je me suis rendue au cimetière où je me suis cachée. A part deux amoureux qui ne pouvaient connaître Alexander ni d'Adam ni d'Ève, la seule personne qui est apparue, c'est vous !

Thomasina se pencha sur la Gumple.

— Oh, vous êtes sortie par la porte latérale, et vous faisiez semblant de vous intéresser à un problème de la paroisse, mais je sais qui vous cherchiez, en vérité : ma maîtresse ! A moins que ce ne fût l'or qu'elle aurait pu apporter ? Ou bien vouliez-vous l'obliger à admettre certaines choses ?

La veuve Gumple secoua la tête, muette.

— Espèce de grosse truie pleurnicheuse ! gronda Thomasina. C'est vrai que le docteur Swinbrooke a commis un acte terrible en tentant d'empoisonner l'homme qui battait sa fille. Mais quand il est rentré chez lui, Alexander avait disparu, et il n'a retrouvé de lui que son manteau abandonné en cet endroit des berges de la rivière qu'il affectionnait tant. Vous connaissez ce coin, j'en suis sûre, et je pense même que vous y avez rejoint Alexander plusieurs fois.

Thomasina s'éclaircit la gorge.

— A mon avis, voilà comment les choses se sont passées : Alexander Wyville a bu le vin empoisonné, mais comme il était déjà ivre, sans doute en a-t-il vomi la plus grande partie. Néanmoins, il sentait bien que quelque chose n'allait pas. Il est sorti en titubant de la maison par la porte de derrière, qui donne sur la traverse, et puis ou bien il s'est rendu chez vous, ou vous l'avez rencontré. Peut-être l'avez-vous aidé à dessoûler en le faisant encore vomir. Quoi qu'il en soit, Wyville ne voulait pas rentrer chez lui pour affronter son beau-père. Il a donc abandonné son manteau au bord de la rivière pour faire croire qu'il s'était noyé, puis vous l'avez aidé à sortir de la ville afin qu'il rejoigne Faunte et ses troupes rebelles.

Thomasina approcha son visage à quelques centimètres seulement de celui de la veuve Gumple :

— Je ne me trompe pas, n'est-ce pas ? demanda-t-elle, accusatrice. Et ne mentez pas ! Savez-vous comment la loi punit les maîtres chanteurs ? On les brûle vivants dans un baquet d'huile. Mais je risque bien de vous tuer avant !

Thomasina fit semblant de chercher un poignard sous sa cape et poursuivit, doucereuse :

— Néanmoins, si vous avouez la vérité, cela restera entre nous, et je jure sur la croix de Jésus que je n'en dirai rien à Maîtresse Swinbrooke. A condition bien sûr que vous n'envoyiez plus de lettres.

Terrifiée, la Gumple demeurait sans voix. Elle se contenta de hocher la tête.

— Qu'avez-vous à répondre ? insista la servante.

La veuve, d'une voix mal assurée, commença :

— C'est vrai, je connaissais Alexander Wyville, qui était membre de cette paroisse. Je... Je m'entretenais volontiers avec lui, et... et je fus étonnée quand il se fiança à Maîtresse Swinbrooke. Je connaissais en effet certaines de ses habitudes secrètes, son goût pour le vin, son caractère violent.

La Gumple remit sa coiffe en place avant de poursuivre :

— Quoi qu'il en soit, le mariage fut célébré.

Elle se tut et regarda vers la porte.

Ah, comme elle avait dû rire sous cape, la vieille pie, en sachant quel loup venait d'entrer dans la paisible bergerie des Swinbrooke ! songeait Thomasina.

— Continuez ! ordonna-t-elle.

— Un jour, Alexander m'a annoncé qu'il partait rejoindre l'armée lancastrienne. Il était épris de Kathryn, a-t-il ajouté, mais la trouvait froide et distante, et son père lui inspirait une grande crainte. Une nuit, Alexander est venu chez moi dans un état terrible. Des taches de vin maculaient son pourpoint, et il sentait plus mauvais qu'un porc. Il prétendait que le docteur Swinbrooke l'avait empoisonné, et que, s'il n'avait pas vomi, il serait mort. Comme il se plaignait d'avoir mal au ventre, je lui ai enfoncé une plume d'oie dans la gorge pour le rendre encore plus malade, puis je l'ai obligé à boire de l'eau encore et encore. Il s'est alors endormi un moment. A son réveil, il avait encore très peur que Swinbrooke ne le recherche pour le tuer. Je lui ai demandé pourquoi, et il m'a avoué comment il avait horriblement battu Kathryn. Il voulait l'abandonner, a-t-il dit, fuir son mariage. Il était las de Cantorbéry, et il partirait chercher fortune avec les lancastriens. Il avait une bourse pleine. Je lui ai donné des vêtements de mon défunt mari. Il m'a demandé d'aller déposer son manteau au bord de la rivière. Ainsi, espérait-il, Swinbrooke et sa fille le croiraient noyé. Puis il est parti, et je ne l'ai plus revu.

— C'est vrai ?

La veuve Gumple se remit péniblement debout.

— Je le jure, dit-elle.

— Et ces lettres que vous avez envoyées à Maîtresse Kathryn ?

— Je n'ai jamais aimé le docteur Swinbrooke, et sa fille prend de si grands airs...

La Gumple haussa les épaules tandis que Thomasina la foudroyait du regard.

— Je pensais qu'elle s'était fiancée à Alexander pour m'ennuyer. Oh, je sais que Wyville lui a causé du mal, néanmoins je m'agaçais de la voir si tranquille, si sereine.

— Elle ne l'était pas, grinça Thomasina. Les brutalités de son époux l'ont profondément bouleversée. Sans compter que son père a fini par lui avouer le forfait terrible qu'il avait tenté de commettre. Or ma maîtresse, elle, n'a rien fait de répréhensible. Vous n'aviez aucun droit de vous acharner contre elle comme vous l'avez fait.

Thomasina recula d'un pas et pointa un doigt sur la veuve.

— Je garderai votre secret, mais si vous essayez encore de faire chanter Maîtresse Swinbrooke, je vous tuerai, j'en fais le serment !

Chapitre XII

En rentrant à Ottemelle Lane, Thomasina trouva Kathryn dans sa chambre, occupée à lire le manuscrit de Chaucer.

— Maîtresse ?

Kathryn se retourna et la servante fut saisie en voyant son visage défait.

— Au nom du Ciel, souffla-t-elle, qu'est-ce qui ne va pas, Kathryn ?

Celle-ci secoua la tête.

— Rien, dit-elle doucement, je reviens de Westgate où je me suis d'abord rendue dans une horrible maison, puis je suis allée à l'église Saint-Pierre, et enfin je suis passée chez Darryl, mais je n'ai parlé qu'aux enfants.

— Et qu'est-il arrivé ?

En guise de réponse, Kathryn abaissa les yeux sur le manuscrit si bien que Thomasina repartit. Elle s'en fut à la dépense où Agnes était occupée à saler une pièce de viande.

— Maîtresse Kathryn est toute drôle, dit la jeune fille. Quand elle est rentrée, il y a seulement un court moment, on aurait dit un fantôme. Je lui ai dit pour le message.

Le cœur de Thomasina fit un bond.

— Quel message ?

— Oh, un message de la part de l'Irlandais qui veut qu'elle aille à Kingsmead. Mais elle n'est pas en état de le faire.

— Elle n'a rien qui ne puisse se soigner avec un bon vin aux herbes, rétorqua Thomasina.

Elle s'affaira aussitôt à sortir un pichet et deux coupes qu'elle remplit, avant de s'en retourner auprès de Kathryn, toujours occupée à lire Chaucer.

— Buvez, Maîtresse ! ordonna-t-elle.

Kathryn but à petites gorgées.

— Il ne faut jamais trop boire de vin l'estomac vide, dit-elle.

— Est-ce Wyville qui vous met dans cet état ? demanda Thomasina. Vous vous inquiétez toujours pour ce qui lui est arrivé ?

Kathryn secoua la tête.

— Non. Je ne ressens plus rien pour lui. Que Dieu me pardonne, qu'il soit vivant ou trépassé, je n'en ai cure.

— Vous savez qu'il pourrait être encore vivant, n'est-ce pas ?

— Alexander Wyville n'est plus mon mari. S'il reparaît, je demanderai l'annulation de notre mariage au tribunal ecclésiastique.

Thomasina tira un tabouret et s'assit à côté de sa maîtresse.

— Il n'y aura plus de lettres anonymes, Kathryn.

— Que veux-tu dire ?

La servante sourit.

— Ayez confiance en moi, vous ne recevrez plus de lettres.

Elle allait interroger sa maîtresse sur le message de Colum quand des coups répétés retentirent à la porte. Suivit le pas précipité d'Agnes qui allait ouvrir, et enfin une voix d'homme s'éleva, demandant à entrer.

— C'est ce maudit Irlandais, marmonna Thomasina.

Mais lorsque avec Kathryn elle descendit à la cuisine, ce fut pour y trouver un Luberon au visage congestionné et transpirant, qui brandissait un morceau de parchemin.

— Maître Luberon, qu'arrive-t-il encore ?

— Qu'arrive-t-il ? Qu'arrive-t-il ? s'écria Luberon d'une voix suraiguë. J'ai trouvé un nouveau message placardé à la porte de la cathédrale. Lisez-le !

Kathryn prit le morceau de parchemin jauni.

Un écuyer vert à Cantorbéry se rendait,
Et moi, chez Satan, j'ai dépêché son âme.

— Je ne comprends rien ! s'exclama Luberon. Qui est cet écuyer vert ?

Kathryn considéra longuement le parchemin et l'inscription gribouillée à l'encre bleue.

— Dieu seul sait ce qui peut surgir dans l'esprit d'un fou, murmura-t-elle.

— Personne n'a donc vu cet homme ? demanda Thomasina. On devrait remarquer une personne en train d'accrocher un morceau de parchemin à la porte de la cathédrale, tout de même !

— La cathédrale compte au moins quatre entrées, expliqua Luberon, et, à l'intérieur, il y a encore plus de portes. Tous les jours les pèlerins franchissent ces portes par centaines. Or l'assassin peut agir très vite : il lui suffit de se glisser dans la foule, d'accrocher son message puis de se fondre au milieu des gens.

— J'essaie seulement d'aider, rétorqua la servante.

Le clerc posa sur elle un regard irrité.

— Dieu seul sait ce que nous devons faire, à présent! s'exclama-t-il. Faut-il mettre en garde tous les chevaliers de Cantorbéry? Ou interdire la ville à tout seigneur qui s'y présenterait? Voilà qui ferait du bruit!

Il expira avec force et reprit, regardant attentivement Kathryn :

— Voilà, Maîtresse Swinbrooke, je vous ai dit tout ce que je sais. Et vous, avez-vous découvert quelque chose à Saint-Pierre?

Kathryn posa sur lui un regard énigmatique.

— Non, mentit-elle, rien de vraiment important.

— Dans ce cas, je vous dis adieu, Maîtresse.

Sur quoi, toujours agité, Luberon quitta la maison, après avoir promis qu'il reviendrait le lendemain.

Kathryn retourna à son cabinet d'écriture. Pendant ce temps, Thomasina, sans ménager sa voix, réprimandait Agnes pour s'être tenue bouche bée à écouter parler de choses qui ne la concernaient pas. Cela fait, la servante rejoignit sa maîtresse, mais celle-ci lui demanda de la laisser seule. Elle ne voulait révéler à personne qu'elle connaissait maintenant l'identité de l'assassin. En outre, comme elle n'avait guère de preuves, comment réussirait-elle à confondre l'homme?

Les yeux fixés sur le morceau de parchemin que lui avait remis Luberon, Kathryn réfléchit. Que signifiait l'« écuyer vert »? Peut-être Colum comprendrait-il...

Kathryn se redressa soudain. Bien sûr, c'était clair! Voilà pourquoi il y avait eu ce nouvel avis. Colum était un écuyer membre de la maison royale! Quant à la couleur verte, elle indiquait ses origines irlandaises. D'ailleurs, l'écuyer du poème de Chaucer était vêtu d'une « cape et d'un capuchon verts ».

Et si l'assassin avait déjà frappé ? L'Irlandais avait fait parvenir un message à Ottemelle Lane, demandant à Kathryn de se rendre à Kingsmead. S'était-il produit quelque chose là-bas ?

Kathryn bondit sur ses pieds.

— Thomasina, Thomasina ! Apporte-moi vite mon manteau !

Elle descendit à la hâte dans la cuisine.

— Agnes, lança-t-elle, personne n'est venu apporter des friandises, ou une bouteille de vin ?

— Non, Maîtresse, personne.

Thomasina arriva en trombe avec le manteau demandé. Kathryn ignora le flot de ses questions, tout occupée par la pensée de Colum. Il avait dit qu'il quitterait Kingsmead pour chercher du fourrage pour les chevaux. L'assassin ne pouvait donc pas savoir qu'il habitait chez elle. Mais que se passerait-il si, en rentrant à Kingsmead, Colum trouvait une bouteille de vin empoisonné, ou un paquet de friandises, ou du pain et du fromage ? Kathryn inspira profondément pour calmer les battements précipités de son cœur. Dieu sait que l'assassin était rusé ! Il pouvait fort bien laisser un mot disant que son cadeau venait d'Ottemelle Lane, ou encore d'un habitant bien intentionné de Cantorbéry !

— Maîtresse, l'implora Thomasina, que se passe-t-il ?

Kathryn la fixa du regard. L'espace d'un instant, elle se demanda pourquoi Thomasina était si sûre que ces horribles lettres anonymes cesseraient de lui parvenir, mais la question attendrait.

— Thomasina, annonça-t-elle, je dois me rendre à Kingsmead.

Kathryn avança la main et ajouta immédiatement :

— Non, tu ne viens pas avec moi. Reste ici, au

contraire, et ne laisse entrer personne. Et si quelqu'un se présentait avec un cadeau de quelque nature que ce soit, refuse-le, tu me le promets ?

Thomasina jura, mais déjà sa maîtresse avait franchi la porte, courant presque.

Elle récupéra sa gentille jument à la taverne, monta en selle et prit le chemin de Westgate. Elle s'arrêta devant le camp pour voir si elle distinguait Colum parmi la foule des soldats, mais ne réussit qu'à attirer leur attention. Comme elle n'y tenait pas, elle éperonna sa monture.

Après avoir franchi Northgate, laissant derrière elle les murs de la ville, elle suivit le chemin couvert de poussière blanche qui escaladait une colline, et ne ralentit que lorsqu'elle fut en vue du vieux manoir de Kingsmead, entouré de ses clôtures délabrées. Elle descendit la colline.

Un galopin — sans doute le fils d'un soldat — était assoupi près du portail en ruine. Sautant de son cheval, Kathryn le secoua pour le réveiller.

— Y a-t-il quelqu'un dans le manoir, mon garçon ?

Dans le visage livide de l'enfant, ses grands yeux sombres roulaient, affolés.

— Non, Maîtresse. Pourquoi ? Maître Murtagh et les autres sont partis pour Maidstone, et les femmes sont retournées au camp.

— Tu n'as vu arriver personne ?

— Allons, Maîtresse, qui viendrait ici ? Le domaine est à l'abandon.

— Tu n'as pas vu non plus d'étranger venu apporter du vin ou de la nourriture ?

Le garçonnet croisa les bras, prenant un air buté.

— Non, je vous l'ai déjà dit. Personne ne s'est présenté.

Kathryn effleura doucement la tête de l'enfant.

— Eh bien, reste à ton poste, mon garçon. Quand l'Irlandais reparaîtra, dis-lui que Maîtresse Swinbrooke — tu te rappelleras mon nom, n'est-ce pas ? — que Maîtresse Swinbrooke est arrivée.

Elle franchit le portail et remonta une étroite allée conduisant sur le côté du manoir. Un regard autour d'elle suffit à la convaincre que Colum n'aurait jamais pu s'établir ici. La végétation avait tout recouvert, et du jardin on ne distinguait pratiquement plus rien. Quant à la maison, un petit manoir fortifié, elle était complètement délabrée. Il n'y avait plus de volets aux fenêtres, plusieurs portes pendaient sur leurs gonds, et en maints endroits le toit s'était effondré, laissant la charpente à nu sous le ciel. Kathryn passa derrière la bâtisse et ce qu'elle y vit était encore pire : la vaste cour était envahie de mauvaises herbes, et les écuries, la forge et les dépendances étaient en ruine.

— Y a-t-il quelqu'un ? cria-t-elle.

Le silence lui répondit. Kathryn sauta de cheval. Colum ne tarderait pas à arriver. Peut-être avait-il dépêché le messager trop tôt.

Après avoir attaché sa jument, elle ouvrit la petite porte menant à la cuisine. A l'intérieur, tout était pourri : le plâtre des murs s'écaillait à cause de l'humidité, et Kathryn dut relever sa jupe pour éviter qu'elle traîne dans l'eau qui stagnait par terre. Elle emprunta un couloir très sombre, qui sentait le moisi. Les salles du rez-de-chaussée étaient à l'abandon, cependant l'escalier en pierre menant à l'étage paraissait à peu près solide. Un oiseau qui nichait quelque part dans la charpente s'envola bruyamment. Kathryn sursauta, se maudissant pour sa couardise.

— Il faudra des mois pour remettre cette demeure en état, murmura-t-elle.

Dans les bois entourant le manoir, elle entendit de doux roucoulements de colombes et tendit l'oreille, guettant le moindre son. Elle se prit à frissonner tant la solitude des lieux était pesante.

Soudain elle se figea : elle venait d'entendre un bruit à l'étage du dessus. S'y trouvait-il quelqu'un ? Un messager que Colum avait dépêché ? Puis elle perçut un geignement, comme si quelqu'un souffrait. Elle grimpa l'escalier jusqu'à mi-hauteur.

— Qui est là ? appela-t-elle.

La plainte reprit, suivie d'une inspiration sifflante.

— Kathryn... je vous en prie...

— Colum ? souffla-t-elle.

Était-il rentré ? Lui était-il arrivé quelque chose ? Kathryn gravit quatre à quatre les quelques marches qui restaient. La porte en haut de l'escalier était entrouverte : elle la poussa.

Il régnait dans la pièce une odeur fétide à laquelle se mêlaient des relents de moisi. Et il n'y faisait pas très clair car l'unique fenêtre ouvrait à l'est, c'est-à-dire à l'opposé du soleil de cette fin d'après-midi. Dans la semi-obscurité, Kathryn distingua une forme indéfinissable gisant sur une pauvre couche, dans l'angle de la pièce.

— C'est vous, Colum ? lança-t-elle.

Puis, prenant son courage à deux mains, elle avança. Soudain, une des lattes de bois du plancher céda sous ses pas et se brisa dans un craquement sinistre. Étouffant une exclamation, Kathryn porta les yeux au plafond. Par les trous béants, elle pouvait voir les chevrons de la charpente et des pans de ciel. Elle se remit en marche vers le lit et en tira les couvertures.

Tout d'abord, elle ne vit rien; effleurant de la main le matelas, elle sentit quelque chose d'humide et de poisseux. Puis, comme ses yeux s'habituaient à l'obscurité, elle comprit que la forme sur la couche n'était autre qu'un tas de chiffons. Cependant, en haut du lit, là où aurait dû se trouver un coussin, gisait la tête tranchée d'un chien, ses babines encore retroussées en une sorte de sourire que la mort avait surpris et crispé, une grosse langue rouge sortant entre deux rangées de dents jaunes.

Horrifiée, Kathryn poussa un hurlement. La porte derrière elle claqua. Elle pivota au moment où s'éclairaient de grosses bougies sur la table, au fond de la pièce.

— Qui est là? demanda-t-elle d'une voix rauque.

Une ombre se déplaça dans le cercle de lumière des chandelles, et, tout de suite, Kathryn sut.

— Crapule d'assassin! siffla-t-elle.

Elle regarda le plancher, vit à quel point les planches étaient vermoulues. Elle avança d'un pas.

— N'approchez pas davantage, garce!

La voix était étouffée, empâtée. Kathryn vit la silhouette emmitouflée dans une ample cape, le capuchon tiré bas sur le visage masqué.

— Bonjour, Maîtresse Swinbrooke.

Kathryn approcha encore. C'est alors qu'elle perçut un mouvement de la cape. Elle entendit aussi un petit déclic, et le carreau d'une arbalète passa en sifflant au-dessus de sa tête pour se ficher dans le mur, derrière elle.

— Je vous ai dit de ne plus avancer! Je vous ai réservé quelque chose de spécial.

Kathryn fixa le masque de cuir noir, mais elle ne vit que l'éclair de malveillance derrière les fentes des yeux.

— Pourquoi la tête du chien ? demanda-t-elle.
— Je trouvais le détail charmant. Quand je suis revenu, le roquet s'est approché en montrant les dents, alors je l'ai éventré, puis je l'ai décapité.
— Où est Colum ?
— Ah ! c'est lui qui vous préoccupe, n'est-ce pas ? Ce salaud d'Irlandais ! Qu'il aille en Enfer, pour ce que cela m'importe !

L'homme masqué eut un rire démoniaque.

— Il y sera bientôt, et vous pourrez l'y accueillir !

Kathryn essuya à sa robe ses paumes moites, puis, levant les yeux sur la table, au fond de la pièce, elle y vit trois gobelets en étain.

— Que voulez-vous ? demanda-t-elle, forçant sa voix pour qu'elle ne tremble pas.
— Votre mort.
— Pourquoi ?
— Pourquoi pas ?

Kathryn s'obligea à sourire.

— Oh, je sais pourquoi ! s'exclama-t-elle. Vous adorez jouer, n'est-ce pas ? A cache-cache dans les ruelles et les allées de Cantorbéry. Et, bien sûr, il faut que vous me tuiez puisque je sais qui vous êtes. Alors pourquoi ne pas arrêter cette pantomime et ôter votre masque ? Bientôt tout le monde saura comme moi que c'est vous le meurtrier, magistrat John Newington !

L'homme eut un nouvel accès de rire démoniaque.

— Mais vous n'en avez rien dit à personne, Kathryn, et même si vous l'aviez fait, quelles preuves pouvez-vous avancer ? Je vous ai observée quand vous êtes rentrée à Ottemelle Lane. Vous n'avez pas eu beaucoup de temps pour rédiger un message ou pour tout raconter à cette montagne de lard qui vous suit partout !

265

L'homme ricana.

— De toute façon, bientôt vous serez morte et vous vous serez vous-même donné la mort. Après, il sera facile de vous faire passer pour le tueur de pèlerins.

Kathryn haussa les épaules.

— Il n'empêche que je sais la vérité, assassin ! Alors, baissez le masque ! Vous devez transpirer dessous, et cela doit vous gratter. Allons, reprit-elle, pressante, j'ai joué le jeu. Nous savons tous les deux que je dis la vérité.

Une main sortit de sous la cape, et l'homme repoussa son capuchon avant de retirer son masque de cuir : le visage de Newington apparut, fantomatique et luisant pâlement à la lueur des bougies.

— Vous êtes fort intelligente, Kathryn, siffla le magistrat, davantage que je ne l'aurais cru.

Il leva son arbalète, tira un second carreau d'un carquois à sa ceinture et le mit en place. Puis il recula et reprit paisiblement :

— Savez-vous, quand ce vieux crétin d'archevêque et son arrogant clerc Luberon ont décidé de mettre fin à mes petits jeux, ils ont cherché, dans la liste des électeurs, un médecin qui pourrait les aider. Ce sot d'Irlandais aussi.

Newington sourit.

— Évidemment, moi, j'étais tout prêt à les aider. Le mal de la sueur avait tué de nombreux médecins. Pas assez à mon goût, bien sûr, mais, quoi qu'il en soit, je suis arrivé à votre nom accolé à celui de votre père. Il ne me restait plus qu'à pousser tout le monde dans le piège. Mais vous vous êtes montrée très fine, Kathryn.

En disant ces derniers mots, le magistrat pointait un doigt ganté sur Kathryn comme un maître navré d'avoir à réprimander un élève. Puis il haussa les épaules.

— Allons, il nous reste assez de temps : dites-moi tout ce que vous savez. Je suis sûr que cela ne vous prendra pas longtemps.

— Si je racontais plutôt ce que nous savons tous les deux ? rétorqua Kathryn d'un ton railleur. Cela ne sera guère plus long ! Vous êtes un fou et un meurtrier, Maître Newington, et vous êtes aussi le mal incarné. Vous avez profité du chaos qui règne dans la cité pour accomplir votre vengeance contre le sanctuaire. Vous avez assassiné d'innocents pèlerins dont le seul crime était de venir s'incliner sur le tombeau de saint Thomas Becket, et d'appartenir à des professions qui convenaient à vos desseins.

Kathryn s'interrompit pour reprendre son souffle.

— Vous aviez toutes les cartes en mains, n'est-ce pas ? Vous connaissez la ville comme votre poche, vous êtes un bourgeois, magistrat de surcroît, et vous jouissez d'une certaine aisance. Vous disposiez de deux autres avantages : votre gendre est médecin, et il a deux jeunes enfants à qui vous rendiez visite très régulièrement. Il vous était donc facile de vous procurer de temps en temps la clé de l'herboristerie pour aller subtiliser les poisons dont vous aviez besoin. Qui s'en serait aperçu ? Et pour que personne ne remarque que quelque chose manquait, de la belladone par exemple, ou de la digitale, eh bien, il vous suffisait de mélanger un peu de farine dans les pots pour que l'on ne voie pas que le niveau de leur contenu avait baissé. Ces plantes médicinales, quand elles sont pilées, deviennent des poudres blanches. La farine ne risquait pas de modifier leurs propriétés, et personne ne pouvait se douter que l'on avait touché aux pots.

Kathryn ébaucha un sourire contraint.

— J'avoue que ces traces de farine que Straunge a relevées sur le sol m'ont donné à réfléchir.

Newington hochait la tête, regardant Kathryn comme pour l'encourager à continuer.

— Très bien, murmura-t-il, parfait, même. Mais comme le dit l'homme de loi de Chaucer, « Vos amis vous font défaut quand vous en avez besoin ».

— Et puis, poursuivit Kathryn, il y avait le problème des déguisements. Vous êtes membre de la guilde de la Messe de Jésus. Tous les ans, elle organise la représentation d'un mystère à l'église de la Sainte-Croix. Il vous était donc très facile de prendre une blouse et des chausses, et de les cacher sous votre manteau de magistrat. Vous pouviez aussi maquiller un peu votre visage : qui l'aurait remarqué ? Les gens voient toujours ce qui leur paraît évident. Ils n'imagineraient pas que le serviteur sale et taché de graisse qui leur apporte à boire à la taverne est en réalité un magistrat bien connu de la ville. En outre, et pour plus de sécurité, vous évoluiez toujours au milieu de pèlerins étrangers, qui ne risquaient pas de vous reconnaître. L'état de choc où se trouve la cité après la récente guerre civile servait aussi vos desseins. Tout est en ébullition et vos amis et collègues du Conseil de la cité sont trop occupés par leurs propres affaires. Des conditions idéales pour cacher votre jeu meurtrier. C'était si facile !

Kathryn conclut :

— Il vous suffisait de vous rendre dans une auberge et de vous glisser dans une compagnie de pèlerins. Vous commettiez votre forfait, puis vous disparaissiez dans une venelle.

— Assez ! tonna soudain Newington.

Kathryn s'approcha encore.

— Allons, Maître magistrat, qu'attendez-vous pour me demander pourquoi et comment vous tuiez ? Savez-vous que vous êtes fou ? Fou à lier ?

Un sourire hideux défigura Newington en même temps qu'il grondait :

— Vous allez mourir, chienne !

Il brandit son arbalète.

— Mais pas par une flèche, je vous réserve un sort plus subtil, mieux adapté à votre pratique.

Kathryn passa la langue sur ses lèvres et prit une profonde inspiration. Ses jambes flageolaient, et elle se faisait violence pour ne pas pleurer ou demander merci. Elle reprit doucement :

— Vous êtes très intelligent, John Newington, magistrat élu de Cantobéry. Cependant, vous êtes un enfant illégitime, fils de Christina Oldstrom, une couturière issue de bonne famille qui vivait dans le quartier de Westgate. Elle vous a élevé, et dès que vous avez été en âge, elle vous envoya à Londres comme apprenti. Je me doute que si nous consultions les registres des églises de Cantorbéry, nous n'y trouverions pas mention de la naissance d'un John Newington.

Kathryn sourit au magistrat.

— Le nom de votre mère commençait par « *old* », en changeant le vôtre, vous l'avez fait commencer par « *new* » : c'est charmant. C'était un signe des temps : vous traciez ainsi une ligne de démarcation nette entre ce que vous êtes aujourd'hui et ce que vous étiez à la naissance. Combien d'années avez-vous passé à Londres ? Dix ? Vingt ? Assez en tout cas pour jeter le voile sur votre passé. Cependant, la culpabilité ne vous a jamais lâché. Vous êtes revenu à Westgate, et vous avez vu la pauvreté où vivait votre mère. Je soupçonne que, pour calmer vos remords de conscience, c'est vous qui avez fait une donation à l'église Saint-Pierre afin que l'on paie les médecins qui viendraient soigner les pauvres du quartier. Vous rendiez visite à votre mère en cachette et combliez tous ses désirs. Et puis un jour, elle tomba malade.

Newington, la tête légèrement penchée sur le côté, semblait content, comme si Kathryn répétait fidèlement un texte appris par cœur.

— Oui, vous avez vu juste, Maîtresse Swinbrooke, je ne pouvais pas reconnaître publiquement ma mère, mais je fis tout ce que je pus pour elle. Jusqu'à ce que survienne la maladie. Ma mère souffrait d'un mal caché. J'ai dépensé beaucoup d'argent avec les docteurs. J'ai même payé un médecin de Londres pour qu'il vienne l'examiner, mais rien n'y fit. Ma mère maigrissait. Et puis elle a voulu se rendre au sanctuaire, ce mausolée rempli de vieux ossements dégoûtants et de reliques. Elle y allait souvent, elle avait une foi si forte ! Et moi, dissimulé sous une cape de pèlerin, je la retrouvais à la cathédrale. Elle en grimpait les marches à genoux et priait pour souffrir moins.

Newington avait les yeux brillants de larmes, à présent, et Kathryn sentit un élan de compassion. La rancune, l'humiliation et la déception avaient fait basculer cet homme dans la folie meurtrière. Il haussa les épaules comme un vilain garçon et reprit d'une voix vibrante d'émotion :

— Ma mère continua à dépérir et mourut. Au début, je me suis adressé des reproches, et je blâmais aussi les médecins, mais elle a prononcé le nom de Becket en exhalant son dernier soupir. Alors, après sa mort, je suis retourné souvent à la cathédrale pour observer les pèlerins qui s'y pressaient et y dépensaient l'argent qu'ils avaient durement gagné. C'est là que j'ai imaginé ma vengeance.

Kathryn avança d'un pas, et le visage du magistrat se crispa aussitôt.

— N'approchez pas davantage, Maîtresse. Voyez-vous, c'est à Londres que j'ai lu Chaucer. J'avais acheté une copie de son poème que depuis j'ai détruite, bien entendu, mais je le connaissais par cœur. Je savais donc comment je voulais frapper. Pour chaque pèlerin cité dans le poème, quelqu'un de sa profession mourrait à Cantorbéry. Plaisante idée, non ?

Newington se tapota le menton.

— J'adore ces contes. Avez-vous remarqué comme il y est souvent question de potions et de poisons ? Ainsi les joyeux convives dans « Le conte du Pardonneur », le chevalier dans « Le conte de la Bourgeoise de Bath ».

Newington sourit rêveusement.

— Je retrouvais généralement ma mère devant les grandes portes de la cathédrale. Toujours, je me travestissais, et je trouvais fascinant que personne ne me reconnaisse. Bien sûr, le Conseil était fort occupé avec cet idiot de Faunte.

Le magistrat prit une mine grave.

— N'importe quel cul princier peut bien occuper le trône à Londres, qui s'en soucie ?

Il lança un regard aigu à la table avec ses trois coupes. Kathryn ne bronchait pas, espérant qu'il parlerait jusqu'à ce qu'arrive quelqu'un pour lui porter secours. Newington leva rapidement les yeux sur elle et murmura, comme s'il lisait ses pensées :

— Nous ne pouvons plus attendre. Le temps file ! Il vole ! Mais vous parliez de la farine retrouvée dans l'herboristerie.

— Oui. C'est Straunge qui l'a découverte sur le sol. Et il s'en trouvait aussi au fond du pichet que vous avez remis à Peg, la catin.

— Ah! Peg la Moutarde. Quelle garce mal embouchée! Je pensais qu'elle ferait la paire avec cet huissier. Je l'ai payée et je lui ai dit de me retrouver à la poterne ouest. Là, je lui ai remis le pichet de vin, et je l'ai laissée passer avant de rentrer à la hâte chez mon gendre qui donnait son banquet pour vous.

— Et votre fille? demanda Kathryn. Vous n'éprouvez aucun sentiment pour elle?

— Vous connaissez le dicton, Maîtresse Kathryn : Dieu nous impose notre famille, mais, grâce au Ciel, nous pouvons choisir nos amis. Ma fille est fière et hautaine. Je ne voulais pas qu'elle épouse Darryl, puis j'ai fini par céder. La profession de mon gendre me permit d'investir et, par la suite, j'ai pu me procurer les poisons dont j'avais besoin.

Newington grimaça un sourire.

— Les médecins aiment tant parler de leurs potions! Et puis, bien sûr, j'avais libre accès à la bibliothèque de Chaddedon. D'ailleurs, je suis assez expert en poisons.

Son visage redevint grave et il soupira :

— Ah, mes petits-enfants! Comme je les aime! Et par une ironie du destin, c'est à cause d'eux que vous m'avez démasqué. Vous êtes passée les voir, ce matin, et leur avez demandé comment ils connaissaient l'histoire d'Arcite et de Palamon, les deux personnages du « Conte du Chevalier » de Chaucer.

Newington secoua la tête.

— Vous n'auriez pas dû vous servir de ces enfants pour confondre leur grand-père!

— J'ai d'abord pensé que ce pouvait être Darryl, rétorqua Kathryn, mais les garçonnets m'ont dit que c'était vous, leur grand-père, qui aimiez leur raconter les histoires de Chaucer.

— Vous les avez subornés en leur offrant des friandises, accusa Newington.

— Par tous les saints du Ciel, s'exclama Kathryn, tôt ou tard, les meurtriers se font prendre. Vos petits-fils m'ont parlé de vous qui leur racontiez ces histoires, et je n'avais pas oublié que votre gendre avait assuré ne rien savoir de Chaucer, comme vous, aussi, l'aviez prétendu.

Kathryn jeta un regard rapide au plancher derrière Newington : on y voyait des trous et des fentes. Elle poursuivit :

— D'ailleurs, il n'y a pas que l'histoire d'Arcite et Palamon qui m'ait mise sur la voie. D'autres détails ont attiré mon attention : votre appartenance à la guilde de la Messe de Jésus ; vous vivez seul, sans personne pour observer vos allées et venues. Vous connaissez très bien Cantorbéry, et vous possédez les clés des poternes de la ville. Enfin, vous saviez où vous procurer des poisons. Cependant, c'est vrai, ce sont vos petits-enfants, ces innocents, qui vous ont confondu.

Cette fois Newington parut se mettre en colère, comme si le fait que ses petits-fils se soient entretenus avec une inconnue l'irritait plus que tout.

— Mais, heureusement, ils m'ont tout raconté ! s'écria-t-il. Ils m'ont répété les questions que vous leur avez posées, aussi je n'ai eu que le temps de filer à la cathédrale placarder un nouvel avis en même temps que je payais un soldat pour qu'il porte à Ottemelle Lane le message.

Newington s'interrompit pour essuyer la sueur à son front avec l'ourlet de sa robe, mais il n'en tenait pas moins son arbalète prête à servir.

— Ce sot d'Irlandais a quitté la ville. Luberon pérore comme un méchant poulet. Je savais que vous viendriez si Murtagh vous le demandait. Vous l'estimez, n'est-ce pas ?

— Que vous importe ? Et qu'auriez-vous fait si je n'étais pas venue ?

Le magistrat fit la grimace.

— Il y aurait eu d'autres occasions, d'autres lieux. Mais vous voilà ici. Ah, vous avez donné des friandises à mes petits-fils ? Eh bien, moi, je vous ai préparé des poisons.

Newington indiqua d'un geste les trois coupes sur la table.

— L'un de ces gobelets contient de la belladone, un autre, de la digitale, et le troisième seulement du vin. Jouons comme ils le font à Londres, du côté de Cheapside : lequel de ces gobelets ne donne pas la mort ?

Newington leva son arbalète.

— Maîtresse Swinbrooke, je suggère que vous goûtiez à chacun des trois.

S'efforçant de ne pas céder à la panique, Kathryn respira à fond.

— Les gens soupçonneront que... commença-t-elle.

— Tout le monde s'en moquera bien ! interrompit le magistrat.

Il pencha la tête de côté.

— Qui sait, je dirai peut-être que vous vous êtes donné la mort. Ou que vous n'avez été qu'une nouvelle victime de Sir Thopas.

— Thopas ? s'exclama Kathryn.

— Parfaitement. Le nom que Chaucer se donne à lui-même dans *Les Contes de Cantorbéry*. J'ai pris le même, moi, le poète de ce drame meurtrier.

Newington haussa les épaules.

— Je dirai peut-être que vous étiez l'assassin. Dans ce cas, je laisserai un message griffonné à côté de vous, puis je me tiendrai tranquille pendant une année, avant de recommencer.

Le magistrat invita de sa main libre Kathryn à approcher de la table.

— Quel est le dicton, déjà? *Medice sane teipsum* : le médecin se soigne lui-même. Eh bien, le cas présent est un peu différent.

Le magistrat porta en avant son arbalète.

— Allons, Maîtresse Swinbrooke, je vous en prie, buvez! Après tout, comme le dit la Bourgeoise de Bath de Chaucer : « J'ai sur toi la maîtrise. »

Kathryn évalua la distance qui la séparait de Newington. Elle en était trop loin, mais elle gardait les yeux fixés sur le plancher derrière lui.

— Buvez, Swinbrooke! reprit le magistrat. Qui sait, vous aurez peut-être de la chance avec la première coupe.

Kathryn alla à la table et prit celle qui se trouvait au milieu. Elle lui parut froide et lourde, entre ses mains. L'ayant portée à ses lèvres, elle en huma le vin fort et détourna aussitôt son visage.

— Je ne puis boire, dit-elle. Et si vous tirez...

Newington ébaucha un sourire.

— Si je tire, vous serez une victime de plus de la guerre. Peut-être l'Irlandais sera-t-il tenu responsable de votre mort, à moins que ce ne soit l'une de ses brutes de soldats. Quant à moi, je quitterai cet endroit maudit comme j'y ai pénétré : en cachette et à l'insu de tous. Les murs et les enceintes de Kingsmead comptent plus de trous qu'un filet de pêcheur.

Kathryn fixa son regard sur l'arbalète. Newington, qui n'était pas soldat, ne la tenait pas comme il convenait. Pour libérer le carreau, il devrait bouger ses mains. Kathryn avança d'un pas.

— Je ne boirai pas !

Newington manipula l'arbalète, et Kathryn choisit cet instant pour lui jeter à la tête la lourde coupe de vin, en même temps qu'elle faisait un bond de côté pour se plaquer contre le mur. Le carreau de l'arme siffla au-dessus de sa tête, manquant sa cible. Newington partit en arrière pour éviter la coupe, tout en cherchant à sortir un nouveau trait de son carquois. Ce faisant, ses lourdes bottes de cavalier martelèrent les planches vermoulues. Kathryn s'apprêtait à lui lancer une autre coupe quand le plancher soudain céda avec un craquement sinistre accompagné d'un nuage de poussière. Newington tenta désespérément de se maintenir en équilibre, mais comme il cherchait un appui, le sol finit de s'effondrer dans un fracas grinçant, et l'homme disparut par le trou béant qui venait de s'ouvrir, pour s'écraser avec un bruit sourd sur les dalles de granit du rez-de-chaussée.

Kathryn se rua aussitôt sur la porte et descendit les escaliers en courant. Dans la salle, en bas, Newington gisait, une jambe bizarrement tordue. Tout d'abord, Kathryn le crut mort, mais il émit un geignement. Alors, s'agenouillant auprès de lui, elle chercha le pouls à son cou : il battait fort. Elle se redressa pour regarder autour d'elle et ne put réprimer un haut-le-cœur : le corps sans tête du chien que Newington avait éventré gisait dans un coin de la salle, là où il l'avait jeté... Elle se mit à trembler, ses jambes secouées de tressaillements si violents qu'elle dut de nouveau s'accroupir, cherchant son souffle.

— Du calme, murmura-t-elle, bon Dieu, calme-toi, Kathryn !

Elle se pencha sur le magistrat inconscient et le

retourna, cherchant son arbalète. Celle-ci n'était nulle part. Alors Kathryn tira de son fourreau la longue dague à la ceinture de Newington et la serra entre ses mains.

— Maîtresse, que se passe-t-il ?

Kathryn se retourna. Le gamin qu'elle avait trouvé sommeillant au portail en arrivant se tenait sur le seuil de la pièce, les yeux écarquillés.

— Entre, l'invita Kathryn,

Le garçonnet obéit. Il vit le cadavre décapité du chien, et il s'écarta pour vomir. Puis, se rapprochant, il jeta un regard craintif à Newington inanimé.

— Qui est-ce ? demanda-t-il.

— Un mauvais, un méchant, mais un pauvre homme aussi.

— Il est mort ?

— Non, mais à sa place, je souhaiterais l'être.

— Je ne l'ai pas vu arriver.

Le gamin croisa ses bras tout maigres sur sa poitrine.

— Non, reprit-il, je ne l'ai pas vu. Il a dû s'introduire par l'arrière du domaine, mais je n'ai pas non plus entendu le chien aboyer.

Kathryn eut un sourire contraint.

— Approche-toi.

Les grands yeux dans le petit visage émacié soutinrent craintivement son regard.

— Pourquoi ? demanda l'enfant.

— Parce que j'ai peur, moi aussi, avoua Kathryn, et je voudrais te tenir pour me rassurer.

Le garçon contourna le corps de Newington, et Kathryn le saisit par le bras pour presser contre elle son jeune corps osseux. L'enfant regardait la dague.

— C'est à lui ?

— Oui.

— Vous me la donnez?

Kathryn sourit tandis que son cœur se serrait à sentir cet enfant si maigre.

— Ce qu'il te faut, mon garçon, répliqua-t-elle, c'est un bon repas. Parle-moi de toi.

A cet instant, Newington bougea en gémissant. Kathryn recula avec le garçon. Elle aurait voulu se sauver, mais elle avait si froid, se sentait si faible! Et elle ne voulait pas prendre le risque que Newington s'enfuie.

— Parle-moi de toi, répéta-t-elle.

Et le jeune garçon se mit à bavarder tandis que Kathryn s'obligeait à écouter sa triste histoire: l'enfant se souvenait vaguement de sa mère, qui avait disparu, et depuis il menait une vie misérable, suivant le camp comme un chiot.

— Quel est ton nom? demanda Kathryn.
— Wuf.

Kathryn sourit en même temps qu'elle retrouvait force et chaleur. Elle se redressa et abaissa les yeux sur l'enfant.

— Pourquoi ce prénom de Wuf?
— C'est un soldat qui me l'a donné, mais il est mort, aujourd'hui. Comme je ne souriais jamais, il me soufflait dans la figure. Et quand je me mettais à rire, il disait que c'était à cause de l'air qui faisait « wuf » sur mon visage. Depuis on m'appelle ainsi. Je suis brave aussi, ajouta-t-il, indiquant le corps de Newington. Quand j'ai entendu le grand craquement du bois, je suis venu voir si vous n'étiez pas en danger. Maîtresse, avez-vous quelque chose à manger?

— Hélas, non.
— Et lui? Là-haut, il n'y a rien?

Kathryn se souvint des coupes de vin empoisonné.

— Ne monte surtout pas! dit-elle précipitamment. C'est dangereux.

Le jeune garçon décrivait la tranche de chevreuil bouilli qu'il avait mangée à son dernier repas quand résonna dehors un bruit de sabots martelant les pavés. Courant à la porte, Kathryn vit une troupe de gibiers de potence, conduite par Colum et Holbech, qui pénétraient dans la cour du manoir. Au milieu, sur un gentil petit cheval à la mine docile, chevauchait Thomasina, le visage congestionné et transpirant. Dès qu'elle aperçut sa maîtresse, elle sauta de sa monture et s'élança vers elle.

— Que se passe-t-il, Maîtresse Kathryn? L'Irlandais n'a jamais envoyé de message!

La servante découvrit alors Newington.

— Ah, s'exclama-t-elle, c'était un coup de cette canaille!

Elle jeta un regard rapide à la cape et au capuchon noirs du magistrat avant de reporter les yeux sur sa maîtresse :

— C'est l'assassin, n'est-ce pas?

Colum, qui arrivait derrière Thomasina, demanda :

— Est-il encore en vie?

Puis, écartant le garçon, il saisit Kathryn par l'épaule.

— Il vous a fait du mal?

Kathryn reprit la main du gamin et répondit :

— Oui, Newington est le meurtrier, et oui, il a voulu me tuer, et oui, il vit encore, mais il est inconscient.

Colum s'approcha du magistrat pour lui flanquer un violent coup de pied dans les côtes. Newington entrouvrit les yeux en gémissant.

— Holbech, mets-moi cette ordure debout! tonna alors l'Irlandais.

Le mercenaire entra dans la salle d'un air conquérant, ramassa quelques brins d'herbe sèche qu'il enflamma. Puis, avant que Kathryn ait pu s'y opposer, il promena l'extrémité rougie des tiges sur les jambes de Newington, qui gémit et se tordit de douleur.

— Arrêtez ! ordonna Kathryn.

Colum fit claquer ses doigts, et Holbech, aidé par d'autres soldats, souleva Newington pour le mettre sur ses pieds. Le magistrat était fort mal en point : un côté de son visage était contusionné, et ses lèvres éclatées étaient couvertes de sang. Il posa un regard vide sur Kathryn et Colum, puis ricana.

— Sortez-le ! ordonna Colum. Attachez-le à un cheval, cachez son visage et conduisez-le au château.

Ils regardèrent les hommes emmener Newington.

— Il sera jugé, annonça Colum, mais pas ici. C'est la cour du Banc du Roi qui le jugera, et ensuite il affrontera le bourreau pour être pendu !

Il regarda Kathryn et lui demanda :

— Comment l'avez-vous démasqué ?

Kathryn sourit.

— Grâce à Chaucer. Je vous expliquerai plus tard, ajouta-t-elle en voyant que Thomasina s'agitait autour d'elle comme une mère poule.

Puis elle reprit à l'adresse de Colum :

— Attention, il y a là-haut des coupes de vin, et je crains qu'elles ne soient empoisonnées.

Sur quoi, elle sortit du manoir en ruine, tenant toujours le garçon par la main.

— Où l'emmenez-vous ? demanda Thomasina.

Kathryn baissa les yeux sur Wuf.

— Je l'emmène avec moi, Thomasina. Il s'appelle Wuf. Il est bien maigre, encore tout jeune, et il a très faim.

Kathryn sourit à l'enfant.

— Il est aussi très courageux.

Thomasina, qui avait compris l'humeur de sa maîtresse, saisit la main de l'enfant comme s'il était son fils enfin retrouvé après une longue absence, et elle se mit à bavarder avec lui tandis que Kathryn se dirigeait vers les chevaux.

— Maîtresse Swinbrooke !

Kathryn se retourna. Colum se tenait sur le seuil de la porte. Elle remarqua sa mine fatiguée, son menton pas rasé : oui, il avait bien l'air d'un soldat avec sa veste de cuir, sa large ceinture à laquelle pendait son épée, et ses chausses d'épaisse laine rentrées dans ses hautes bottes de cavalier. Chaque fois qu'il bougeait, ses étriers s'entrechoquaient.

— Qu'y a-t-il, Irlandais ?
— L'affaire est close ?
— Oui, du moins je le crois.
— Puis-je continuer à loger chez vous ?
— Bien sûr !
— Même si je viens avec mes fantômes ?
— Qui n'a pas ses fantômes, Colum ? répliqua Kathryn. Vous avez les Chiens d'Ulster. Quant à moi, Dieu sait ce que fait Alexander Wyville en cet instant !

Colum glissa les pouces dans sa ceinture de cuir et avança dans la cour.

— Pourquoi êtes-vous venue ici ? demanda-t-il.

Kathryn haussa les épaules.

— Je vous croyais en danger.

Les yeux de l'Irlandais s'adoucirent.

— Vous êtes venue à cause de moi ? Nulle femme n'en a jamais fait autant, Maîtresse Swinbrooke.

Kathryn se détourna de lui et s'éloigna de quelques pas.

— Nulle femme n'en a jamais fait autant pour moi ! répéta-t-il en criant.

Et Kathryn à son tour cria par-dessus son épaule :

— Eh bien, il est peut-être temps que l'une de nous s'occupe de vous, Irlandais. Après tout, « Les soins d'une femme sont un don de Dieu », comme disait la Bourgeoise de Bath.

Peter Tremayne
Les enquêtes de sœur Fidelma

Au Royaume d'Irlande, au VIIe siècle, la loi Bréhon permet aux femmes d'accéder aux plus hautes fonctions juridiques, à l'égal des hommes. Fidelma, religieuse et femme de loi, parcourt l'Europe pour résoudre quantité de mystères et apaiser les relations entre Église celte et Église romaine. Assistée du moine anglo-saxon frère Eadulf, elle franchit toutes les embûches et fait fi de ses détracteurs. Une forte tête, dont les aventures nous entraînent au cœur de la société médiévale, bien loin des idées reçues.

n° 3630 – 7,30 €

GRANDS DÉTECTIVES, DES POLARS HORS LA LOI DU GENRE

Impression réalisée sur Presse Offset par

BRODARD & TAUPIN

GROUPE CPI

La Flèche (Sarthe), 37265
N° d'édition : 2978
Dépôt légal : janvier 1999
Nouveau tirage : septembre 2006

Imprimé en France